警視庁53《ゴーサン》教場

吉川英梨

角川文庫
20581

【教場】（きょうじょう）
警察学校でのクラスのこと。
担当する教官の名字とともに「○○教場」と呼ばれる。

主な登場人物

—現在—

五味京介（ごみ・きょうすけ）

　警視庁刑事部捜査一課六係主任。警部補。

　頭脳明晰でクール。４年前に妻を亡くし、血の繋がらない娘がいる。

五味結衣（ごみ・ゆい）

　五味の娘。血縁はない。

　華やかな顔立ちで、飄々とした性格。刑事の父を支える。

瀬山綾乃（せやま・あやの）

　府中警察署刑事課強行犯係。

　美人だが色気がなく仕事一筋。五味とコンビを組む。

高杉哲也（たかすぎ・てつや）

　警視庁警察学校1281期守村教場・助教官。

守村聡（もりむら・さとし）

　警視庁警察学校1281期を担当する教官。首吊り死体で発見される。

—2001年・警察学校1153期小倉教場—

五味京介

　成績優秀でなんでもそつなくこなす。教場をまとめる場長。

高杉哲也

　元海上自衛隊の自衛官。屈強な体つきで、華のある容姿。女癖が悪い。

守村聡

　素直で優しく、仲間想いだが、気の弱いところも。

広野智樹（ひろの・ともき）

　父親は殉職した警察官。卒業アルバム制作に携わる写真係。

神崎百合（かんざき・ゆり）

　五味と同じ1153期の女警クラス・長嶋教場の生徒。自由奔放な性格。

プロローグ

瀬山綾乃《せやまあやの》は目の前の男に、幻滅していた。

「単刀直入に聞きたいんだ。本部捜査一課刑事の妻になる覚悟はあるのか……というか」

男はテーブルクロスの下でスマートフォンを操作しながら、綾乃にちらりと視線を飛ばして尋ねる。

桜田門《さくらだもん》の本部庁舎勤務の刑事らしく、吊《つ》るしではあろうが値は張りそうな濃紺のスーツに、細かいドットの入ったチャコールのネクタイを締めていた。勤務中はいつもその胸に『S1S』とロゴの入ったピンバッジを留めているはずだ。警察組織の花形と言われる捜査一課所属を表すあのバッジは、下手な階級章よりもよほどの威光を放つ。

「帳場が立ったら帰れないのは知っているよね。その間の着替えとかの差し入れもそうだけど。この先、もし結婚ということになって、子供が生まれたとしても、いわゆるいま流行《はや》りのイクメン的なものは期待しないで欲しい……というか」

男はスマートフォンを参照にして言う。殆《ほとん》ど棒読みだった。いちいち語尾に「というか」と添えるところが、本心ではないと無意識に訴えているようにも聞こえる。

「この前のパーティで、ちらっと話したけど」

警視庁の警務部が主催する、独身警察官限定の婚活パーティだ。早くに結婚し身を固めるのが良しとされる警察組織であっても、やはり晩婚化の波があり、その対策として月に一回、本部の空き会議室で婚活パーティが開かれる。

綾乃はそこで、この男——五味京介《ごみきようすけ》と出会った。

「僕には思春期の娘がいるんだ。血縁でない……」

『S1S』のバッジをつけた五味は当初、女性警察官の間で一番人気だった。甘く優し気な目元で、誠実さをうかがわせる端整な顔立ちをしているし、本部勤務の捜査一課六係主任で、警部補四級。警部補の中でも四級と五級があり、四級の方が上で、ここから将来幹部を担う警部が出る。

常に四、五人の女性警察官に囲まれていた五味だが、「血の繋《つな》がらない娘がいる」という言葉で、女たちは霧散していった。そんな五味に、綾乃は二人きりで会う約束を取り付けた。胸に光る『S1S』に魅せられたのだ。綾乃は府中《ふちゆう》警察署強行犯係の巡査部長で、卒業配置から刑事になって三年、未《いま》だに管内で帳場が立つほどの大事件——つまりは、殺人捜査を経験したことがない。本物の捜査一課刑事に初めて会った。

「せ……。いや。綾乃、さん」

突然、下の名前で呼ばれ、綾乃は思わず「は?」と答えてしまった。五味は慌てたように、優し気な目元をしばたたかせた。

「すいません。気を悪くしたかな。ごめん」

五味は眉間《みけん》にぎゅっと皺《しわ》を寄せ、スマートフォンを咎《とが》めるように見た。電話の向こうに司令塔がいるのだと、綾乃は感づいた。

視線を窓の外に流す。八月に入ってから天気はぐずついていて、新宿《しんじゅく》副都心のビル群の夜景もなんとなく靄がかかったようにぼやけている。ここは住友《すみとも》三角ビルの五十二階にあるイタリアンレストランで、他のテーブルも殆《ほとん》どがカップルだ。

五味はコーラのストローを口にしようとして、氷が動いてストローが逃げた。動揺すると目が泳ぐというが、綾乃には口が泳いでいるように見えた。司令塔がいないと女も口説《くど》けない、不器用な男――。なんだか、申し訳なくなってきた。

綾乃は頭を下げた。

「――ごめんなさい！　私、実は婚活するつもりであのパーティに出たわけじゃないんです」

五味は一瞬時が止まったようになったが、「……どういうこと？」と尋ねてくる。

「上司が結婚しろってうるさくて。あ、私、もうすぐ三十歳の大台に乗るもんで……」

「大台というほどでは。僕より十歳も若い」

もう四十歳だったのかと綾乃は驚いた。三十代前半くらいかと思っていた。

「いや、あのそれで、係長が勝手に申し込んじゃって。それで、どうせ行くなら、人脈づくりにでも役立てようかな、って」

「人脈づくり？」

綾乃は背筋をぴんと伸ばし、正面から五味を見据えた。

「私、将来的には捜査一課の刑事になりたいんです。本部で活躍できる刑事になりたい。ただ、本部に知り合いはひとりもいません。だから、パーティの時に五味さんが胸につけていた捜査一課のバッジを見て――」

「僕に声をかけた？」

綾乃は白いテーブルクロスに額をつけて、申し訳ありません、と謝罪した。

五味は「なんだ」と吐き捨てるように言うと、ネクタイを緩め、背もたれに寄りかかった。

「別に結婚したいわけじゃなかったんだ」

いいよ、俺も同じだから――という五味の言い草に、綾乃はひんやりとしたものを感じた。こわごわと顔を上げる。結婚に焦っている風の男は、もういなくなっていた。婚活をネタに人脈を広げようとした愚かな女刑事を見る、冷めたまなざしがそこにあった。

さっき優し気だと思った瞳《ひとみ》に、明らかな険がある。

「別に俺も、再婚するつもりなんてないんだけど。娘がうるさくて」

「……もしかして、ずっとスマホ見てたのも」

五味は「そう、娘の指示で質問してたの」と、ちらりとメッセージ画面を見せた。娘とのやり取りが見える。いまも〝どうなったの〟〝報告して！〟と絵文字やスタンプを駆使したにぎやかなメッセージがぽこんぽこんと吹き上がってくる。

「ははは、そういうことだったんですね」

綾乃は乾いた笑いをあげるしかない。五味はもはや綾乃に興味なしで、娘とのやり取りに集中している。やがて、困ったように眉《まゆ》をひそめた。

「合流したいとか言ってるんだけど」

娘は新宿まで来ており、五味と一緒に帰宅する約束をしていたらしい。どこかのカフェで待っていたようだが、デートがうまくいかなかったのなら、と思ったのだろう。

「やだよね。断るよ」

「いえ、いいですよ。別にもうデートではないですし……」

気を遣って綾乃がそう言うと、五味はその場で娘に電話をかけた。

「もしもし。俺。来れば。五十二階のイタリアン。窓際だよ。じゃ」

ずいぶんそっけない調子で、五味は電話を切った。真の父親と娘ではないにしろ、一般的な父娘《おやこ》関係ではない雰囲気があった。

「あの、娘さんのお母さんって……」

「病気で亡くなったんだ、四年前。三回忌が終わってからもう、婚活しろ婚活しろって。うるさいったらありゃしない」

「──娘さんは、おいくつですか」

五味は「まだ小6だよ」となにかをはねのけるように言い、話題を変えた。

「で？　君は本部に来たいの」

綾乃は再び居住まいを正した。

「はい！　なにか、アドバイスがあればなんでも」

「一番の近道は、機動隊じゃないの」

機動隊に入隊すると、一、二年で本部に呼ばれるのが慣例化されている。機動隊は有事の際は最前線に立ち、普段は訓練に明け暮れる厳しい部隊なので『本部に行ける』を餌に人を集めているというわけだ。

「いやぁ、わかってはいるんですけど。女性なもんで」

「なら警察学校は？　まだ巡査部長なら、学校で一、二年助教をやれば、すぐ本部だ」

助教とは、助教官の略名だ。クラス——教場を受け持つ担任教師のことを教官、補佐役を助教という。警視庁警察学校は綾乃が所属する府中署の管内にあり、署員は警察学校に親近感を持っている。そういった土地柄もあり、毎年、まるで持ち回りのように警察学校へ異動しないかというお触れが出ていた。

「女性教官は少ないから、重宝されるぞ」

「うーん、でもなんかあれはちょっと……。女性教官でも〝なになにしろ！〟とか、男言葉で生徒と接しなきゃならないじゃないですか」

五味は面白くなさそうに噴き出した。

「普通の学校の先生みたいな授業なら、まあやってもいいかなって思うんですけど」

「君ってさ」

五味はコーラを一口飲むと、ふっと背もたれに寄りかかり、幾分厳しい口調で言った。

「わりと、上から目線だよね」

「す、すいません。そういうつもりは。失礼があったのなら――」

「いや、俺に対してじゃない。警察官という職業に対してだ」

一瞬意味がわからず、綾乃は黙り込んだ。

「機動隊もいや、警察学校もいや。私は実力で認められて、本部に行きたいんです――ってそんなところじゃないの」

まるで図星だったので、黙ることしかできない。

「はっきり言わせてもらうけど」

五味はコーラの強い炭酸に顔をちょっとしかめた後、ずばり言った。

「本部に呼ばれる人間というのは、卒配で二十三区内の所轄署に呼ばれた人間だよ。君はどこだったの？」

「――八王子《はちおうじ》西《にし》署です」

「なるほど。まあ刑事になって一歩、都心に近づけたというわけなんだろうけど、それでも三《さん》多摩《たま》刑事じゃな」

三多摩刑事という言葉を、綾乃は初めて聞いた。いい意味ではなさそうだ。

「役職者で三多摩のどっかの所轄署の課長とか部長になるならまだしも、末端の刑事の段階で三多摩じゃ、この先、実力で本部に呼ばれることはほぼないと思うよ」

綾乃はこめかみの血管がふくらむのを感じた。

――なにこの刑事。すっごいやな奴。

「あ、来た。結衣《ゆい》……！」

五味が手を軽く上げた。黒いおかっぱ頭の少女が、背中の小さなリュックの肩ひもを両手でぎゅっと握りながら、冷やかし顔で近づいてきた。背が高いせいか、一見すると女子大生くらいに見える。服装に小学生の少女らしいカラフルさやキラキラ感がないからかもしれない。細身のコットンパンツに濃紺のカットソー。いまどきの小6はなんと大人っぽいのだろう。

「どうも～お邪魔でーす」

結衣はちょっととぼけた感じでそういうと、五味の隣の椅子にちょこんと座った。夜景をちらりと見たが、あまり興味がなさそうで、五味が差し出したドリンクメニューに視線を落とす。

「結衣。夕飯は？」

「塾で弁当食べたって」

「ああ、そうか。酒はダメだぞ」

「ったり前じゃん」

言って結衣は「ねえ」と同意を求めるように、綾乃に視線を送った。その人懐っこそうな笑顔に、綾乃は五味に対して以上に親近感を持った。

「京介君、なに飲んでんの」

「いつもの」

「じゃー私もいつものでいいや」

結衣が言い終わらぬうちに五味は店員を呼んで「アイスミルクティ」と言った。以心伝心とはこのことだ。

「今日、授業終わるの早くないか」

「だから、夏期講習だってば」

「ああ、そうだった」

「あのさ。今朝も言ったし、昨日の夜も言ったよ」

「疲れてるんだ」

「事件番で暇なくせに」

五味は娘の小言を華麗にスルーして「もう来週、盆休みか」と言った。

綾乃はなんとか会話に食い込んだ。

「帰省とかされるんですか」

結衣がしかめっ面で五味を指さして言った。

「この人の実家、行けるわけないじゃん。連れ子だよ、私。京介ママの私を見るあの顔。どこの馬の骨を～みたいな感じ？」

結衣は言って、綾乃に視線を流した。

「そう……なの。五味さん、実家はどちらなんです？」

「舞鶴《まいづる》」

どこの都市かわからず聞き返そうとしたが、父娘の会話がポンポン進む。

「だからこそ、早く京介君には再婚してほしいわけ。私はもうとっくに育ってるんだからさ、京介君は早く自分の子供を産んでくれる若い女を捕まえて」

「俺はもういいよ」

「なに世捨て人みたいなこと言ってんの、がんばんなって！」

結衣が五味の太腿《ふともも》をぺしりと叩《たた》いた。結構な音が響いて、五味はずいぶん痛そうな顔をしている。突然、結衣が綾乃の顔を覗《のぞ》き込んだ。結衣は間近で見ると、結構な美女だった。同性なのにドキッとする。

「ねえ。この人、ダメ？」

「えっ……」

「結構イケメンだし、とにかく真面目だよ。酒もたばこもやんないし。私置いて、デートとかしてもらってもぜんっぜんいいし。子ども生まれたら、私、戦力になれるし！　ほら、いまワンオペ育児とか問題になってるでしょ。この人刑事だから、育児については戦力になれないと思うんだけど……」

「結衣。やめとけよ。瀬山さんは、結婚には興味がないんだって」

結衣は初めて、険のある顔で綾乃を見た。

「えっ。興味ないのに、婚活パーティに？」

「責めなくていいよ。俺だって興味ないのにパーティに出たんだ」

結衣は世の中を嘆くように、両手をテーブルの上に投げ出した。

「なに、なに。なんなのこのテーブルの草食っぷりは……！　人生、一度きりだよ。もっとガツガツ行こうよ！　レッツラブだよ。ね？」

「早く飲めよ。もう帰ろう」

「えーっ、いまミルクティきたとこなのに」

「子どもは早く帰って寝るんだ」

五味はさっさとジャケットを羽織ると、勘定書を取った。結衣が「もう子どもじゃない！」と言いながら、猛烈にストローでミルクティを吸引している。綾乃が財布を持ち、五味を追いかけようとすると、結衣がその腕を掴《つか》んだ。

「お金はいいって。京介君、貯金、めっちゃあるよ〜」

凄腕《すごうで》の営業マンみたいな顔で言うと、結衣は「京介くん待ってー」とリュックを背負い、走り出した。二人は金を払うと、綾乃を放置し、さっさと店を出ていった。

猛烈な竜巻とか嵐をやり過ごしたあとのような、脱力感があった。

綾乃はすとんと腰を落とし、ため息をつく。スマートフォンのアドレス帳をスクロールした。婚活パーティの際に登録した五味のスマートフォン番号を表示させ、削除しようとして――府中署の直属の上司から着信が入った。

「はい、瀬山です」

「管内でホトケが上がった。すぐ戻れ」

一二八一期　守村教場　Ⅰ

綾乃は京王《けいおう》線飛田給《とびたきゅう》駅で下車し、国道20号――甲州《こうしゅう》街道方面へ早足で向かった。

死体は甲州街道沿いにあるすでに閉鎖された旧都営団地内の階段で、首を吊《つ》った状態で発見されたという。この界隈《かいわい》は東京都西部の中堅都市・調布《ちょうふ》市と府中市の境界で、三棟あるこぢんまりとした旧都営団地はかろうじて府中署の管内だ。

飛田給駅は各駅停車しか止まらない駅だが、五万人収容可能な味《あじ》の素《もと》スタジアムのお膝元《ひざもと》ということもあり、駅改札は巨大で整備されている。スタジアムで催し物があると、特急・準特急電車が臨時停車し、静かな住宅地が広がるこの界隈も大変な賑《にぎ》わいになる。

綾乃が勤務する府中署は、京王線府中駅が最寄り駅で、もっと西側だ。飛田給駅で下車するのは恐らく五年ぶりだろうか――。

この駅は、警視庁警察学校のお膝元でもあるのだ。駅から徒歩十五分ほどの場所に、真新しく近代的にそびえる立派な校舎がある。週末ともなれば、なんでも揃う調布駅周辺へ買い出しに出かける警察学校の生徒の集団がちらほらと見える。

彼らは一様に黒のリクルートスーツに刈り上げの短髪、女子はベリーショートに黒のパンツスーツと厳しい決まりがあるので、完全なる没個性集団として町の中で浮いている。綾乃も八年前、その中のひとりとして、駅前のマクドナルドやバーミヤンなどを利用していた。

ついさっきまで、五味と警察学校の話をしていたせいもあってか、この界隈で死体が見つかったことに不思議な縁を感じながら、綾乃は現場に到着した。

すでに、甲州街道の片側車線にぎっしりとパトカーや機動捜査隊の面パト、鑑識車両が停車していて、現場は規制線が張られていた。交通整理の警察官や規制線を警備する警察官が周囲を固め、中では鑑識係員が忙しく行きかっている。同僚刑事たちや機動捜査隊の隊員たちがその周囲で、いまかいまかと鑑識作業が終わるのを待っている。

綾乃は警察の人間が蠢《うごめ》く中で、ふと見覚えのある顔をみつけた気がして、ひとりの男に注目した。夏服の警察制服姿だが、交番勤務者のように防刀ベストや帯革を装着していないから、幹部だろうか。中年のようだが精悍《せいかん》な雰囲気で、立派な体軀《たいく》だ。

府中署にあんな幹部はいない。お隣の調布署の幹部が来ているのかと思ったが、いかにも幹部だという厳正な雰囲気がない。制服を第二ボタンまで開けて不良のように着崩しているし、髪も伸び気味で、妙に洒落《しゃれ》っ気がある。くわえ煙草で、機捜隊員と神妙な顔で会話していた。

「瀬山。こっちだ！」

直属の上司である強行犯係の三浦《みうら》係長に呼ばれ、綾乃は振り返った。パトカーのボンネットに半ば腰かける形で、三浦は機捜隊長と話をしていた。

三浦は今年五十歳になる警部補だ。接しやすいタイプだが、強引に部下の婚活パーティを中し込むようなある種のセクハラを、なんの迷いもなくやってのける。

綾乃は敬礼し、話の輪に入った。

「お疲れ様です。まだ鑑識作業中ですか？」

「おう。もうちょっと待て。そろそろガイシャを下ろして検視だ」

三浦から『所轄署』と刺繍《ししゅう》された腕章を受け取り、装着する。

「ガイシャは団地の一号棟外階段の、二階と三階の間の踊り場の梁《はり》にロープをかけて首吊《くびつ》りしていた。第一発見者はここをラブホ代わりにしようとしていたカップル」

三浦がニタニタ笑う呑気《のんき》な様子から、もう現場は自殺の線で動いていると感じる。

「所見だが、首に吉川線《よしかわ》がついてなかったそうだ。他殺を窺《うかが》わせる索条痕《こん》もなし」

吉川線とは、被害者が自分の首を絞める紐《ひも》や手をほどこうとして皮膚に残るひっかき傷のことだ。首吊り自殺の場合は索条痕が喉《のど》上から耳の後ろにかけて残るが、自殺を偽装した絞殺の場合、紐の跡が横一直線にぐるっと表出することが多い。

「ガイシャの身元はどうです」

綾乃の言葉に、初めて三浦と機捜隊長の表情に微妙な反応があった。車内にあった書類箱を出し、すでに鑑識の採証袋に入っていた免許証を綾乃に渡した。

「守村聡《もりむらさとし》。昭和五十二年六月七日生まれの四十歳――」

綾乃は手袋の手で免許証を受け取った。五味と同い年だと思ったが、守村はもっと老け込んでいて、顔色があまりよくない印象を持った。

「で、ガイシャはあちらの教官殿のようだ」

三浦は重々しく頷《うなず》き——顎《あご》を、背後に振るような仕草を見せた。甲州街道を挟んだ向かい側に巨大な榊原記念病院《さかきばらきねん》がある。その向こうは、警視庁警察学校だ。

「まさか。ガイシャは警察官……ですか」

三浦が頷き返すより早く、綾乃は先ほど目を留めた警察制服姿の大男に近づいていった。恐らく彼はガイシャの関係者だろう。警察学校の教育担当者は常時、警察制服をまとっている。

綾乃の気配を感じたのか、煙草を携帯灰皿に突っ込んでいた男が、ふと顔を上げた。人目を引く派手な顔立ちで、華があるなと思った。綾乃は警察手帳を示し、名乗る。

「府中署強行犯係の瀬山巡査部長です」

「どうも。警視庁警察学校の高杉《たかすぎ》巡査部長だ」

巡査部長なら助教官だろうか。綾乃は「どちらの教場の」と尋ねた。高杉は神妙に廃墟《はいきょ》を見上げ、言った。

「一二八一期守村教場の、だよ。だからここにいの一番に駆け付けた」

高杉の視線に、女刑事を物珍しそうに見る好奇の色があった。教官が死体で見つかったと連絡を受けているはずなのに、この余裕かと綾乃は奇妙な印象を受けたが——同時に、妙な親近感がふっとわく。どこかで会ったことがある、という確信があった。高杉も遠慮なく綾乃の全身を見回す。

「イマドキ、娑婆《しゃば》にはこんな美人の刑事がいるんだな～。やっぱり学校の外は楽しそうでいいや」

「──あの。私たち、以前どこかで会ったことが？」

高杉は「おおっ」と揶揄《やゆ》するように笑い、綾乃の顔を覗き込んだ。

「なに。現場で逆ナンか？」

「は？」

「俺もまだまだ捨てたもんじゃないね。こんな若い美人に逆ナンしてもらえるとは」

言いながら高杉は綾乃の背後に回って馴《な》れ馴れしく肩を揉《も》んだ。慌てて手を払いのける。

「そういうの、セクハラですよ！」

高杉は眉《まゆ》を上げて肩をすくめる仕草をしたのみだった。

「ずいぶんと余裕の構えですね。教場を率いる相棒の教官が亡くなったというのに」

「そうだけど、いつ首括《くく》ってもおかしくないような精神状態だったからさ、守村は」

高杉は「遺体の確認をお願いします！」と叫んだ鑑識係長に手招きされ、規制線をくぐった。

綾乃も慌てて追いかける。

「自殺しそうな気配があった、ということですか」

「そう、そう。死にたい、死ぬべきだといつも漏らしてて……」

二階に到達したところで突然高杉が立ち止まったので、大きな背中にぶつかった。その向こうで、巨大なマッチ棒の陰のようなものを見た。

守村の、首吊り死体だ。

周囲に脚立をいくつか並べ、ひとりの鑑識係員がロープを枝切ばさみで切断しようとしている。首にみっしりと食い込んでいる上、輪の根元がずいぶん複雑な結び方になっていた。ほどくのは難しいと見たのだろう。

薄く開いた瞼《まぶた》から、色を失《な》くし白濁した眼球が見えるが、瞼が異様に膨らんでいる。縊死《いし》のショックで眼球が飛び出てきているのだろう。鼻からは乾いた血の筋が、口は苦悶《くもん》を堪《こら》えるようにぎゅっと結ばれた状態で、硬直していた。

さっきまでへらへらしていた高杉も、さすがになにか思うところがあったのか、遺体を目の当たりにして立ち尽くしている。

「――こんな最期のためにサツカンになったのかよ、お前」

高杉の口から、そんな言葉がふっと漏れる。声音は震えていた。

綾乃は高杉を見上げ、確認した。

「守村聡教官で、間違いないですか」

「ああ――」

後からやってきた三浦が改めて、使い捨ての雨合羽《あまガッパ》を綾乃に突き出した。

「遺体を下ろす。手伝え」

腐敗が始まった遺体のどこから体液が滲出《しんしゅつ》するかわからないので、雨合羽を着用するのだ。

受け取ろうとして、高杉が先に取った。

「あんたみたいなちびっこより、俺の方がいいだろ」

鑑識係長がちょっと嫌な顔をした。

「担当捜査員の方じゃないと——」

「担当じゃねぇけど、俺だって警察だよ」

「それなら、念のため警察手帳の提示を」

高杉は警察制服のポケットを探ったが、なかった。

「あぁ――デスクの引き出しに置いてきちまった」

職務中に警察手帳を携帯していないとはとんでもない失態で、綾乃は目を丸くする。

「勘弁してくれ、もう現場を離れて五年なんだ。学校の外に出るときは勤務外、警察手帳を持ち歩くクセがもうないから、すっかり忘れてた」

だからって俺は偽者じゃないと、高杉は警察制服の胸ポケットに刺繍された警視庁のエンブレムを示した。仕方がないと鑑識係長は頷いたが、高杉を見る目に憐憫《れんびん》の色があった。現場を離れ、警察学校に五年もいる警察官――。

「あの、守村教官はいまにも自殺しそうだったとおっしゃってましたが」

「ちょっとメンタルをやられている様子だった。理事官のところにも通ってたし――」

理事官とは恐らく、警察学校内の診療所にいる医者のことだろう。医師免許を持った正式な医者だが、警察学校内の診療所専属のため、理事官という役職がついている。

「理事官は専門のメンタルクリニックをいくつか紹介して、休職するように勧告していたはずなんだがな――」

「守村教官はいつから精神を……？」

「春に晴れて教官になった時はまだましだったが――気が付いたら、という感じだったかな。その直前まで、福島にいたんだよ」

震災派遣で、二〇一一年の震災直後から、守村は福島県警に出向していたという。他にも警視庁の職員十数人が、東北各県に五年限定で派遣されていたが、原発事故を抱える福島の現場は壮絶だったと言われている。放射能汚染の危険と隣り合わせで、自衛隊員の中にもＰＴＳＤを発症する者が多少出ていた。

「守村教官も、ＰＴＳＤを？」

「詳しくは知らないが、ちょっと現場で使えそうにないってことになって、警察学校で教官やりながら、のんびり傷を癒《いや》せと言う感じの異動だった。最初はいい具合だったのに、夏ごろから急に落ちた感じだ。夏バテの延長という感じで……」

「最後に守村教官を見たのは？」

「四時間前」

今日、普通に出勤し、授業をこなして五時過ぎに帰っていったということだ。

「今日はちょっと調子が悪いから、『こころの環《わ》』を頼む、と言って……」

『こころの環』とは、生徒たちが各自、毎日つける日誌のことだ。毎日思うがままを吐露させ、教官や助教はそれを手分けして毎日目を通す。毎回コメントを残し、生徒のメンタルに配慮する。生徒と指導官が心を通わせるものの象徴と言ってもよかった。

『こころの環』を頼む——その言葉に、生徒たちを頼むという守村の遺志を感じた。

ふいに、高杉が手の甲で、さっと目元を拭《ぬぐ》った。ぽろりとこぼすように言う。

「参ったな。まじで死んだんだな、あいつ。守村とは、長い付き合いだったんだ……」

「警察学校以前から、ですか」

「いや、警察学校時代から」

小首を傾げた綾乃に、高杉は過去を手繰り寄せる目つきで、続ける。

「守村とは、同じ教場出身だったんだ」

同じ教場——警察学校時代、同じ釜《かま》の飯を食べて共に苦労を分かち合った仲間、ということだ。その後の長い警察人生の中で関わる同僚たちよりもずっと深い絆《きずな》で結ばれる。綾乃も未《いま》だに、年に一回は必ず同窓会——教場会に出席し、昔の仲間と酒を酌み交わす。

ふと外から女性が騒ぐ声が聞こえてきた。

「夫はどこですか！　私、守村の、守村聡の、妻です……！」

綾乃と同年代くらいの女性で、完全に取り乱した様子だ。赤ん坊を抱えているが、抱っこひもから出る赤ん坊の手足や頭がぐらぐらと揺れている。手を添えるとか気遣いを見せる様子もない。待ち構えていた警察官に半ば詰め寄るように迫った。

「夫はどこ！　夫に会わせて……！」

守村の妻は殆《ほとん》ど錯乱状態だった。規制線を守ろうとする警察官に突進していく。前に抱いた赤ん坊が板挟みになって潰《つぶ》れてしまうので、三浦も警察官も身を翻す。道を開けることになり、守村の妻は夫がぶら下がる階段を上がってきてしまった。

綾乃は慌てて「いま検視中ですので」と腕を摑《つか》んで止めようとしたが、かなり乱暴に振り払われる。「あなた、あなた……！」と絶叫しながら、階段を上がっていく。

高杉は何も言わず、手出しもせず、目で守村の妻を追っていた。

遺体を下ろす準備をしていた刑事たちが驚いて遺体から飛びのく。赤ん坊を盾に、守村の妻はとうとう夫の亡骸《なきがら》にたどり着いた。

「嘘。やだ、なんで？　どうして！　今朝、普通に行ってくるって……。ねぇ、なんで……!!」

守村の妻は赤ん坊を挟み、夫の体にすがりついた。赤ん坊が間に潰され、うなり声ともつかぬ泣き声を上げた。

「あなた、ねえ、返事してよ。涼斗《りょうと》に、今日は早く帰るから起きて待っててねって、パパがミルクをあげたいからって言ってたじゃない」

守村の妻の顔面から垂れ流される涙、鼻水、唾液《だえき》が、守村の遺体を汚染していく。だが、自殺と断定できる所見であり、司法解剖されることもなさそうだ。だから現場汚染をしでかすガイシャの妻を、誰も咎《とが》めなかった。

錯乱する守村の妻はやがて、周囲に訴え始めた。

「夫が自殺なんてするはずない！　これは自殺じゃない。夫は、殺されたんです……！」

綾乃は無言で、真逆の証言をした高杉に視線を移した。

高杉は「煙草吸わねぇとやってらんね」と呟《つぶや》くと、綾乃の視線から逃げるように、現場から立ち去った。

夢うつつの中で、誰かの生活音が枕に埋もれた耳に心地よく響く。扉が開く音、閉まる音。階段をとことこと下りる音。歯ブラシの音、水を流す音。トースターがチンと鳴る音。再び、階段をとことこ上がる音。ノック音。結衣の声がする。

「もう行くからね」

「おー」と言いながら、五味は裸の腕を伸ばしてベッドサイドの目覚まし時計を取った。午前十時を過ぎていた。

「なんだよ、遅刻してる」

「どっちがよ」

「結衣がだよ」

扉が開いた。結衣が無遠慮に首を突っ込んでくる。真夏のいま、五味はボクサーパンツ一丁でタオルケットをはだけて寝ていた。冷房をつけて眠るのは苦手だ。結衣が、血の繋《つな》がらない中年男の裸に反応しなくなったのはいつからだろう。

「だから、もう夏休みなの！　今日は夏期講習!!」

「あ、そうか」

「そっちこそもう十時だけど？」

「今日は夜勤だ」

「帳場が立つかもしれないって言ってなかった？」

「連絡、あったか？」

「自分のスマホくらい自分でチェックしてよ」

五味は大あくびをしながら、スマートフォンを見た。特に本部からの呼び出しはなかったが、瀬山綾乃からの着信が三度もあった。昨晩発見された、府中署管内の自殺体の件だろうと思った。五味の所属する六係は事件番だ。死体発見の一報は入っていたから、帳場が立つかもしれないと思い、明け方まで眠らずに待機していた。

「じゃあもう行くからね。洗濯機回しておいたから、干しといて」

結衣は押し付けるように言って、ドアを閉めた。築五年で木の香りが残る家が、少し揺れる。五味はティシャツだけまとって、ひたひたと階段を下りた。

歯を磨きながら新聞を広げる。朝刊記事の締め切りは午前二時。第一報に間に合ったようで、三面記事に府中の死体の件が小さく掲載されていた。

『警察官が旧都営団地で首吊り』

警察官だったのかと、五味は神妙にため息をついた。個人名の記載はなかったが、〝警察学校に勤務する警部補（40）〟とあった。

本部から音沙汰《おとさた》もないので、恐らく自殺で処理されたのだろう。予定通り、夜七時に出勤すればいい。夜勤だからもう少し寝ておこうと、口をゆすいで二階へ戻ろうとして、五味を咎めるように洗濯機が終わりを告げる電子音を鳴らした。

ティシャツを着てはいたが、下はボクサーパンツ一丁だった。まあいいやと小さなベランダに出た。神奈川県川崎《かわさき》市麻生《あさお》区の住宅地にあるこの一軒家は目の前が地主の畑で、近隣住民以外、人が通らない。ましてや平日の午前十時は閑散としている。誰も見ていないだろうと、その恰好《かっこう》のまま淡々と洗濯物を干し始めた。

昨日着ていたワイシャツを引っ張り出すと、結衣のブラジャーが絡みついてきた。妻は、専用のネットに入れて洗っていたと思うが、結衣はそのまま洗濯機に放り込んでしまう。教えた方がいいのだろうか。ブラジャーはワイヤーがひん曲がっていた。これじゃ使いにくいだろうとワイヤーの形を直してやる。

ふと、下から咎めるような視線を感じた。ベランダの下は玄関で、門扉の前に、瀬山綾乃が立っていた。インターホンを押そうとしていたようだが、五味が手に持っているものを見て目を丸くしている。

五味は慌てて結衣のブラジャーを洗濯籠《かご》に放り投げた。

「——瀬山さん。どうしたの」

サッシの手すりに近づき、下を見る。綾乃の視線が今度は自分の下半身を捉《とら》えた。あからさまに顔を背ける。五味はやれやれと頭をかいて、一度室内に引っ込んだ。婚活パーティでスマホの番号は教えたが、なんで自宅を知っている。

綾乃は門前払いを覚悟していた。

だが、玄関扉を開けた五味――慌てて下にスラックスを穿《は》いた――は、特に咎める様子もなく、綾乃を自宅に招き入れた。

ソファを促されたとき、ダイニングテーブルに広げっぱなしになっていた新聞をちらりと見た。守村教官自殺の記事が掲載されたページだった。五味の下にも本部から一報が入っていたはずで、出動待機していたのだろう。綾乃が所属する府中署の管轄だということもわかっている。綾乃が来た理由を、五味は理解しているのだ。

冷蔵庫から麦茶のペットボトルを出しながら、五味は尋ねた。

「ていうか、自宅、教えてたっけ？」

「六係の係長さんに教えてもらいました。教官自殺の件で、急用で、どうしても五味さんにと頼みこんだら――」

グラスを準備する五味の肩が苦笑で揺れた。

「あの上司、女刑事に弱いんだ。男だったら個人情報だぞと突っぱねたに違いない」

「そうなんですね――結衣ちゃんは、夏期講習ですか」

五味は初めて振り返り、まともに綾乃を見た。なにかを警戒するように言う。

「なんで知ってるの」

「昨日、言ってました」

「ああ、そうか」

ふと綾乃は小さなリビングを見渡した。仏壇はなく、妻の遺影や位牌《いはい》もなかった。家族写真が飾ってあるとか、そういうこともない。ちょっと閑散とした部屋だった。

五味は冷えた麦茶を出すと、隣のソファには座らず、ダイニングテーブルの椅子を出し、綾乃の方に向けて座った。

「で、警察学校の職員が自殺した件かな。警部補だから教官か？」

「はい。第三者が現場に踏み込んだ気配がなく、精神を病んでいたという証言もあったので、課長は自殺と判断したんですが……。奥さんが、自殺するはずないって」

「衝動的な自殺だったんじゃないの？」

「衝動的にしては準備がいいんです。ロープに脚立、どちらも大量生産品で新品のようでした。しかし守村教官の当日の足取りに、どこかの量販店に立ち寄った形跡はありません」

五味の眉間《みけん》にふと、皺《しわ》が寄った。

「待って。いま、守村って言った？」

「あ、はい。ガイシャの名前です。守村聡警部補」

五味はため息と同時に、綾乃から視線を外した。

「お知り合いでしたか」

「──同期で、同じ教場だったんだ」

「えっ……。それじゃ、高杉巡査部長のこともご存じですか」

今度、五味の表情は無反応だったが、言葉では肯定する。

「知ってるよ。高杉哲也《てつや》」

「そうです。いま、彼も警察学校で、守村教場の助教をやってるんです。しかも、守村教官が精神を病んでいて、いまにも自殺しそうだったと証言をしているのは、高杉助教なんです」

「まるで高杉が嘘をついているような言い方だけど」

「奥さんの証言とまるで異なるからです。奥さんは、確かに震災派遣後、守村教官は疲れ切っていた様子はあったと言うんですが、警察学校に赴任になって――」

五味は少しのけぞると「ちょっと待って」と両掌《りょうて》を向けた。

「瀬山さん、僕のところには守村の情報は全く入ってないんだ。震災派遣から戻ったばかりだというのも知らないし、具体的に奥さんや高杉がどんな証言をしたのかも正確には知らない。君の所見で一方的に話されたって、なにも判断できないよ」

「失礼しました。調書、全部データにして持ってきています」

トートバッグから、タブレット端末を取り出した。自殺の案件であっても、調書は段ボールひと箱分あり、撮影した現場写真は千枚を超える。五味は臆《おく》することなくファイルをクリックし、目を通していく。文字がみっしり並ぶ画面をスクロールしていく速さは、絵画を眺めているように滑らかだ。

「守村は当日、午後五時に学校を出て、京王線で新宿に向かっているね」

「はい。自宅は北区赤羽《きたあかばね》で、埼京線《さいきょう》ホームで電車が来るのを待っているのを、防犯カメラが捉えていました。午後五時四十分――」

「それなのに、やってきた赤羽行きの電車には乗らず、また京王線乗り場へ戻る。で、飛田給に戻ってきて、まっすぐ現場に向かった」

五味が動画を再生した。埼京線ホームの防犯カメラ映像だ。

「ここで、誰かと電話をしているようだ」

「はい。調べたところ、本富士《もとふじ》警察署の臼田《うすた》刑事課長と通話していたようです」

五味があからさまに反応した。

「まさか、臼田友則《とものり》か。奴も同じ教場だよ」

「そうだったようですね。今朝のうちに臼田さんには確認をしています。守村教官と臼田さんは飲みに行く約束をしていたとかで、このとき、臼田さんは急用ができて断りの連絡をいれていたようです」

臼田によると、この時、電話口での声があまりに暗かったので、心配になって約一時間後の午後六時半ごろにもう一度電話をかけたという。その時にはもう明るい声で「大丈夫だ」としか言わなかったそうだが――。

「時系列から見て、守村教官はその直後に首を吊《つ》っています。彼はかなり仕事のことで悩んでいたようで、この日は臼田さんにその相談をするはずだったらしいです。事情を私に説明してくれた臼田さんも、相当落ち込んでいました」

「臼田は最後の頼みの綱だったのかな」

「守村教官と臼田さんは、教場時代から仲が良かったですか？」

五味は「もう十六年前の話だ」と曖昧《あいまい》に首を傾げた。教場会はあまり行われていないようだ。

綾乃は五味と一緒にタブレット端末を覗《のぞ》きこんだ。音声はないが、帰宅ラッシュで混み合う埼京線ホームの階段の裏側で、スマートフォンを耳に当てている守村の姿が映っている。守村は一分もしないで通話を切ると、スマホを持つ手をだらりと下ろし、なにか茫然《ぼうぜん》としたような顔つきになった。人とぶつかった。睨《にら》まれても、反応がない。自分の意思でそうしているというより、足が勝手に動いているかのような身振りで、ホームを歩き出した。カメラに背中を向けて、埼京線ホームの階段を下りていき、京王線乗り場へ向かってコンコースを歩いていく。

すごく寂しそうな背中だなと、綾乃は思った。

「死亡推定時刻は、午後六時半。発見は午後八時半か」

守村が生きている最後の様子を捉えたのは、甲州街道の監視カメラ映像だった。旧都営団地の目と鼻の先にある交差点『白糸台三丁目《しらいとだい》』に取りつけられているものだ。

画像はあまりよくないが、守村と思《おぼ》しきスーツ姿の男性が駅の方向から歩いてきて、一号棟の東側の外階段に吸い込まれるように消えた映像が残っていた。そもそもがNシステムと連動した監視カメラ——車道を走る車の撮影を目的としたものなので、歩道も廃墟《はいきょ》も画面の隅に写っているのみだ。この前後、第一発見者のカップルが侵入するまで、廃墟に足を踏み入れた人物は写っていない。

「犯人は、南側の公園から、旧都営団地の敷地に入ったのかもしれません。公園に一台ある防犯カメラ映像を解析すべきと上司に進言したのですが、自殺案件じゃ、見る必要がないと」

五味は考え込む仕草になった。シャープな顎《あご》をさする。髭《ひげ》が薄いのか、寝起きのような雰囲気なのに全く髭が伸びていない、つるりとした顎をしている。

「臼田は現場に来ていたのか?」

「いえ。今朝、電話で話したきりです。現場に来たのは高杉助教だけです」

「臼田はなんて言ってた。自殺だろうと?」

「そういう風に受け取ったようですが――。なぜ臼田さんの意見を気にするんです?」

「教場一の出世頭で、優秀だ」

そういえば、臼田は本富士署の刑事課長――もう警部だ。

「高杉さんの意見は聞かないんですか?」

困惑と苦笑がないまぜになった不思議な顔つきで、五味は答えた。

「あいつはちょっとなぁ。頭脳派というより、武闘派だ。元自衛隊だけある」

「えっ。あの人、自衛官だったんですか」

「そう。でもコレのトラブルで事実上クビになって、警視庁に流れてきた」

五味が小指を立てた。わかる気がすると、綾乃は何度も頷《うなず》いてしまった。

「なにかされた?」

「いや、肩を揉《も》まれただけですけど、妙に馴《な》れ馴れしいというか……」

五味は苦笑いしただけで、次々と画面をスワイプし、現場写真を確認している。やがて守村の遺体写真の、顔面をアップにしたものにふと目を留めた。

「守村って、ボートの趣味とか、あったっけ？」

唐突な質問に、綾乃は一瞬、言葉に詰まった。

「海でのレジャーとかの趣味はあった？　小型船舶操縦免許持ってるとか」

「いえ。そういった情報はないですが、どうしてです？」

「ロープの結び目。これ、もやい結びだ」

もやい結び――船乗りの結び方というイメージしかない。

「このロープ、本当に守村が結んだものなのかな」

綾乃は思わず、前のめりになった。

「やっぱり、第三者の存在があったんでしょうか!?」

五味は答えず、どんどん次の画像を確認していった。今度は、脚立に注目する。

「この脚立は？」

「量販店で大量販売されているもので、持ち主は不明です。ここに放置されていたものと上は考えているみたいです」

守村が運び入れた形跡がないからだ。

「私は、首吊りのロープともども、犯人が運び入れたものだと思っているんですが」

五味は答えず、今度は守村の足元をアップにした写真に注目した。鑑識専用の定規が添えられた写真で、踊り場の床から守村のつま先まで、七十センチの高さがあった。傍らに倒れている脚立は、正常に立てたとき四十センチ――遺留品の資料を確認しながら五味はひとりごとのように呟《つぶや》いた。

「その差、三十センチか」

「三十センチがどうしたんです？」

「脚立が低すぎる。守村は脚立に立った後、三十センチジャンプして首を吊ったことになる」

綾乃は一瞬、想像したのち「背伸びしたんじゃ？」と尋ね返す。

「三十センチも背伸びできない。バレリーナみたいにつま先立ちしても、守村は足のサイズが二十六・五センチ。あと三・五センチ、足りない」

「四センチ弱なら、なんとかなりそうですけど」

「ジャンプすればね。ジャンプなんかしないで、ロープの長さを調整すればいいのに」

五味はまた、猛烈なスピードで画像のスワイプを始めた。今度は足跡——ゲソ痕を撮影した画像をまとめて見ているようだ。一通り見ると、今度は一枚一枚、細かく見ていく。やがて「ゲソ痕もおかしい」と確信顔で言った。

「でも、第三者のゲソ痕は一切検出されませんでした。それが、この案件が自殺だとする根拠なんです」

「第三者のゲソ痕じゃなくて、守村のゲソ痕がおかしいんだ。コレ」

五味は、二階と三階の踊り場へ向かう階段で検出されたゲソ痕画像を示した。

「右、左、右、左と、十二段上がっていった。ここまでは不自然さはない。十二段目、つまり踊り場に到着した時点で、両足が残っているべきだろ。守村はここで自殺しようと決心し、脚立を置くんだから」

「確かに、自殺ならそういう動きになりますね」

「だが、この踊り場には左足のゲソ痕しか発見されていない。守村は片足立ちで脚立を立てたことになる。で、脚立の一段目についた足もまた、左足だ。右足はどこへ行った」

綾乃は五味の洞察力に圧倒され、首を横に振った。五味は視線をさらりとタブレット端末に戻し、次の画像を示した。脚立のてっぺんについたゲソ痕を撮影したものだ。

「で、脚立の頂上に立ってようやく、両足のゲソ痕が揃う。脚立を蹴《け》った跡も、側面に残っている。これは右足だから、守村は右足が使えなかったわけじゃなさそうだが――」

「あまりに不自然ですね」

「まとめると、守村は踊り場に到着すると片足立ちになって脚立をセッティング。けんけんで脚立の一段目を上がり、てっぺんでようやく両足をついて、猛烈に背伸びをして首を吊った、というわけだ。ありえない。瀬山さん、今晩、あいてる？」

唐突に誘われ、綾乃は目を白黒させてしまった。

「現場を見たい。守村が首を吊った午後六時半と全く同じ時刻に」

「あっ、そ、そうですよね」と綾乃は慌てて取り繕った。どうしてデートの誘いと思ってしまったのだろう。自分が猛烈に恥ずかしくなった。

「うっ、うちの課長に。すぐに掛け合います」

五味は「よろしく」と少し口角をあげると、タブレット端末を綾乃に返した。

「さて――俺は洗濯物の続きをしなきゃな」

五味は太腿《ふともも》に両手をついてため息をつくと、立ち上がった。こんなに優秀な刑事が、自宅では娘の下着を干している。奇妙な感じがして、つい五味の背中を目で追ってしまう。着痩《きや》せするタイプなのか、スーツ姿のときには感じなかった、筋肉質で男性らしい広い背中がティシャツ越しに見える。だが、生気がないなと思った。

ふと、守村の最後の姿を捉《とら》えた防犯カメラ映像を思い出す。行き場を失ったような、さみし気な背中。五味も同じだった。


午後六時半。まだ日の入りの時刻まで十分近くあり、曇ってはいるが外は明るかった。

綾乃は刑事課長を説得し、鑑識係長とゲソ痕担当者を引き連れて、現場の旧都営団地までやってきた。自殺で処理された案件のため、規制線も取り外されている。

五味はもう到着していた。屈《かが》みこみ、舐《な》めるように踊り場のコンクリートの床を見ている。初対面の鑑識係長にさらっと自己紹介すると、早速、話を始めた。

「まだこの時刻、明るいな。廃墟だから光源をどうしたのかなと思ったけど、この時刻なら首《くび》吊《つ》りの準備に支障はなさそうだ」

「ええ――あの、ゲソ痕に不自然な点があると、瀬山さんから聞きましたが」

鑑識係長がおずおずと声をかけ、続ける。

「右足のゲソ痕だけ不自然に見つからなかったのは、ただ検出できなかっただけだと思います。

コンクリートからはゲソ痕を検出しづらい。よほど埃《ほこり》が積もっているとか、靴が汚れているとかじゃないと。階段は結構砂埃《すなぼこり》が溜《た》まっていたんで検出できたんですが」

「踊り場は砂埃がたまっていなかった？」

「はい。踊り場に残っていた左足のゲソ痕も、かろうじて検出できたものです」

「なぜ踊り場だけ埃が溜まってなかったんでしょうね。ここ、廃墟なのに。で、例のもの、持ってきてもらえました？」

五味が立て続けに言う。鑑識係長がビニール袋に包まれた脚立を差し出した。五味が現物を見たいと綾乃に頼んだものだ。

五味は受け取り、手袋の手でビニール袋を取り去る。脚立を開く前にその隅々に目をやった。ゴム底がついた脚立の足の裏を見たところで、その視線に鋭さが増した。

「これ、分析済んでます？　四つある足のうち、三つに、なにか塗料のようなものがついています。灰色のペンキが剥《は》がれた欠片《かけら》かなぁ、コレ」

鑑識係長が言い訳した。

「分析なんてしませんよ。ただの自殺なのに」

五味は綾乃に脚立を押し付けると、しゃがみこんで、また舐めるように踊り場の床に視線を注いだ。

「この床にペンキを塗った箇所はなさそうだ。どこで付着したものなのかわかれば、この脚立の出どころがわかる」

鑑識係長が首を傾げた。

「うーん。気持ちはわかりますけど、多少不自然な物証が見つかったところで、自殺の判断は覆りませんよ。なにか、決定的に他殺だとわかるものがないと」

五味はやれやれとこめかみをかいた。踊り場から、甲州街道の向こう側を見る。

「一度、あそこに踏み込まないとだめか——十六年ぶりだ」

五味の視線の先には警察学校がある。ここからでは、巨大な榊原記念病院の陰に隠れ、その校舎は見えない。

「てっきり五味さんは、中野《なかの》校の方かと思っていました」

警視庁警察学校、そして隣接する警察大学校はかつて、中野区内にあった。五味の世代は府中校を知らないことが多い。

「いや、入校は中野だったんだ。でも、卒業は府中」

「どういうことです？」

「在学中に移転したんだよ。俺や守村がいた期は、中野と府中を両方知る珍しい期だ」

トラブルの絶えない、ひどい教場だった——と五味は静謐《せいひつ》な瞳《ひとみ》を北に向けたまま、どこか困ったような様子で、呟いた。

「一一五三期、小倉《おぐら》教場」

一一五三期　小倉教場　四月

都心を横切る中央線快速列車は猛烈に混雑していた。

中型のスーツケースと、そこにスポーツバッグをぶら下げ、背中にリュックを背負った二十四歳の五味京介は、東京の朝のラッシュの洗礼を受けていた。四月だが、乗車率二百パーセントの車内は蒸し暑い。ふと、車内の天井から冷たい風が吹き付けてきた。都心の列車は春にはもう冷房を入れるらしい。

ふいに、背中のリュックをぎゅうぎゅう押されていることに気が付いた。背後に立つ女性があからさまに肘《ひじ》で五味のリュックを突いている。どうしてそんな嫌なことをするのかと思っていると、ふと天井に嵌《は》められた車内広告の一枚に目が留まった。車内マナーに関する啓発ポスターで、『リュックは胸の前に』とある。これが東京の常識なのかと、五味は慌ててリュックを前に回し、背後のＯＬに頭を下げた。

五味は今朝、京都から新幹線に乗って、東京にやってきたばかりだ。

二〇〇一年、四月二日。月曜日。

ＪＲ中野駅に到着する。

五分刈りにリクルートスーツ、地味なネクタイを締めた五味と全く同じ恰好《かっこう》をした男たちが、次々と改札を出る。中野通りを経て、早稲田《わせだ》通りの交差点を左折した。その先に、警視庁中野警察学校の校門が見えてくる。

「一一五三期の生徒は各教場の列に並ぶこと……！」

警察官が偉そうに肩肘を張って拡声器で叫ぶ。制帽の下はまだニキビ面で、恐らく一期か二期上の先輩か、卒配を経て警察学校に戻ってきた初任補習科の生徒だろう。今日初めて警察学校の門をくぐる、初任科の生徒に対する優越感が見え隠れする。一方で、正門前の広場に机を並べて入校者のチェックをしている教官たちを見る目にはまだ怯《おび》えの色があった。

一一五三期の教官は六名。つまり、六クラスあるということだ。五味は小倉隆信《たかのぶ》教官のクラスだ。小倉教官の右横に座る小柄な女性教官は長嶋郁美《ながしまいくみ》教官で、女性警察官——女警クラスを担任する。彼女の列に並ぶリクルートスーツの女性たちは一様に黒のパンツスーツで、かなり短いショートカットだった。女警はあの髪型が義務付けられている。二十代の、女性としても最も美しいはずの一時期を、たとえ半年間とはいえ、あんな色気のない髪型で過ごさねばならぬのは気の毒に思えた。

「もみあげが長い！　規則表を読まなかったか！」

突然、左横に座る若い教官から罵声《ばせい》が上がった。おもむろに書類箱から裁ちばさみを掴《つか》むと、デスクの前に立つ生徒の脇に立った。問答無用で、もみあげを根元からざっくりと切り落とす。厳しい、とは聞いていたが……いきなりこれか。

自分のもみあげは大丈夫だろうかと、五味は無意識に耳のあたりを触った。小倉教官は淡々と生徒名を確認し、必要書類を渡している。他の血気盛んな教官たちよりもひと回り年が上で、もう五十代ぐらいに見える。

「声が小さい！」

今度は右隣の長嶋教官から金切り声が飛んだ。女性教官だから迫力に欠けるが、やり玉にあげられているのは、手練《てだ》れのＯＬのような雰囲気の生徒だった。大きな瞳は猫のようにつり上がっているが、唇がぼてっと厚く、目元のきつさを緩和している。

「長嶋教場の、神崎百合《かんざきゆり》です……！」

彼女はありったけという様子で、声を張り上げた。長嶋教官は睨《にら》みあげるようにして彼女を見ると、おもむろに立ち上がった。

「お前！　髪を耳にかけているじゃないか！」

「えっ……」

「女警も髪を短く切り揃えて、髪を耳にかけない！　お前は日本語が読めないのか！」

なにをそんなに怒鳴る必要があるのかと思うほどの剣幕だった。裁ちばさみを手に取る。

「おい。名前」

下から静かなバリトンボイスが聞こえた。小倉教官が五味を見ている。いつの間にか自分の番になっていた。五味は声を張り上げた。

「一一五三期、小倉教場、五味京介です……！」

五味の声を、隣の長嶋教官のキンキン耳に響く声が潰《つぶ》した。

「正座しろ！」

小倉は隣の教場のことなど気に留めもせず、校内図を示し、寮の場所を教えている。五味の視界の端で、長嶋が百合の頭頂部の髪を摑みあげ、根元からバッサリと鋏《はさみ》を入れるのが見えた。金属が重なり合い、髪を切断していく音がザクザクと聞こえてくる。あまりにひどいと五味は呆気《あっけ》にとられた。あれでは坊主にされてしまう。百合は俯《うつむ》いてこらえていたが、肩が細かく震えている。その肩に、容赦なく切断された髪がハラハラと落ちる。

「長嶋教官！」

突然、五味の背後に立っていた男が叫び、大きく一歩、前に出た。軍隊の列から出たようなかくかくとした動きで、指先までぴっと力が入っている。佇《たたず》まいが一丁前だと思った。突然、別の教場の男子生徒に声をかけられ、長嶋は虚を突かれた恰好になった。百合の髪を摑みあげたまま、男子生徒を見上げる。

男は身長も高く、かなり体格が良かった。「自分も耳に髪がかかっています。切ってもらえないでしょうか！」と、言い出す。百合をかばおうとしているのは一目瞭然《りょうぜん》だ。

長嶋は鋏の先で男を指しながら叫んだ。

「名前は！」

「小倉教場、高杉哲也です！」

「だったら小倉教官に頼め！」

「いえ！　自分は男性より、女性に髪を切られたいです‼」

ブッと噴き出したのは、小倉教官だった。左隣の教官まで、バカかと笑っている。それが、張りつめていた場の空気を緩ませ、他の生徒たちからも遠慮がちな笑いが漏れた。

長嶋は返す言葉がなかったのか、「ふざけるな！」と怒鳴り返すのが精いっぱいのようだった。これ以上の制裁を科す気も失《う》せたようで、必要書類を百合に押し付け「次！」と列に並んでいた女警を呼んだ。

校門の前にいたひとりの警察官がつかつかと高杉の下に来た。

「どの毛が耳にかかってるって？　お前、五分刈りじゃねぇか！　女警の前でかっこつけてんじゃねぇぞ！」

と、高杉の尻《しり》に強烈なひと蹴《け》りをお見舞いする。小倉教場の助教・麻生《あそう》巡査部長だ。

五味も入校前の面接で一度顔を合わせているが、年を重ね温厚そうな小倉と比べ、ずいぶん凶暴な顔つきをした背の高い男だった。相手の欠点を躍起になって探そうとしていて、「入校までにもっと筋肉を付けないと、痛い目を見るぞ」と難癖をつけられた。

高杉は二度、三度と麻生から尻を蹴られた。その度にガツン、ガツンと人の体が発するとは思えないタフな音がする。だが、高杉は耐え、大木がそこに立つようにびくともしない。顔色ひとつ変えず、じっと宙を睨んでいる。ただものではないと五味は思った。

麻生は高杉の前に回り、不良のように顔を近づけて高杉を睨みつけた。

「ほう。さすが、自衛隊あがりは体が違うな」

高杉が答えようとすると、麻生はいきなり右掌《みぎて》で高杉の股間《こかん》を摑みあげた。さすがの高杉も睾丸《こうがん》を握られ「うっ」と体を硬くする。

「警視庁なめんじゃねぇぞ。こっちはお前がどうして流れてきたのか知ってんだ。次、女警に色目を使ってみろ。退校処分にしてやるからな」

最後にぎゅうっと拳《こぶし》に力を入れた麻生はぱっと手を離すと、高杉の額を小突いた。

「麻生。もういいよ」

小倉教官に言われ、麻生は敬礼で答えると、また持ち場の校門前に戻った。小倉は静かな瞳《ひとみ》のまま、列に戻ろうとした高杉を手招きした。

「高杉、ペナルティだ。腕立て千回。いまここでやれ」

周囲がぎょっとしたのと裏腹に、高杉は臆《おく》することも戸惑いも見せなかった。リクルートスーツのジャケットを脱いで荷物の上に丁寧な手つきで畳むと、小倉のデスクの横でコンクリートに手をつき、腕立て伏せを始めた。誰に言われるでもなく「1！　2！　3！」と自身で号令をかけていく。五味は故郷の父親を思い出した。父は舞鶴海上自衛隊基地の自衛官だった。父もこうやって海自の訓練所で体力づくりをしていた。

「五味場長」

いきなりそう小倉から呼ばれた。

教場の生徒は全員、なんらかの係を担当するが、五味は場長を言い渡されていた。いわゆる学級委員だ。採用試験での成績や人柄を考慮され、事前に教官と助教で勝手に決める。

「これから半年間、うちの教場を頼む。君の寮の部屋は三〇三号。室長は守村聡巡査だ。彼とよく協力して」

「はい！　ありがとうございます。よろしくお願いします！」

必要書類を受け取り、足早に敷地の内部へと入っていった。女子寮の扉を開けようとする、百合の姿が見えた。百合はひたすら腕立て伏せをしている高杉を、申し訳なさそうに見ている。そのぼってりとした唇にもたくさん髪の毛が張り付いていた。

あの唇――やわらかそうだなと思っていると、背後から罵声が飛んできた。

「バカ！　男子寮は反対側だ！」

正門脇にいた助教の麻生が、顎《あご》で東の方角を指している。五味は慌てて広場を突っ切り、向かいの建物に向かおうとして、今度は小倉教官から怒鳴り声が飛んできた。

「おい！　川路《かわじ》広場を突っ切るな！」

言われて五味は初めて、教場棟の前に立つ、川路利良《としよし》の銅像に気が付いた。警視庁の祖と言われる明治時代の偉人だ。五味は銅像の裏側に回る形で、教場棟沿いの道を遠回りして歩いた。

広場の東側にいくつか連なる建物のうち、『大心寮』という立派な看板が出た建物に入った。コンクリートの壁とリノリウムの廊下はいかにも学校という様子だ。階段を上がる。

三〇三号室の前に立ち、あれっと思った。扉がない。寮は四人一部屋でプライバシーはないに等しいとは聞いていたが、部屋に扉がないという事実に驚愕《きょうがく》する。

簡素なベッドとデスク、戸棚がセットになって四隅に配置されており、壁際に追いやられたアコーディオンカーテンが見えた。夜はこれを引いて部屋を四つに仕切るようだ。

窓辺のベッドの方に、男子生徒が二人で談笑していた。

互いに軽く自己紹介する。

坊主頭でよく日に焼けていて、高校野球に出ていそうな雰囲気の巡査は守村聡。二十四歳の新卒組だ。この部屋の室長、つまり責任者だ。

もう一人は屈強な体つきをした無愛想な男で、山原秀信《やまはらひでのぶ》と名乗った。細い瞳に感情の色が見えないが、耳の形が奇妙に歪《ゆが》み、膨らんでいる。カリフラワー耳と言われる、柔道家によくある耳の形だ。柔道である程度の成績を収め、警視庁にリクルートされた人物だろう。

守村は被服係――ベッドのシーツ交換や教官の制服を洗濯し、アイロンをかけて管理する係を任命されており、山原は見た目の通り、柔道係だという。柔道の授業の際に教官の補佐をしたり、授業準備をしたりする係で、やはり大学時代に関東大会で九十三キロ級を制した輝かしい過去があった。

五味も自己紹介する。京都出身の二十四歳、新卒組。係は場長――。クラスをまとめるトップの人物ということもあり、守村と山原から「おおっ」と一目置くような反応があって、なんだか照れ臭かった。

「五味君も一浪してるの」と守村が言う。

「いや――三年の時、留学してて」

「英語、ペラペラか。ますますすごいや」

荷物を仕舞いながら適当に謙遜《けんそん》していると、山原がふと尋ねてきた。

「でも、なんで京都府警じゃなくて警視庁に？」

「そうだね、京都府警を見下したかったからかな」

五味の答えに、守村も山原も「いーねそれ！」とクスクス笑った。

「俺、舞鶴出身なんだ。わかる？　日本海の方」

「京都市からだいぶ離れてるね」

「そうそう。京都市民ってすかしてるだろ、排他的で。それは市外の府民に対しても同じなんだよ、舞鶴って言うと、エー田舎者、みたいな」

「なるほどね。それで警視庁。そもそも警官になろうと思ったのは？」

山原が質問をぶつける。適当に答えた。

「まあ、父親の影響かな。舞鶴で海自だったから」

「おーっ。まじで。舞鶴基地にいたのかよ！」

野太い声が部屋の出入口から聞こえてきた。高杉がスーツケースを抱え、立っていた。もう腕立て伏せ千回、終わったのだろうか。息を切らしている様子も、疲労した様子もなく、潑剌《はつらつ》と部屋に入ってきた。彼も三〇三号の生徒らしい。

守村が笑顔を弾《はじ》けさせた。

「高杉君だね。僕は室長の守村聡。いまちょうど、みんなで自己紹介してたところだよ」

「よろしくよろしく。俺は高杉哲也」

高杉はまるで、アイドルがファンの群れに握手していくように、適当な調子で握手していった。五味の華奢《きやしや》な手は、高杉のグローブのような手でつぶされそうだ。高杉は五味の手だけ、なかなか離さなかった。

「で、親父さん海自だったって？　どの艦よ？」

「直轄艦のはるなだよ。もう定年退職したけど」

高杉は大げさに「残念！」と腰を折った。「俺はみょうこうだったよ」と言う。第63護衛隊群の船で同じく舞鶴基地に配置されている。

「いや、すっげー偶然。舞鶴の人間が警視庁にいるってのもアレなのに、同期同教場の上に同部屋だぜ。なにこの運命！　なあ？」

守村が人懐っこい笑顔で、いきなり核心を突く質問をぶつけた。

「元海自の自衛官が警視庁って、すごいね。なんか防衛庁からの出向とかなんですか？」

五味の脳裏に、先ほどの麻生助教の言葉と行動が蘇《よみがえ》った。高杉は海自でなにか問題を起こしてきたような言い草だった。

高杉は太く力強い眉毛《まゆげ》をハの字にすると、「コレで追い出されたの」と小指を立てて見せた。

守村も山原も目を丸くしつつも、詳細が知りたいと興味津々で身を乗り出した。

「だってさぁ、マッチョな男ばっかりのむさくるしい中でよ、〝私さみしいの。夫とはもうずっとないのよ〟なんて美人補佐官に言い寄られてみろよ、断れねえだろ？」

五味は絶句した。補佐官——よりによって防衛庁の女性キャリアに手を出したようだ。守村や山原は大いに盛り上がり、それでそれでと、女との馴《な》れ初めを聞いている。海自の護衛艦内で繰り広げられた不倫と聞くだけで、男心をそそるものがあるのはわかるが……五味は身内に自衛官がいるだけに、全く笑えなかった。

高杉はもう二十八歳だという。二〇〇一年現在の警視庁の採用年齢の上限は、二十九歳未満だから、ギリギリの採用だ。

「いやぁ、やばかったよ。京都府警はもちろんのこと、大阪府警とか兵庫県警にも断られちゃってさ。警視庁さまさまだね、こんな俺を受け入れてくれるなんて」

高杉は自分の荷物を観音扉に仕舞いながら、ずっとひとりでしゃべり続ける。

「去年はまじでこの世の終わりだと思ってたんだぜ、補佐官の旦那《だんな》が包丁片手に自衛艦に乗り込むしよ、殺されるところだったよ、全く——。それにしてもカビくせぇしけた寮だと思ったら、夏に学校ごと移転するんだってな」

警視庁中野警察学校と、隣接する警察大学校は校舎の老朽化を理由に、府中市内に移転することが決まっている。移転は八月だ。守村が神妙に言う。

「八月……遠いなぁ。なんか、僕ＯＢ訪問の時に、いやーな話聞いちゃったんすよ」

中野校はかなり出る——という、全寮制の古い学校によくありがちな怪談話だ。

「礼肩章《れいけんしょう》をつけた首のない幽霊が、夜な夜な川路広場をうろついているとか……」

礼肩章とは、警察礼服に取り付けられた右肩から胸にぶらさがる装飾紐《ひも》のことだ。警察学校で警察礼服を着用するのは入校式と卒業式のみ。卒業式に出られずに死んだ生徒の亡霊が化けていているのだろうか。

「なんか、開かずの間があるっていうのも聞きましたよ。お札、べたべた貼られて」

まさか、と五味が笑うと、守村は深刻ぶって続ける。

「処刑場になっていたところが、未《いま》だに警察学校の施設の一部になって残ってるって話もあるんですよ。そこには、本部からの死刑執行命令を受けるための黒電話が、いまでも残されているとか、なんとか」

五味は妙に納得し、みなに言った。

「処刑場ねぇ……まあここは旧陸軍中野学校だったところだから、ありえなくもないよ」

学校見学の時に『陸軍中野学校趾』という石碑が庭に残っているのを見た。ただの兵士養成学校ではなく、諜報員《ちょうほういん》を育てていた秘匿性の高い施設で、当時は反戦活動を繰り広げていた共産党員の弾圧拠点にもなっていたと聞く。ここは、治安維持法で引っ張られた活動家たちを密《ひそ》かに処刑していたところなのだ。

五味の話を聞き、守村は恐怖で肩をちぢこませた。高杉まで「まじかよおい!」ときょろきょろとあたりを見渡す。

山原ひとりが、幽霊なんて信じない、という顔で言った。

「そんなことより、府中校。こないだ新校舎見てきたけど。すっげーピカピカ!」

高杉が身を乗り出した。

「最寄りが西武《せいぶ》線多磨《たま》駅とか言ってたけどさ、駅の周りはどうなのよ」

「いや、俺は京王線の飛田給駅から徒歩で行ったけど……コンビニがあって、マックがあって、って感じかな」

「マック……？」

と尋ねた五味に、高杉はにやっと笑った。「マクドのことだよ、マクド！」

関東ではマクドナルドのことをマックというのか。

「なんか、繁華街とかは？」

「ないない。中野よりだいぶ田舎。駅を一歩行けば、畑と住宅街って感じ」

高杉は思い切り太腿《ふともも》を叩《たた》いた。

「なんだよ！　ソープとかキャバクラとかないのかよ」

五味は呆《あき》れて言葉もなかったが、守村と山原は大笑いだ。

ふと、五味の視界に、大きな影がふっと現れた。

「三〇三か。修学旅行気分ではしゃいでるのは！」

小倉教官だ。ベッドやイスに腰かけていた一同は一斉に立ち上がった。小倉の視線が早速、高杉に飛んだ。

「高杉、腕立ての続きはどうした」

「――昼飯を食って英気を養ってから、と」

「表で何回やったって？」

「三七七回終わったところで、麻生助教に目障りだから寮で続きをやれと」

「やってないじゃないか」

「すいません！　いますぐやります！」

高杉はその場で腕立て伏せを始めた。分厚い胸板が空を切るたびに、五味の足に風が吹き付ける。もう表で四百回近くやってきたのに、全く疲れが見えない。

「もう一度言うが、ここは修学旅行先の旅館じゃない。五味、お前場長だろう」

五味は腹に力を込めて叫んだ。

「申し訳ありません！　以後、私語を慎みます！」

小倉が無言で五味を見ている。まだなにか言わなくてはいけないようだ。

「室長の守村巡査と協力し、三〇三号室の仲間と協力しあって騒ぎを起こさぬよう、務めてまいります！」

「よし。被服チェックから始めるぞ」

なんだそれと、思わず五味は高杉を挟んで隣にいる守村と視線を交わした。

「自宅から持ってきた肌着を全てベッドの上に出せ」

規則では、警察制服の下に着用する肌着とステテコ、各五枚ずつを持参するよう指定されていた。逮捕術や柔剣道などの術科の際に着用する体操着やジャージは、教場によって生徒たちがデザインを決めるため、まだ出来上がっていない。

なんだかよくわからないまま、五味は肌着を取り出し、ベッドの上に並べていった。高杉は腕立てをしたまま「自分も出すべきでしょうか」と小倉に投げかけた。小倉は無視した。高杉は仕方なくといった様子で回数を読みあげながら、腕立て伏せを続ける。

小倉は並べられた白い肌着の群れをさらっと見渡すと、いきなり五味のVネックの肌着をわしづかみにして、ゴミ箱に突っ込んだ。思わず「えっ」という声が漏れてしまう。

「五味。指定はU首の白い肌着とあったはずだ」

「――あの、U首の肌着、見つからなくて」

小倉はまた答えず、射るように五味を見据えている。

「み、見つからなくて、まあVネックでも同じかと」

「ふうん。お前にとってはUとVは同じなのか。アメリカ合衆国を英語三文字で言えよ」

「――USA、ですが」

「違うだろ。お前にとっちゃVSAだろ。お前は大学三年の時、VSAの大学に留学していた。そういうことだろ？」

腕立て伏せをしていた高杉がぶっと噴き出した。小倉がすぐさま足で高杉の左腕を蹴《け》る。高杉はバランスを崩し、左顔面を床に打ち付けた。

温厚な教官だと思っていたら、なんて理屈っぽいのか。しかしぐっと堪《こら》え、叫んだ。

「申し訳ありません！　U首の肌着を探す責任を怠った自分に全て、非があります！」

「その通りだ。いますぐ探して来い」

「えっ――。あの、自分は地方出身なもので、東京には慣れてなくて」

「地元でちゃんと探してこなかったのはどこのどいつだ」

「はい、自分です。自分の責任です」

「一時間で戻れ。間に合わなかったら一分毎にマラソン十周」

きょとんとした五味に、小倉は「警察学校の敷地の内周、一・五キロを十周ってこと」とさらりと言い、腕時計を見た。「十時二十八分四十秒、四十一、四十二……」

もうカウントダウンが始まっているということだ。五味は慌てて財布をつかみ、部屋を飛び出した。廊下の掃除をしていたジャージ姿の生徒がこちらに聞き耳を立てているのがわかった。生徒は五味の腕を摑《つか》むと「中野ブロードウェイにいけ、そこの地下ならU首が売ってるから」と教えてくれた。

よく日に焼け自信に満ち溢《あふ》れた顔をしている。一期上の先輩だろうと頭を下げたら、にゅっと力強い右手が差し出された。

「場長の五味君だろ。俺は副場長の臼田友則だ。よろしく！」

「えっ。同期、同教場ですか」

「ああ。これから一一五三期小倉教場を盛り上げていこう！」

臼田は正式には今年一月に入校した一一五二期入学の生徒だったが、柔道の授業中に鎖骨を骨折し、全治三カ月の大けがを負った。それで、一期下の五味ら一一五三期に編入したのだ。すでに中野校のことやそのしきたりをよく知っていて、中野の地理が全く分からない五味に、丁寧に中野ブロードウェイの場所を教えてくれた。

だいたい新入生は二、三カ月おきに入校してくるが、その度に〝中野ブロードウェイ送り〟になる生徒が続出するらしい。臼田が室長を務める三〇一号室の巡査にも、いま中野ブロードウェイに直行している生徒がいるという。

「広野《ひろの》智樹《ともき》巡査で、ちょっと魂が抜けたような顔をしている――」

と、臼田は苦笑いで教えてくれた。

臼田の存在を頼もしく思いながら、五味は路地裏に建つショッピングモール・中野ブロードウェイの地下に入った。場末感があって、大阪のアメリカ村みたいだ。ちらりと店舗名の入った地図を見たが、アニメとかマンガオタクが足しげく通うような店が多く集まっている。

地下の古ぼけた洋服屋でU首の肌着を五枚買い、五味はほっとして一階への階段を上がる。先を行くリクルートスーツ姿の男性の後ろ姿が見えた。五味がいま持っているのと同じ店舗の袋を下げている。いまどき珍しい五分刈りの頭をしているから、警察学校の巡査――恐らく、臼田が話していた三〇一号の広野巡査だろう。同じ教場だから声をかけようと追いかけた。

しかし、広野はそのまま二階にあがっていってしまった。のんびりとした調子で、小さなフィギュアが細々と並ぶ店先を眺めている。やがて仮面ライダーや戦隊モノなどの専門グッズ店を足早に通り過ぎようとした。その右腕が、店頭に並ぶフィギュアの一体を掴んだのを、五味は確かに見た。顔は明後日《あさって》の方角を向いている。足は隣の店舗へ向かっている。だがフィギュアを握った手は――左手に下げたビニール袋の中に入ろうとしていた。

五味は慌てて駆け寄り、その右腕を掴んだ。

スーツの肩がびくりと動き——広野が五味を、振り返った。小柄で、五味は彼を見下ろす形になった。立派な濃い眉毛《まゆげ》をしているが、どこか瞳《ひとみ》に生気がなく、うすぼんやりとした顔つきだ。臼田が形容した通りの印象を受ける。

「小倉教場の、広野君かな」

広野は——目だけで小さく、頷《うなず》いて見せた。そこに、五味に対する必要以上の警戒と恐怖の色がないまぜになっている。

「僕は場長の五味だ。いま返せば、万引きにならない」

「……すいません」

広野は蚊の鳴くような声で言って、そそくさと店舗の方へ戻っていった。

厄介なのが同じ教場にいる——五味はそう思いながらひとり、中野の商店街を抜けていた。広野が商品を戻すのを見届けると、ひとりで学校へ戻ることにした。とても一緒に戻る気にはなれなかった。広野のことを小倉教官に言うべきだろうか。万引きにまでならなかったのだから、言う必要はないのか——逡巡《しゅんじゅん》していて、中野通り沿いのドン・キホーテから出てきた女性とぶつかりそうになった。

長嶋教場の女警、神崎百合だ。

五味は思わず「あっ」と声を上げたが、百合は五味が同じ警察学校の生徒と気が付かなかったようで、携帯電話を耳にあてたままぷりぷりと歩いていった。電話の相手が出ないのか、何度もしつこく掛け直し、いら立っている。

長嶋教官にやられたせいでベリーショートの毛先が不自然だったが、顔にまとわりついていた毛はもう殆《ほとん》ど取り払われていた。百合はドンキのすぐ裏手にあるコンビニ前の灰皿の傍らに立つと、懐からタバコを出し、火をつける。やっと相手が電話に出たようだ。途端にヒステリックに怒鳴り散らした。

「もしもし!?　私、丸坊主にされそうになったんだけど。なんなのあそこ」

一体誰と話をしているのだろう。五味はつい物陰に隠れ、じっと聞き耳を立てた。なんだか行く先々で問題を起こしそうな生徒と行き遭うなと思いながら……。

「ふざけんなよ。しかも肌着も全部捨てられた。U首じゃなきゃだめだとか言って。でもドンキにもU首なかったし。ばっかじゃないの。なんなのあの学校!」

あんなにふんわりとした唇をしているのに、口調はきついなと思った。通話相手も声を荒げているようだ。男のがなり声が通話口から漏れ聞こえる。

「あんたのせいでしょ!　私をあんな監獄に突っ込んだのはどこの誰よ。もういい、今日で辞めてやるから。もうどうにでもなればいい、死んでやる、あんたのせいだから!」

百合は乱暴に電話を切ってタバコを灰皿に投げ捨てると、駅の方へ歩き出した。

これはまずいと五味は反射的に、百合の手首を摑んでいた。広野の万引き未遂も、すぐに呼び止めていればあんな現場を見なくて済んだのだ。次、目の前で線路にでも飛び込まれたら、たまったもんじゃない。

百合は「痛い！」とヒステリックに叫び、五味を睨《にら》み返した。だが、なにか気が付いたようにあれっと小首を傾げた。そのまま何も言わないので、五味は尋ねた。

「――警察学校の人、ですよね」

五味が言うと「君もなの？」と百合は不思議な返事をした。まだ百合の手首を握ったままだった。体つきはふくよかだが、手首には女性らしいしなやかさとか弱さがあった。

「あ、はい……。死ぬなんて喚《わめ》いているから、つい――」

百合はじっと、猫のようにきつくつり上がった丸い瞳で、五味を上目遣いに見ている。五味の胸に、これまで感じたことのない衝撃があった。なにか、物凄《ものすご》く厄介だが強烈なオーラで人を引き付ける魔物に、摑まってしまったような、感覚。

「――ゆ、U首なら、中野ブロードウェイにあるから。だから死ぬとか言わないで」

百合の目尻《めじり》が一瞬で下がった。「なんだ、そうなんだ」と屈託なく笑う。笑うときつい目元が緩んで、すごくかわいいなと思った。くるくる表情が変わる。だが五味には、面倒くさい女という風には映らなかった。面白いな、と思ってしまう。

「――じゃ、死なないんだね？」

「まあ、死なないでおいてあげる。U首あるなら。連れてって」

なんともうまい調子で甘えてくる。

「その前に、電話した方がいいんじゃ？　死ぬって宣言した相手、心配しているかも」

「大丈夫、戻ればわかるから。いまの父親。警視庁の人間なの」

戻れば自動的に担当教官から連絡がいく、と百合は言う。

五味が案内する形で、中野ブロードウェイへと続く商店街を歩いた。百合が上目遣いに名前を尋ねる。

「五味京介。小倉教場の」

「京介君。小倉教場ね〜」

と、なぜか意味ありげに眉《まゆ》を吊《つ》り上げる。

中野ブロードウェイまで、互いの出自を雑談がてら、話した。百合は短大を卒業後、大手都市銀行の窓口で働いていたようだが、警察官の父親に勧められて転職したと話した。今年で二十七歳になる。京介君はどうして警察に、と聞かれる。

五味はなんだか、彼女には正直に本当の動機を話せる気がした。

「警察の階級社会を制覇したいな、と思って」

言うと、百合は「え！」と驚き、そしてコロコロと赤ん坊のように笑った。

「なにそれ。面接で言ったの、正直に」

「言うわけない。でも実務で結果を残して、試験をパスすれば階級が上がっていくんだよ。こんなわかりやすいシステム、民間にはないし」

「だけど絶対に追い越せない奴らが上にいるじゃない」

「キャリア官僚？　まあその存在には目をつぶるよ。東大法学部に入れなかった時点でさ」

百合は「正義とか社会のためにとか、ないわけ」とくすくす笑って見ていたが、やがてちょっと渋い顔になり、五味をしみじみと見た。なんだかジャッジされているみたいだ。

「うーん。口ではそう言ってるけど。京介君、根は熱そう」

馬鹿正直なところ、あるでしょう——と妙に鋭い指摘をする。そういう人は警察で昇進しないのだと、まるで見知ってきたことのように言う。

「だって中央線で、リュックをすぐ前に掛け直したでしょ。車内マナーのポスター見て」

五味は目を丸くして「見てたの」と叫んだ。

「リクルートスーツに五分刈り。絶対警察学校の生徒だろうなって思ってよく見たら、超甘〜い顔してるし。車内マナーがよくわかってないから、地方から出てきたばっかりなのかなって。気が付いてちゃんと謝ってて、やだ超かわいーって」

なんだかものすごく子ども扱いされている。駆り立てられるような焦燥感があった。地下の被服店に戻ると、意味もなくU首ティシャツ五枚をおごってしまった。百合が何度もお金を突き出してくるのを「いい、いい」とむきになって断る。その横顔を見てまた百合に「かわいー」とからかわれてしまった。

店を出て、早稲田通りに戻ってきた。この先、もう警察学校の正門だ。恋愛禁止で、女警とはしゃべれない、目も合わせてはいけないという鉄則がある。

百合は校門が見えてきた直前、突っ込んだ質問をしてきた。

「ねえ。京介君、彼女いるの」

「——いや。別れてきたんだ。俺はもう故郷には戻らないし」

「えっ。じゃあつい最近？」

「うん。今朝。京都駅の新幹線ホームで」

百合は「やだっ」と同情なのか軽蔑《けいべつ》なのかわからない声を上げて、五味の腕を叩《たた》いた。

「全然、寂しそうじゃない」

「寂しくなんかないよ。だって、新しい生活が始まるんだ」

前を見る。警視庁中野警察学校の校門とその校舎群が見えてきた。ふと、腕時計を見た。もうリミットの十一時半、ちょうどだった。

「やばい……！」

「走って走って！」

百合の笑い声のような声援を背に、五味は猛然と走り出した。

校門の前で、小倉教官が鬼の形相で立っていた。

一二八一期　守村教場　Ⅱ

桜田門の警視庁本部庁舎六階にある捜査一課長室で、五味は直談判《じかだんぱん》していた。

捜査一課長の本村《もとむら》警視正は出先からたったいま本部に戻ってきたところだ。今日も曇っているし、冷房の効いたハイヤーで往復してきたはずだが、「暑い、暑い」とネクタイを緩めながら、五味が個人的に作成した調書を受け取った。

「峰岸《みねぎし》を飛び越してなんだと思ったら、教官自殺の件か」

峰岸——捜査一課六係の係長で、五味の直属の上司だ。

「係長には内緒でお願いしますよ。あの人、ああ見えて結構傷つきやすいから」

「メタメタに傷つけてやればいいのに」

言って本村はにたっと笑った。本村は剣道の鬼と言われる人物で、警視庁内の大会で何度も優勝をしているほどの腕だが、峰岸には一度、負けた過去がある。当の峰岸は剣道の腕は立つが、あまり積極的に道場通いをするタイプではなく、仕事の後は専ら部下を引き連れて飲み歩くタイプだ。そんな不摂生な相手に負けた過去が本村一課長には禍根として残っており、未《いま》だに峰岸に面白くない感情を抱いている。

五味はそこを突いて、峰岸と意見が対立したらまず、本村一課長に直接泣きつくことにしている。たいてい、五味の意見が通る。

今回も、守村が自殺した件について峰岸には進言をしたが、「教官が不審死なんて、自殺の方がいいに決まってる」という反応だった。それで五味は早々に本村一課長をあたることにしたのだ。

本村一課長は恐ろしいスピードで調書に目を通すと、きっぱりと五味に言った。

「証言の食い違い、現場の不自然なゲソ痕《こん》、確かに不可解な点はいくつかあるが、第三者の痕跡が全くない。わざわざ他殺の線で帳場を立てるほどとは思えんな」

「登場人物に注目してほしいんです。高杉哲也巡査部長」

本村一課長の顔色が変わった。やっぱりなと――五味は心の中で思う。

「お前、高杉のことを知っているのか」

「同じ教場出身です。ちなみにガイシャも、です」

「この件を事件化したいというのは、弔い捜査ということか」

「正直言って違います。弔い捜査に熱を上げるほど、守村と親しくはありませんでした。卒業以来、一度も会っていません」

「ならば高杉に目をつけたのはなぜだ」

「高杉の聴取を担当した府中署の刑事は、彼に不信感を抱いています。守村の妻は、夫は自殺するような精神状態にはなかったときっぱり言っている。だが高杉は、いまにも自殺しそうだったと――」

本村一課長が唸《うな》った。

「高杉は五年前から警察学校に塩漬けされていますね。彼は卒配後から生安一筋で、主に風紀畑を歩んでいったようです。一課長と接点は？」

どこか慌てたように本村一課長は「ない、ない」と首を横に振った。

「だが、高杉のことを知っていますね。高杉はなぜ、五年も干されているんです？」

「干されているなんて言うな。警察学校の助教官だって立派な仕事だ」

「一、二年で本部にくれれば、それは立派な仕事だったと言えるでしょうが、五年は異常です。表に出せないなんらかの理由があるとしか思えません。病気やけがを抱えているとか。精神疾患とか。表に出せない不祥事とか」

やれやれと、本村一課長は五味を見据え、言った。

「高杉が武蔵野《むさしの》署にいたころの話だ。奴は吉祥寺界隈《きちじょうじかいわい》の違法風俗店の摘発を行っていた。中で働く女たちをうまくエスに仕立て上げて情報を吸い上げていたようだ。成績は良かったから、捜査費がざくざく高杉の懐に降りてきた。全部、エスへの情報料だ」

「風俗で働く女たちへの？」

「そう。だが実際、高杉は捜査費の見返りに体の関係を迫っていたんだ。本当のエスは、奴が子飼いにしていた暴力団のチンピラただ一人」

「――つまり高杉は、捜査費用で買春していたってことですか」

「その通り」

「生安刑事が売春防止法違反ってことですか。それ、事件化しなかったんですか」

「するはずないだろ。わざわざ世間様から批判されることを公表することはない」

公表したくないから事件化しない――そして、本人を警察学校に塩漬けすることにした、というわけか。本村一課長が言う。

「あいつ、元海自だと知ってるだろ。お前、同期だったんだから」

「ええ。ですが、防衛省――当時は防衛庁でしたね、そこのキャリア女性と不倫関係になって、警視庁に流れてきた」

「そう。元々下半身に爆弾抱えた奴だったってことだよ」

五味は前のめりになると、本村一課長に囁《ささや》いた。

「今度こそ、高杉を追い出せるかも」

本村一課長は目を眇《すが》め、五味を見据えた。困惑している。

「守村の自殺をもうちょっと調べましょう。せめて司法解剖くらいはさせてください。なにか出たら、今度こそ高杉を警視庁から追い出せる。当時の生安部長も追い出せず、警察学校に塩漬けするのが精いっぱいだった防衛庁のお荷物を、捜査一課長が追い出したとなれば――刑事部長は生安部長に貸ができるじゃないですか」

本村一課長は鼻で笑ったが、まんざらでもない様子だ。口角を上げた状態で、鋭く五味を探った。

「どうしてそんなに高杉を目の敵にしている？」

「していませんよ」

「だがお前こそが高杉を警視庁から追い出したいと思っている。だから守村の自殺について探っているんだろ」

「違います。なぜ死んだのか、真実を知りたい。それだけですよ」

本村捜査一課長は「そうか」と口で納得して見せたが、目は到底納得できないと、無遠慮に五味を眺めた。さりげなく尋ねてくる。

「──娘さんは元気か」

五味は一瞬黙した。なぜ聞かれたのかと疑問に思いながらも、答える。

「ええ。お陰様で」

「もう中学生だったか？」

「まだ小6ですよ」

「──そうか。父子家庭だとなにかと不便があるだろう。よければ、いい女性を紹介する。確か、碑文谷《ひもんや》署の署長の娘さんが適齢期だ」

「お言葉だけで」

五味は立ち上がると敬礼し、捜査一課長室を辞そうとした。

「喪服か」

本村一課長が黒い上下の五味を見て、初めて気が付いたように尋ねた。

「ええ。午後から、守村の葬式が。夕刻には荼毘《だび》に付されてしまいますので、それまでにご決断を」

「いや、いま決断する。司法解剖だけはさせる。なにも出てこなかったら見合いしろよ」

言って本村一課長は、デスクの電話の受話器を上げた。

守村の葬儀には警察学校の生徒や関係者を含め、数百人の参列があった。

高杉は授業があるため、前日の通夜に守村教場の生徒半分を連れて参列したのみだ。今日、守村教場の残り半分の生徒たちは教養部長に引率されて、焼香にやってきた。

守村の妻、奈保子《なおこ》は葬儀の喪主を務める傍ら赤ん坊の世話もしなくてはならず、いまはもう涙を流す暇もないといった様子だ。奈保子に付き添って聴取を続けていた綾乃は、ことあるごとに「夫は自殺じゃない、捜査して」と訴えられていたが、奈保子の証言からそれを証明できる材料は一切なく、焦っていた。そこへ、天の恵みのように三浦係長から司法解剖の一件が流れてきたのだ。

なぜ自殺と処理された案件が急転直下の――と思っていたが、どうやら五味が手を回したらしかった。

「上を動かすには上が喜ぶネタを提供するのが一番だ。高杉に犠牲になってもらった」

五味は焼香の列を待つ間、そう言うだけで、詳しい話をしなかった。「なにも出てこなかったら見合いしなきゃなんない」とちらっと苦笑いする。

守村の葬儀に、かつての教場仲間・一一五三期小倉教場の生徒は五味を含め、四人来ていた。

当時の副場長で、守村と最後に通話した本富士警察署刑事課長の臼田友則警部。守村と教場時代同じ班で、最も仲が良かったという、山原秀信警部補。屈強な体つきにカリフラワー耳。柔道で警視庁にスカウトされた人物と、すぐにわかった。

そしてもう一人――藤岡圭介《ふじおかけいすけ》巡査部長という、第四機動隊所属の男性がいた。綾乃は広報誌で顔を見たことがある。彼は第四機動隊に所属する近代五種部の選手で、去年のリオ五輪で日本人最高位を獲得し、警視総監賞を取ったほどの人物だ。彼も一一五三期小倉教場の生徒だと五味から聞き、綾乃は小倉教場の多彩な顔触れに驚いた。

葬儀後、守村の遺体が司法解剖のため杏林《きょうりん》大学法医学研究室の専用バンで走り去ると、小倉教場の面々は駅前の居酒屋に移動した。ビールの大ジョッキが三つ並ぶなか、コーラが五味の前に運ばれた。臼田がつまらなそうに五味に尋ねた。

「なんだよ五味。お前、車か」

「いや。酒は飲まないんだ」

「え。学生時代は飲んでなかった？」

臼田は驚いて言うと、同意を求めるように山原や藤岡を見た。

「そういえば五味は、卒業旅行の晩の宴会でも一滴も飲まなかったな。場長がそんなんで場が白けた」

山原が苦笑いで言う。綾乃はつい、口出ししてしまう。

「そういえば、小倉教場は教場会をあまりやっていないそうですね」

「あまりというか……一度も、だな。いろいろと問題の多い教場だったんだよ」

臼田が苦虫をかみ潰《つぶ》したような顔で、言う。五味が尋ねた。

「山原はいま、どこの所属だ？」

「俺はいま、管区警察学校だよ。小平《こだいら》の」

警察官は昇進するたびに一度所属を離れ、学校に入る。警部補までは警察庁直轄の関東管区警察学校に入り、警部以上の昇進になると、府中の警視庁警察学校のすぐ隣にある警察大学校で教育を受ける。

「藤岡は元気だったか。リオ五輪、お疲れだったな」

五味が、あまり一同となじもうとしない藤岡に声をかけた。臼田が場を盛り上げようと「遅ればせながら、リオ五輪日本人最高位、おめでとう！」とグラスを掲げた。

「すごいよなあ、近代五種……えっとあれだよな、射撃、水泳、フェンシング、ランニング……あとなんだっけ」

「馬術だよ」

近代五種はその合計タイムや点数の総合点を競うスポーツだ。

藤岡の左手の薬指に、きらりと輝くプラチナの指輪が見えた。臼田も結婚指輪をしている。

五味と山原はしていない。

「お前、いつ結婚したの」

臼田が藤岡に尋ねた。無言がちな藤岡だったが、話を振られると誠実に答えた。

「三十の時だよ。子どもは上から小3、小2。下の子はいま年中だ」

「偉いな。三児の父で機動隊員でオリンピック日本代表。完璧《かんぺき》な人生じゃん」

未だ独身らしい山原は心から羨《うらや》ましいそぶりで言う。臼田は、五味を見据えた。

「お前はどうなんだよ。バツイチか?」

五味は「なんで」と眉《まゆ》をひそめた。臼田が山原の筋肉と贅肉《ぜいにく》で膨れあがった肩を叩《たた》きながら、言う。

「いやだって、こいつと違って、器用なタイプだろ。女好きする甘いマスクだし」

五味は苦笑いで、コーラに口をつけただけだった。

綾乃は言葉が少ない五味を不思議に思い、その横顔を見た。病で先立たれた妻がいること、その娘を育てていることを、なぜ言わないのだろう。視線を感じたのか、五味が綾乃を見た。目に厳しい色があった。言うな、と訴えている。

「よおよおそこ、見つめ合っちゃって」

酒が回り始めたのか、臼田が五味と綾乃を指さし、揶揄《やゆ》した。

「もしかしてそういう関係なんじゃないの、二人」

綾乃は「違います」と慌てて首を横に振った。同意を求めて五味を見たが、五味はこれに関しても否定も肯定もせず、お通しを箸《はし》で口に運ぶ。そこに、自身のプライベートに関しては一切話さないという頑《かたく》なな態度が見えた。

綾乃は五味を守らなくてはいけない気がして、話題を強引に変えた。

「そういえば、臼田さんは守村教官と最後にお話しされていましたよね」

唐突だったせいか、臼田の表情が若干曇った。「まあな」と、ビールを呷《あお》った。

「参ったよ。いまでもあいつの最後の声が、耳に残っている。ドタキャンしてなかったら、あいつ、首括《くく》るようなことしなかったよな、きっと」

山原が臼田を気遣った。

「自分を責めるなよ。遅かれ早かれ……だったんじゃないのか」

「彼はなにに悩んでいたのかな？」

藤岡が唐突に質問した。臼田が答える。

「俺もよくわからない。なにせ俺も、守村と会うのは奴の結婚式以来だったんだよ。突然電話をもらって、ちょっと相談に乗ってくれないかと」

綾乃は一同に尋ねた。

「みなさん、高杉助教についてはどんな印象を持っておられます？」

山原と藤岡に、明らかに驚いたような色があった。

「高杉って、あの高杉哲也？」

「はい。現在は守村教場で助教をしています。みなさんと同じ教場だったんですよね」

臼田は知っていたようだが、山原と藤岡は驚いたように目を合わせた。

「知らなかったな……高杉が警察学校？　そういう柄か、あいつ。女性問題で海自から流れてきた奴だぜ」

「実は、高杉さんは守村教官について、奥さんとは真逆の証言をしているんです。心を病んでいて、いつ自殺してもおかしくなかったと」

臼田が釘《くぎ》を刺すように言った。

「証言の食い違いだけで高杉を疑うのはどうかな」

「――では、奥さんの方が嘘をついていると？」

「どちらも嘘なんかついてないのかもしれない。物事というのはいろんな側面がある。守村は、奥さんの前では元気に振る舞っていただけなのかもしれない。奥さんはまだ産後半年で大変なときだろう。心配をかけたくなかった。でも高杉の前では、二人は教場時代からの仲間だし、つい弱音を吐いていたとか――」

五味は静かに二つ頷《うなず》くと、一同に言った。

「誰が怪しいとか、誰がどう思っていたとかよりも、物証から見て行くのが確実だろう。守村の首を吊《つ》ったロープ、結び目がもやい結びになっていた」

「もやい結び？　ってあの、船乗りがするような奴か」

臼田の質問に、五味は静かに頷いた。

「守村に船の趣味なんてあったか？」

山原が首を傾げる。「知らないな」と藤岡は小さく呟《つぶや》いた。臼田は神妙に言う。

「嫌な情報だな、それ。守村以外の人間がロープを結んだということか」

「その可能性が高い」

五味のスマートフォンが鳴った。五味はその場を辞すことなく電話に出たが、ふと顔色を変えて個室を出て行った。五分ほどで戻ってくると、個室に顔だけ出して綾乃を呼んだ。

「瀬山さん。守村の司法解剖が終わった。行こう」

「なにか出たんですね！」

「遺体から筋弛緩剤《きんしかん》が検出された」


飲み屋は雑居ビルの八階にあったが、なかなかエレベーターがやってこなかった。箱が上がってくるのを待つ間に司法解剖の詳細を聞こうとした綾乃だが、五味は電話でずっと結衣と話をしていた。

「今日はたぶん帰れそうにないから。とにかく戸締りしっかりして。U字ロックをちゃんとかけるんだよ。うん。じゃ。お休み。え？　まだ寝ない？　そんなに根詰めて勉強しなくてもいいんじゃないの……あ、そうか。受験生ね。はいはい」

結衣は中学受験でもするのだろう。電話を切った五味は綾乃を見て、苦笑いした。娘に怒られてしまったという顔。

「五味さん、亡くなった奥さんのことや結衣ちゃんのこと、秘密にしているんですか」

「えっ？　いや。そんなことはないけど」

と言うと、五味は「あっ」と気が付き、綾乃に頭を下げた。

「ありがとう。さっきは言わないでいてくれて」

ただでさえ同期の不審死でみな沈んでいる中、自分の話をしても白けると、五味は言う。なにも語ろうとしない五味の横顔は、なんだか寂し気だった。死に向かう守村とよく似ている気がして、綾乃は妙に心がかき乱される。

「あの――。自宅に、奥さんの仏壇がなかった気がしたんですけど」

五味は「えっ」とかなり驚いた様子で、綾乃を見た。言い訳するように言う。

「いや、ちゃんと仏壇はあったんだよ。結構立派なのを買った。でも結衣がいつだったかブチ切れて、庭に全部投げ捨てて破壊したんだ」

「……あの結衣ちゃんが？」

彼女はどこか飄々《ひょうひょう》とした雰囲気があり、激情にかられるタイプには見えなかった。エレベーターがやっとやってきた。二人で狭い個室に乗り込んだ途端、五味は「君はよく見ているね、人の家のことを」とチクリと言うと、綾乃の背中を人差し指で突《つつ》いた。左脇下に近く、くすぐったくてちょっとのけぞった。

「守村の注射痕《こん》が、ここにあった。筋弛緩剤はここから投与されたらしい」

五味が指を突いているのは肩甲骨のすぐ下あたりで、ちょうど、ブラジャーの肩紐《かたひも》の上だった。

「ここに自分で注射、できそう？」

綾乃は「守村さん、右利きですよね」と確認し、右手で注射器を構えるそぶりで、左脇の下に腕を回した。かなり無理がある。

「針は刺せると思いますけど、中身を注入するのは結構厳しそうです」

左手でやってみようとしたら、もっとやりづらい。

「自分の意思で注射したならこんな場所は選ばない。誰かに注射されたんだろう」

「注射痕に生活反応は？」

「検視官も見逃すほど小さい。判断できないそうだ」

注射痕が生前できたものか、死後できたものなのか、わからないということだ。

「死因は呼吸不全による窒息死で間違いないらしいが、それが首吊りによる頸部《けいぶ》圧迫によるものなのか、筋弛緩剤による肺機能停止によるものなのか、判断できないそうだ」

綾乃は考え込んでしまった。殺人と証明されたも同然だが、難しい事件になりそうだという直感がある。

「――いずれにせよ、俺は一度、本部に戻るよ」

五味は静謐《せいひつ》だか力強いまなざしで、綾乃に言った。

「府中署に、帳場が立つ」

綾乃はその晩、ほぼ徹夜で帳場設置作業に奔走していた。

朝、おにぎりを栄養ドリンクで流し込んでいると、表玄関へ出るように呼び出しがかかった。府中署長を筆頭に、刑事課の連中が表玄関へずらりと花道を作るように並んで待つ。品川《しながわ》ナンバーの捜査車両が次々と到着した。本村捜査一課長を筆頭に、捜査一課御一行が大名行列のように、府中署の正面玄関へ入っていく。

本村捜査一課長の後ろに二名の管理官、峰岸六係長、そして主任の五味が続く。クールなまなざしで所轄署員の敬礼を受けとめ、中に入っていく。綾乃は十五度に腰を折って敬礼していたが、五味が通るときに少し顔を上げた。五味も視線を綾乃に向けていた。自信に満ち溢《あふ》れた、きりっと緊張感漂う笑顔が一瞬、垣間《かいま》見える。

五味と綾乃は鑑取り班に回された。二人がコンビを組めたのも、聞き込み先が警察学校の守村教場関係者になったのも、全て五味が本村捜査一課長に根回ししたものらしかった。

「改めて別の見知らぬ刑事と組まされるのは嫌だから」と五味は言ったが、なんだか数十名いる所轄署員の中から選んでもらえた気がして、綾乃は心が躍った。

そしてようやく、五味と綾乃は警察学校の聴取に取り掛かることになった。

時刻は十一時半、ちょうど二限目で、守村教場は術科棟で逮捕術の授業中だった。剣道のような「ヤー!」という掛け声が聞こえてきた。それは女警が発するもので、男警の「メーン!」という怒鳴り声も道場内にこだまする。

白い柔道着の上に剣道の防具という独特の恰好《かっこう》をした生徒たちが二人ずつ組まされ、対戦している。手に持つ棒は剣道の竹刀とよく似ているが、長さは半分ほどの模擬警棒と呼ばれるものだ。それらを手に、戦う。

五味が驚いたように、背後の綾乃に言った。

「いまの警察学校は共学なのか」

「そうですよ。私の時はすでに共学でした」

「時代は変わるな。俺の時は、女警は別クラスだよ。目を合わせてはいけないと」

「私の時は、異性の警察官としゃべってもいいが、歯を見せて笑うな、でしたね」

みな対戦中なので五味や綾乃を気に掛ける者はひとりもいなかった。同じ防具姿だが、明らかに他の生徒たちよりも一回り体の大きい男がいる。男は逮捕術専用の模擬警棒ではなく、竹刀を持っていた。逮捕術担当教官だろう。

「ほらそこ。遠慮するな！　打て、打て、打てよ‼」

道場内に教官の熱っぽい罵声《ばせい》がこだまする。女警は殆《ほとん》ど涙声で掛け声をあげながら、対戦相手の防具の頭を滅多打ちしている。

「もっと。もっともっと！　仲間だからって遠慮してんじゃねぇよ！」

女警がとうとう息を切らし、訴えた。

「こっ、これが精いっぱいです」

打ち続けで腕が動かなくなったのか、そのまま女警はへなへなと尻《しり》もちをついてしまった。

対戦相手の女警が「大丈夫！」と駆け寄る。

「バカ！　いまが攻撃のチャンスだろ、助け合ってんじゃねぇよ！」

怒鳴り散らした勢いで方向転換した教官が、ようやく五味と綾乃に気が付き、おやっと動きを止めた。面をつけているので、顔が見えない。やがて静かにこちらに歩み寄ってきた。竹刀を右手に持ったまま、左手で面を固定する紐《ひも》を解く。五味の目の前に立った時、ようやく面を取った。

高杉助教だった。五味をチラ見しただけで、まず綾乃に反応したように顔をほころばせたが、それは一瞬ですぐに、五味を二度見した。

五味は無言で高杉を見据えたまま、歩み寄ろうとしない。高杉と五味の間に、不可思議な、寒々とした空気がふっと通り過ぎる。二人は卒業以来、十六年ぶりの対面のはずだ。高杉がやっと声を発した。

「――お前、もしかして五味か？　小倉教場の」

五味は懐から警察手帳を示し、名乗った。

「本部捜査一課六係主任、五味京介警部補だ。高杉巡査部長、お久しぶりだ」

高杉以上に、生徒たちに反応があった。本部捜査一課の刑事を前に、一様に色めきたって対戦をやめてしまった。高杉は濃い眉毛《まゆげ》をハの字にして、五味に歩み寄った。

「なんだよ堅っ苦しい挨拶《あいさつ》を。十年――いや十六年ぶりか？　来るなら連絡くらい――」

「悪いが、旧友に会いにきたわけじゃないんだ」

五味の敷居の高さを高杉は察したようだ。「まあ、そうだろうな」と苦笑いする。二人は不自然なほどに距離を保ったままだ。綾乃は二人の間に、目に見えない強固な壁があることを感じた。

「守村教官の件で、教場関係者に聞き込みに来ている」

「聞き込みは結構だが、いまは見ての通り授業中だ」

「悪いがそちらの事情に合わせられない」

高杉は明らかに不快感を示している。考えるようなそぶりで、五味に提案した。

「捜査のためとあらば、こちらもれっきとした警察官だ。協力は惜しまない。だが、そちらもまた警察官だろ。かわいい後輩の育成に多少なりとも尽力していただきたい」

言うと高杉は振り返り「古谷《ふるや》」とひとりの生徒を呼びよせた。古谷と呼ばれた生徒は「はい！」と高杉の横に立ったが、なぜ呼ばれたのかわからず、手持無沙汰《ぶさた》な様子だ。

高杉がすかさず、防具の頭をはたいた。

「馬鹿野郎、礼儀のない奴だな。警視庁の大先輩刑事だぞ、顔を出せ」

「あっ、すいません」

古谷は慌てて面を取って小脇に抱えると、十五度の敬礼で頭を下げた。角度が正確だと綾乃は思った。脱帽時の敬礼は腰の角度が十五度と四十五度の二種類がある。十五度というのは体感的に難しいのだが、入校からすでに四ヵ月が経ち、古谷は慣れた様子だ。頬にまだニキビが残り初々しい。新卒だろうなと綾乃は思った。

高杉が再び仰々しい態度で生徒たちに五味を紹介した。

「いいか、こちらは本部の刑事ってだけじゃねぇぞ、一一五三期小倉教場の場長を務めた五味警部補だ！　もう十五年以上前のことだがな、なんでもできる優等生だったんだぜ、女にもモテてな？」

五味はあからさまに嫌な顔をした。

高杉に促され、古谷が挨拶をする。

「一二八一期守村教場、古谷直樹《なおき》巡査です！」

「よし。古谷。五味と戦え」

五味が「は？」と非難交じりに問い返すのと、古谷が「え？」と困惑で問い返すのが、同時だった。綾乃が口出ししようとして、高杉が太々しく言う。

「五味場長――もとい、五味警部補。実は困った問題があってな」

馴《な》れ馴れしい口調で、高杉はこの教場でいじめがあることを伝えた。

「七月ごろだったか？　このかわいい古谷がよ、寮のベッドのシーツにグルグル巻きに拘束された状態で、ゴミ捨て場に放置されていた。なぁお前、覚えているか」

古谷はしゅんと、下を向いた。

「ところがどっこい、誰が古谷にあんなことをしたのか、誰も名乗りでない上に古谷本人も報復を怖がってだんまりなんだよ。目撃者だっていたはずなのにどれだけ調査をしてもだーれもなにも言わない。それで俺は悟ったね。古谷」

高杉は古谷の小さな顎《あご》を、グローブのような手で摑《つか》みあげた。演技がかった様子で言う。

「お前、かわいそうに。よほど生徒たちから嫌われてんだな。みんな、お前のことが大っ嫌いなんだ」

古谷本人以上に、教場の生徒たちの間で困惑の視線のやり取りがあった。高杉はくるりと五味に向き直り、言った。

「というわけで。捜査一課の敏腕刑事に代表してもらい、古谷をこてんぱんにとっちめてもらおうと思う！」

綾乃は慌てて一歩前に出た。

「なにをバカなことを！　よりによっていじめの被害にあった生徒を――」

「とはいっても犯人が捕まらないんだからしょうがない。五味警部補にとっちめてもらって、いじめっこたちにはこれにて溜飲《りゅういん》を下げてもらうほかないだろ」

高杉の「やれ」という迫力にせかされ、古谷は手早く面を装着し始めた。綾乃は慌てて二人の間に立った。

「ちょっと待って下さい。高杉さん、言ってること滅茶《めちゃ》苦茶です」

「俺はいつも滅茶苦茶だよ」

「なっ――なに開き直ってるんですか！　第一、戦えって、五味さんに防具とか警棒はないんですか。五味さんは完全に丸腰じゃないですか！」

高杉はわざとらしく、残念そうな調子で言った。

「ああ、そうだった。捜査一課の刑事はけん銃も持たねぇし、警棒も持ち歩かない。防刃ベストすら、命令がないと装着することはないんだよなぁ、お気の毒」

「お気の毒って……！」

「だいたいあんた、逮捕術の授業を忘れたか。警棒対警棒以外に、徒手対徒手もあったろ？

警棒対徒手も」

徒手とは、警棒を持たず素手で戦うことを言う。だとしても、同じ防具はつけさせるべきだと前に出た綾乃に、いきなり高杉が体を半身にした。

「うるさい女だな、そんなに俺に構ってほしいのか？」

横に並ぶ形になった途端、高杉の手が伸びてきて、左の尻の肉をぐいっと摑み上げた。綾乃は驚愕《きょうがく》で一瞬、体が硬直してしまった。慌てて「ちょっと！」と抵抗し、その腕を払おうとする。両手を後ろに持っていったところで、前ががら空きになった。高杉の大きな手が容赦なく、綾乃の両乳房を摑んだ。なにをされているのか理解できなかった。助教官たるものが、生徒の前で女の胸を鷲摑《わしづか》みにするという非現実的なことが、起こっているとは思えなかったのだ。

だが、何度見ても、高杉の手が綾乃の胸のふくらみを鷲摑みにしている。

「ふ、ふざけないで！」

必死に抵抗しようと両手で高杉の手を振り払った。しかし今度は手首を強く摑んで、後ろ手にひねり上げられて全く抵抗ができない。五味のあからさまなため息が聞こえてきた。

「――高杉、そこまでにしておけ」

「言ったろ。授業に協力してくれと」

言って高杉は綾乃の肩を突いた。そんなに強い力ではなかったはずなのに、綾乃が抵抗する力を利用したので、綾乃は大げさに前につんのめって、生徒たちが並ぶ足元に倒れた。すぐに立ち上がったが、壮絶な羞恥《しゅうち》と怒りで、古谷以上に顔が赤くなった。

「見たか。女警ども」

高杉の言葉に、女警はみな一様に顔色を青くして、より固まっている。

「学生時代に逮捕術、合気道を真面目にやってこなかった女警のいい見本がここにいる。そして最終的に〝セクハラで訴えますよう～〟って言うしか武器がない。いいか。そんなのは組織で武器になんねぇぞ！」

高杉の罵声《ばせい》に、女警たちの防具の肩がぶるっと震える。

「組織は組織に泥を塗る警官の訴えなんて簡単に握りつぶす。この女刑事みたいに俺に尻や胸を触られたくなかったら、そして囮《おとり》捜査なんかで変態野郎どもの巣窟《そうくつ》に投げ込まれレイプされたくなかったら、死ぬ気で訓練に励め！　やぁ～、とぉ～、なんて甘ったるい声あげて、仲間をこれ以上打てませぇ～んなんて甘ったれたこと言ってたら、犯罪者に弄《もてあそ》ばれて終わりだぞ！」

女警たちが「はい！」と悲鳴にも似た返事をする。高杉はすぐさま振り返ると、古谷に「やれ！」と命令した。高杉は完全に、この道場の空気を掌握していた。古谷は手早く面を取りつけると、「わー！」とやけっぱちの声を上げて、五味に突進していった。

五味は素早くジャケットを脱ぎ「持っていて」と綾乃につき出す。受け取り、見守るしかなかった。五味がふっと重心を落とす。模擬警棒を振り上げて突進してくる古谷を、一度、二度と半身を翻してやり過ごす。そして、前につんのめって襲い掛かってくる古谷の防具の頭を上から押さえつけた。古谷は転倒したが、その勢いのまま一回転してすぐに起き上がった。やはり、現役の生徒は俊敏さが違う。

　にらみ合い——。

　高杉は面白そうに、五味と古谷の対戦を見ている。

　互いにフェイントで足を踏み込む。三度目、古谷が棒を振り上げて突進する。五味は甲手に包まれた分厚い右腕の下にさっと滑り込むと、胴着に包まれた古谷の胴体とがっつり組み合った。右足を掛けるような仕草を見せたので、古谷は重心を右に落とし堪《こら》えようとした。五味の足は古谷の右足ではなく、甲手の先の右の二の腕を捉《とら》えた。五味が勢いよく振り上げた右ひざが、古谷の無防備な二の腕の骨を直撃した。バキッという鈍い音が道場に響き渡る。古谷は悲鳴を上げて右側からくずおれた。

　強い……！

　綾乃はつい興奮で紅潮し、五味を見つめた。高杉は真っ青だった。「おいおいっ、まじかよっ」と、慌てて古谷を抱き起こす。

「大丈夫か⁉　動かすな、そのままで固定していろ」

　古谷は右腕をかばったまま返事ができず、苦悶《くもん》している。額に玉の汗が浮かんでいた。高杉が悲痛に叫んだ。

「五味！　骨、折るこたねぇだろ。生徒相手だぞ、加減しろよ！」

　生徒たちの間に張りつめた沈黙があった。青ざめたように唇を震わす人物がひとり。その肘《ひじ》をひたすらついて、やばいぞという顔で反応を窺《うかが》う人物もいる。その二人を、白い目で見る他の生徒たち――。

誰が古谷をいじめていたのか、一目瞭然《りょうぜん》だった。

綾乃はひとり、ため息をついた。同時に個室の扉ががらっと開き、生ビールの大ジョッキが出される。

「お待たせいたしましたっ、生ビール大！」

京王線飛田給駅前にある、居酒屋に来ていた。待ち人はまだ来ていなかったが、先にひとりで始めていないとやってられないと思うほどに、落ち込んでいた。

今日の昼間――高杉に対して腕力で勝てないのは当たり前だが、もはや風の前の塵《ちり》に同じというほどに無力だった。頭脳では五味の足元にも及ばず――結局、自分の武器は自分が最も忌み嫌う〝女〟でしかないのだと実感し、ため息ばかりが漏れる。

綾乃はいま、高杉を待っていた。

今日一日、高杉は丁々発止の受け答えでまともな聞き込みができていない。そこで、綾乃が高杉に色目を使い、居酒屋の個室に呼び出して情報を取るように、五味から命令されたのだ。

昼間、五味の強さと残酷さを目の当たりにし、綾乃は肝が冷えていた。いつもならそういう捜査を断るのに、震える声で「はい、やります……」と答えてしまったのだ。

その直後、古谷は骨折しておらず、ただの打撲だったことがわかった。五味は最初から骨折していないとわかっていたようだ。「高杉さんも大げさですね」とため息をつくと、

「いや、あれはわざと、骨折だなんだって騒いだんだと思う」と五味は説明した。大げさに骨折と騒げば、罪悪感に駆られたいじめっこが名乗り出ると踏んだようだ。

会話もせず、視線をひとつふたつ交わしただけで、高杉の意図を理解した五味……。二人は名コンビのように見えるのだが、互いを見る視線になにか一物ある空気を感じる。

個室の扉がガラッと開いた。スーツに着替えた高杉が重たそうなバッグを手に、入ってきた。半そでワイシャツから、太い腕が覗《のぞ》く。

「おっ。もう飲み始めてんのか」

上機嫌に言うと向かいの座布団にどっさりと腰をおろし、口にくわえていた煙草を灰皿にすりつぶした。メニューを開く前から店員に「生ビールと、あとはズラッといつものね」と言いつける。どうやら常連のようだ。

「いや、今日は悪かったな。あちこち触っちゃってさ」

綾乃がなにも言わないうちから、神妙な顔で、高杉は謝罪した。

「でもあのお陰で、やっと女警も訓練に火がついた。現場に出てどれだけの危険があるのか――あのお嬢ちゃんたち、塀に囲まれた警察学校にいるから、ピンと来ないんだ」

言って高杉は、安っぽいナイロンのビジネスバッグを開けた。大きなグローブのような手で山吹色の小冊子の束を摑《つか》み、ドン、ドンと傍らに置いていく。

「懐かしい――。『こころの環』ですね」

生徒が毎日書いて提出する日誌だ。教官と助教が手分けして読み、感想を書き込んで夕刻には返却するが、いまは高杉ひとりのため、返却が追いつかないのだろう。

高杉はビールを飲みながら赤ペンを持ち、一冊一冊、生徒の日誌に目を通し始めた。文字を追うその瞳《ひとみ》は意外に真剣だ。生徒の文章に波線を引き『こう思ったことは大きな一歩だ』とか『練習は裏切らないぞ』とか、その言動からは想像もつかないほどまともなコメントを入れている。しかも、字が美しい。

高杉の文字に見とれていると、五味からスマートフォンにメッセージが届いた。

〝高杉、到着したのか？〟

綾乃は慌ててテーブルの下にスマホを隠し持ち、五味に電話をかけた。すぐに通話状態になった。スピーカーにした状態で、スマートフォンを膝《ひざ》の上に置いた。

五味はこの二つ先の個室で、会話を聞いている。高杉から情報を取るために、酒の席に誘ったのだ。ならば酒は飲むまいと思っていたのだが、五味から飲まないと不自然だと指摘されて、あえて先に酒を飲んで待っていた。

それとなく、高杉の私生活を尋ねる。

高杉は多摩市内にある官舎で、妻と二人暮らしだという。日誌を持つ左手の薬指に指輪はなかったが、結婚はしているようだ。

「奥さんは、専業主婦なんですか」

「いや。共働きだよ。保険売りのババア」

「――そんな言い方」

「だって本当にババアなんだもん。もうすぐ五十だ」

高杉は四十四歳。姉さん女房のようだ。共働きなら家のひとつでも購入していそうだが「無理無理」と高杉は笑う。

「俺も女房も金遣い荒いから。女房は自分の給料全部、エステだなんだで使い切ってるもん。美魔女だかなんだか知らねーけどよ」

「お子さんは？」

「いない。だからお互い好き勝手やってんの」

店員が熱燗《あつかん》を二つ、持って来た。日本酒なんて飲めないと断ったが「とにかくうまいから、一口だけ」と強く勧められ、ちょっとだけ舐《な》めてみる。舌にじんわりと甘みと旨味《うまみ》が広がっていく。最後、喉《のど》にほろっとアルコールの刺激があった。おいしい、と体ごと蕩《とろ》けそうになっていると、高杉は嬉《うれ》しそうに「飲め飲め！」とお代わりを注ぐ。

「ところで、守村教官のことなんですけど」

「なんだよ、旨い酒の前で苦い話を」

「筋弛緩《きんしかん》剤を注射されていた件については、もう小耳に挟んでいると思いますが」

「聞いたよ、校長から。なんだそれって感じ」

「それだけですか？　もうちょっと具体的に、守村さんが自殺だと思う根拠を教えてほしいんです」

高杉は赤ペンを仕舞い、「せっかくの酒がまずくなるなぁ、もう」とぼやきながら、お猪口《ちょこ》の熱燗を呷《あお》り、言った。

「夜眠れないのが辛《つら》いと言ってたな。睡眠薬が手放せないようだったし。だが五月ぐらいで落ち着き始めたんだよ。初々しい若者と触れ合ううちに、癒《いや》されてったんじゃないの。だが、夏に入ったころからまた様子がおかしくなりはじめた」

「またもとに戻ったと？」

「戻る以上。ひどくなる一方だったよ。なんか、幻覚も見えてたようだ」

七月の終わりごろから、〝ひとり多い、ひとり多い〟と──思い詰めたようにブツブツと言ってたことが何度もあったという。

「ひとり多い？　生徒の数が、ですか」

「わからん。尋ねても答えないから」

そして一ヵ月しないうちに、自殺──。

「俺は早く治療をしろと言ったけれど、生徒に精神論を唱えている奴が精神科医にかかれるかと、強がってたな。とにかく、生徒たちが無事卒業するまでは、耐えると」

綾乃は繰り返される高杉の同じ証言に、ため息をついた。

「高杉さん。守村教官の背中に筋弛緩剤を注入した痕跡《こんせき》があった時点で、自殺は否定されるんです。いい加減、本当のことを話してください」

「俺は嘘はついていない」

「でも結果的に、奥さんが証言していたことが正しいってことになるんですよ」

「知らねぇよ、守村は妻の前では粋《いき》がって、弱いところ見せなかっただけだろ。だいたいな、女なんて本当のことを口にしない生き物だ」

「私は女ですけど、本当のことしか口にしません」

「だから、美人なのに色気がないんだよ、綾乃チャンはさ」

あまりにも図星で、つい、黙り込んでしまった。店員が出汁《だし》巻き卵を運んできた。瑕《きず》ひとつない、きれいな黄色い膜で覆われている。高杉が器用な箸《はし》遣いで卵巻きを割り、綾乃の小皿に取り分けた。ぷるんと卵巻きが躍る。綾乃は本音がぽろりと出た。

「――本当によく言われるんです。美人なのに色気がないって。一体どうしたら、色気って出るんです？」

高杉はおかしそうに肩を揺らして笑い、熱燗をちびりと飲んだ。そういえば、公の場で散々セクハラ行為をしたわりに、個室で二人きりになると高杉は綾乃に指一本触れようとしてこなかった。

「まぁやっぱりな、謎よ。一から十まで出しちゃだめ。一から三ぐらいにしておくとさ、男はそそられるのよ、これは一体どんな女なんだと」

「私、高杉さんの前で十まで出した覚えないですよ」

「十どころか、二十も三十も出てるよ。つまり、あんたは出しゃばりなんだな」

「――それも、よく言われます……」

「黙ってりゃいいの。言いたいことがあっても、気が付いたことがあっても、黙ってりゃあ後から謎がついてくる」

「黙っていたら捜査にならないじゃないですか」

「だからさ、女刑事なんて頭でっかちだって思われるだけで、モテねぇだろ。ミニパト乗って窓からチョーク棒突き出してる女警の方がいいし、結婚が早い」

「――でもなんだかそうやって、男の好みに合わせて生きていくのは嫌です」

「それなら、モテなくっても仕方がないだろ。モテたい、でも男に好かれるように振る舞うのは嫌だって、どんだけのワガママだ、綾乃チャンよ」

言われてみればそうだ。綾乃は勧められることなく、熱燗を呷ってしまう。高杉もほろ酔いで気持ちよさそうに壁に寄りかかると、据わった目で綾乃に尋ねた。

「綾乃チャンさんさ、あんた、いま惚《ほ》れている男がいるだろ」

「えっ、いませんよ」

高杉はケッと笑う。

「自分で気が付いてないんだ、あんた。五味に惚れてるって」

綾乃は一瞬黙した後、必死に否定した。高杉は「顔、真っ赤」とケラケラと笑う。

「それはお酒に酔っているからです!!」

綾乃はふと、膝の上に置いたスマートフォンが強烈な存在感を放っていることを感じた。いま、スピーカー通話で五味がこの会話を聞いている。綾乃は後先考えずに、通話を切ってしまった。

「とにかく、五味さんのことは心の底から尊敬していますが、それとこれとは別です！」

「ムキになるなよ。クールで甘いマスクした、優秀な花の捜査一課刑事だよ。顔はさ、まあどう見ても俺の方がかっこいいけど」

綾乃が白けていると「まあ、あいつに惹《ひ》かれるのはわかる」と高杉は納得する。

「五味はお上品な顔して、謎めいているだろ、雰囲気が」

五味とは婚活パーティで知り合い、綾乃はそのプライベートを誰よりも知っている。だがそれでも、なにか謎めいているのは確かだ。恐らくそれは──四年前に亡くなった妻に関する、なにかだ。忘れ形見が存在していてもなお、亡くなった妻との秘めた過去があるような気がする。それが、あの優し気な目元に陰を落とし、魅惑の輝きを放っているのだ──。

高杉は面白そうにニヤつくと、鞄《かばん》の中から投げ込みファイルを取り出し、綾乃のテーブルの方へ投げた。

「それ、お土産だ。五味を喜ばせてやれ。それからこれも」

言って、手元にあった『こころの環』を一冊、つき出した。どちらも『一二八一期守村教場水田翔馬《みずたしょうま》』とマジック書きされていた。

「そいつ、大学時代にボート部だった」

綾乃は思わず、「もやい結び！」と叫んでしまった。

「明日もうちの教場に遊びに来いよ。三時間目なら俺が担当してるからよ」

翌日の午後一時、五味と綾乃は警視庁警察学校の正門をくぐった。

守村教場の生徒たちは一時から教場棟二〇一号室で刑事訴訟法の授業がある。刑事訴訟法のクラスは守村が一二八一期全教場の授業を受け持っていたが、いまは手があいた教官や助教が持ち回りでやっているようだった。今日は本人の予告通り、高杉が担当をするらしい。

午前中の捜査会議では、めぼしい進展はなかった。

ナシ割班は都下の病院で筋弛緩剤の盗難がなかったかどうか三課に要請して確認したようだが、該当はゼロ。今日は関東近郊まで範囲を広げる予定らしい。

地取り班は旧都営団地の裏手にある公園の防犯カメラ映像を回収したが、時間切れ——すでに事件発生から十日経ち、防犯カメラ映像は上書き消去されてしまっていた。事件当日、公園から旧都営団地内に侵入した者がいなかったとは断定できない、ということになる。

また、警察学校内の監視カメラも、事件当夜、敷地外へ脱出した者を捉《とら》えてはいなかった。生徒の中には犯人がいないということだ。

教場棟の二〇一号室に到着した。

扉の窓から、教室が見える。背後のホワイトボードに『模擬取調べ』とあった。

すでに教壇の横には、机を二つくっつけて両端に椅子を二つ置いた、模擬取調室ができあがっていた。容疑者側の席に坊主頭の生徒が座らされている。あれが恐らく、水田翔馬だ。取調官の席には高杉が着いている。腕を組み、足も組んで椅子にふんぞり返って、ずいぶん威圧的な取調べを行っていた。

と走る。

五味は後ろの扉を開けた。生徒たちが一斉に振り返る。その殆《ほとん》どに、恐怖と緊張の色がさっと走る。

高杉は五味を一瞥《いちべつ》しただけで、模擬取調べを続けた。五味もわかっていたように、後ろの扉の脇に立って静かにその様子を見守る。綾乃もそれに倣った。

取調デスクの上にはなぜか、黄色と黒の標識ロープの束が出されていた。高杉はそれを右手で弄《もてあそ》ぶようにしながら、厳しい口調で水田に迫る。

「こっちはもう全部調べがついてるんだ。お前以外に、守村を殺害できる奴はいない！」

教室中に響き渡る罵声《ばせい》──。高杉は守村事件の容疑者として、水田を模擬取調べしていた。

水田は坊主にした頭頂部をただ高杉の方に見せ、完全に取調官の威圧に慄《おのの》いている様子だった。

生徒たちは椅子に座ってノートを広げ、なにか習うところがあれば記そうとしているのだが、こちらも高杉の迫力にすっかり肝が冷えている様子で、何人かはシャープペンシルを持つ指先が震えている。

高杉は突然、標識ロープを水田の眼前にバンっと叩《たた》き置いた。囁《ささや》くような声でいたぶるように言う。

「守村は首を吊《つ》った状態で発見された」

水田はただ震えながら「は、はい……」と頷《うなず》く。

「お前も首を吊るか」

デスクの上に出した標識ロープをピンと張って、高杉は顎《あご》で促した。なにを言い出すのかと水田は恐怖を通り越して、驚愕《きょうがく》の顔で首を横に振った。

「どうしてだよ。お前が殺したんだろ？　このままじゃワッパ掛けられて懲戒。巡査からいっきに殺人の被疑者だ。故郷の母ちゃんが泣くぞ。いっそ死んじまったほうが手っ取り早いんじゃないか、え⁉　そうだろ、おい！　自殺しちまいたいだろ、え！」

ずいぶん古臭い取調べをしているなと綾乃は思い、五味を見た。五味は口出しする様子もなく、じっと取調べを見ている。高杉は水田に「自殺してしまいたい」と強引に言わせると、途端に声音をやわらげて言った。物凄《ものすご》い緩急のつけ方で、乱暴な取調べとわかっていてもつい、引き込まれてしまう。

「自殺したいと思う気持ちを回避する、いい方法を知っているか」

「──い、いえ」

「実際に死ぬ方法を具体的に考えることだよ。具体的に考えることで、自分の死体がよりリアルに想像できる。殆どの人間が怖くなって、自殺を思いとどまる。首吊りの準備を具体的にしてみろよ、そのロープで」

「──い、いやです」

「お前ならどうやってロープを結ぶ？　首を入れてぶら下がった途端にロープがほどけるようじゃ確実に死ねないだろ」

「考えたくありません」

「考えるな。やってみろ──。やれ‼」

水田は高杉にいたぶられる恐怖で目に涙を浮かべたまま、ロープを手に取った。鮮やかな手さばきとはいかないまでも、すんなりと輪を作るとロープの端をもやい結びで留めた。さすが、大学時代にボート部だっただけある。高杉はしてやったりという顔で、尋ねた。

「これ、なんて結び方だ？」

「もやい結びです……」

「はい。秘密の暴露。守村教官の首を吊っていたロープ、もやい結びだったぞ」

水田は「なっ」と声を上げ、腰を浮かせた。教場の巡査たちがざわめき始めた。本当に水田が教官を殺したのか——そんな空気になっていく。

「そんな！　濡《ぬ》れ衣《ぎぬ》です、僕はやっていません！」

終わったと言わんばかりに高杉はデスクをバンっと両手で叩くと、立ち上がった。

「ま、待って下さい。僕が本当に人殺しなんか、するはずないじゃないですか！」

高杉は水田を完全無視で立ち上がると、五味を見た。

「それじゃー。仕上げを捜査一課六係主任の五味警部補にお任せするとしますか」

水田の背後に回ると、がんばれよと言わんばかりにその肩を揉《も》む。一同の視線が一斉に、五味に注がれた。五味は臆《おく》することなく机の間を縫い、取調官の席に立った。水田は最強の黒幕を迎えたような顔で、恐怖に表情を引きつらせている。

五味は椅子には座らず、水田の顔を覗《のぞ》き込むようにして、少し、ほほ笑んだ。

「取調べを代わります。警視庁刑事部捜査一課六係主任、五味京介警部補です」

言って、警察手帳を示す。五味は立ったままで水田を見下ろしているが、不思議と威圧感はない。「なにか飲む」と声をかけた。水田は全てを拒絶するように、首を横に振った。顔は血の気が失せて真っ青で、額に玉のような汗がびっしりと貼りついている。あともう少し高杉がどやせば、ゲロってしまいそうな雰囲気があった。

「繰り返しで申し訳ないけど、名乗ってもらえるかな。階級と役職も」

五味はやはり、椅子に座らない。水田は疲れ切ったように、棒読みで言った。

「一二八一期、守村教場の水田翔馬巡査です。副場長を務めています」

「水田副場長。ちょっと、席を代わってみる？」

水田は初めて生きた人間の表情を取り戻したように「え？」と五味を見上げた。

「いや、君が僕を取り調べるというわけじゃないよ。ただ、空気を変えたいなと。気分転換だ」

五味に促されるまま、水田は立ち上がり——ずいぶん遠慮がちな仕草で、取調官側の椅子に座った。そしてそこから見える景色を目の当たりにして、ほっとしたように五味を見た。容疑者側の椅子に座らされることで無意識に受ける恐怖と警戒感から、解き放たれたような顔だ。

高杉だけでなく、生徒たちもちょっと驚いたように、水田の表情の変化を捉えた。生徒たちの手が一斉に動いた。みな、メモを取っている。

「肩肘《かたひじ》張らずに、リラックスして話をしたいんだ。だって同じ警察官同士だろ」

五味が友好的に話しかける。そして昨晩、綾乃が高杉から預かった投げ込みファイルと『こころの環』をデスクに置いた。投げ込みファイルから一枚の用紙をぺらりと取り出した。

「で、いきなりだけど……この始末書はなかなかだね」

水田の表情が強張《こわば》ったが、先ほどの高杉を前にした恐怖とは種類が違った。弱ったなぁという様子で、頭を掻《か》く。五味は背後の高杉に「これ、追及したか」と確認した。高杉は首を横に振る。五味はひとつ頷くと、淡々と事実を述べた。

「金銭出納帳の数字の誤魔化し。自分の小遣いの数字が合わなくってつい誤魔化すならまだわかる──俺もかつてそういうことをしちゃったような記憶が、なくもない」

高杉がすかさず五味に注意した。

「言うなよ、いまそれを。示しがつかなくなるだろ」

ふっと教室の空気が緩み、生徒たちも苦笑したが──五味の次の一言で、ぴんとその場の空気が凍り付いた。

「でも、水田副場長が誤魔化していたのは教場で集金した金だね」

この事実を知らなかったのか、教場の生徒たちに爆発的なざわめきが広がった。

教場で生徒たちが少しずつ金を出し合い、集めた金は、二人いる副場長のうち、会計監査担当が一元管理する。主に行事で利用され、七月にある学校祭の出し物の準備や備品購入費用、卒業旅行での夜の宴《うたげ》に行われる出し物の準備費用などに使われる。

水田は五味ではなく、教場の生徒たちに言い訳するように言った。

「──それについては、すでに弁明は済んでいます。この件が表沙汰《おもてざた》になったのは、二週間も前のことで、守村教官には理解いただいたものと……」

「その弁明、いましてくれる？」

水田は困惑し、一瞬、黙した。五味が独り言のように、始末書を読みあげる。

「平成二十九年八月一日。警察学校長警視正・古山俊成《ふるやまとしなり》殿。第一二八一期守村教場、巡査・水田翔馬。始末書――。私は、平成二十九年七月二十五日午後七時ごろ、本館教官室において守村聡教官に金銭出納帳並びに現金の点検をしていただいた際、残金と帳簿の数字が合わない（三千円多い）ことを指摘され――」

教室の生徒たちがざわつく。始末書の宛名が学校長――これはかなり重い始末書だということだ。最も軽い始末書は、教官宛のものだ。しでかしたことが重ければ重いほど、係長警部、教養部長警視と役職が上がっていく。

慌てて水田が言葉を重ねた。

「わ、わかりました。自分の口で説明しますから、勘弁してください」

副場長という立場上、始末書の文言を生徒の前で披露されるわけにはいかなかったのだろう。

「じゃあお願い」と五味が促す。

「――先月の学校祭の行事において、我々守村教場は展示として、警察制服の歴史の変遷について調べたものを展示することになり、その準備に必要な費用をひとり千円ずつ徴収、合計四万円を自分が管理することになりました。しかし学校祭終了後、レシートやメモなどを照らし合わせて帳簿を作成したのですが、残金がどうしても三千円、足りず……。結局、自分の財布から三千円を出すことで、収支を、ごまかしました」

「ちょっと待って。自身の財布の出納帳だって細かくつけて教官からチェックを受けているだろ。三千円、自分の財布から出したなら、自分の帳簿の収支をどう合わせたの」

水田は顔を羞恥《しゅうち》で赤くし小さな声で言った。

「――報告していない金を、別に、持っていまして……」

誰よりも教場の生徒たちに軽蔑《けいべつ》の色が広がる。入校時に小遣いとして十万円以内なら持参することが許されているが、その金を何にどう使ったのか、細かく帳簿をつける必要がある。それを週に一度、教官がチェックする。足りなくなったら毎月振り込まれる給与から引き出せるが、七万円という上限がある。

五味は叱ることも呆《あき》れることもなく、淡々と質問を重ねた。

「報告していない現金を持っていた、ということね。いくら？」

「――入校時に、二十万円ほど」

教室内で、更なる軽蔑のどよめきがあった。そういう金があれば、面倒な帳簿付けの作業を免れる。水田は副場長なのにそんなズルをしていたということだ。

「どうして金を余分に持ち込んだの」

「そうした方がいいというアドバイスを見まして。ネットでいろいろ検索していたら……警察学校を脱落した人が書いているブログがあって。入校する際のアドバイスとか、厳しい警察学校を乗り切るためにどうしたらいいのか、とか」

「いまどきの巡査は準備がぬかりないね。でも努力の方向がちょっとなぁ」

水田はすぐにしょんぼりして「すいません」とうなだれる。

「で、収支が合わないことをなぜ教官に報告せず、自分の財布から金を出したの」

「――何者かが盗難したものと早合点しました」

「そうか。まあわかるよ。教場の仲間たちに盗難するような者がいるとなれば、三役の管理不足ってことになりかねないもんね」

三役とは、場長と副場長二人のことで、教場をまとめて管理する、クラスのトップ3だ。五味が責めるどころか共感を示したことで、水田は瞳《ひとみ》にうるっと涙を浮かべた。五味が促すまでもなく、涙声で説明を始めた。

「それで、守村教官が計算し直したら、三千円多かったんです。一枚、失念していたレシートがあって……うっかりしていました」

「なるほど。三千円の収支が合わないことを、教場の何者かが盗んだと早合点した。つまり、盗難癖がある生徒の心当たりがあったのかな」

「いえ、そういうわけでは……」

否定してはいるが、表情は明らかに肯定したがっているようにも見えた。五味に嘘をつくのが辛《つら》そうな顔をしている。

「――守村教官にも同じことを咎《とが》められていた？」

五味が畳みかけるように言うと、『こころの環』を開いて、水田に示した。

「この件が表沙汰になった七月三十一日から、守村教官のコメントが全くない。高杉助教のもだ。守村亡き後も、高杉からコメントをもらっていない」

高杉は黙っている。水田は「受け取ってもらえなくて」とやっと言って、うつむく。

「守村教官も高杉助教も、日誌の受け取りを拒否した？」

「昨夜、二週間ぶりに受け取ってもらえたのですが〝これは没収だ〟と言われて……自分のなにが悪いのか、考えている最中です」

「ふうん。考えている最中ね。つまりあれから二週間たっているのに、まだなにが悪かったのかわかっていないってことか――」

五味はそこで初めて、水田を軽蔑のまなざしで睥睨《へいげい》した。水田は五味の態度の急変を前に、途端におろおろとし始めた。まるで五味に媚《こ》びを売るようなまなざしを何度も向ける。やっと自分を理解してくれる取調官に巡り合えたのに、ここで彼に見捨てられたくないと言う水田の心境が伝わってくる。

五味は実に巧妙なやり方で、水田の心を掌握し、自供を引き出そうとしている。

「君はなにが悪かったのかわかってない。つまり、君に対してこういう態度を取った守村を恨んでいたとも取れるけど――」

「そんな……！　僕はいや、確かに守村教官を恨んでいるようなところがなきにしもあらずですけど、だって、僕は金を盗んだわけじゃない、教場の平和を守るために、身銭を切ったんですよ。それを、どうして日誌を受け取ってもらえず、声をかけても無視されるような仕打ちを受けるのか――と思ってましたが、絶対に殺していません！」

五味はうんうんといちいち大きく頷《うなず》いてはいるが、きっぱりと否定する。

「水田巡査。守村が君に反省を促していたのは、金を誤魔化したことじゃないよ」

水田はふっと口を閉ざし、黙り込んだ。五味が顔を覗《のぞ》き込む。

「で、誰が金を盗《と》ったと思ったの」

水田はなにかが喉《のど》につかえたようになったが、首を激しく横に振った。

「い、言えません、言いません！　傷つけてしまいます」

「わかってる。彼をかばって、助けたかっただけなんだよな。で、誰を？」

水田は五味のまなざしに負けたように、長いため息をついた。教場の仲間たちの方を一切見ずに言った。

「――上村圭吾《うえむらけいご》巡査です」

ひとりの生徒がぱっと顔をあげたので、綾乃は上村が誰なのかすぐにわかった。新卒者らしい幼い顔つきをした生徒だが、顔に驚きの色はなかった。水田が自分を盗人と疑っていたと、気が付いていたのだろう。水田はもう半べそで言い訳した。

「上村巡査は、生活保護家庭出身だと聞いていたので。奨学金の返済と親への仕送りで、すぐ給料がなくなると……。僕はただ、上村君を助けたかっただけなんです。三千円くらいなら助けてやろうと……」

沈黙があった。高杉が静かに、教室の窓際に座る上村を振り返った。

「上村。どうだ」

「――自分は確かに、幼少期より生活は豊かではありませんでした。ですが、金を盗むような人間ではありません。冤罪《えんざい》です」

五味は大きく頷いた。

「そうか。水田巡査。君は上村巡査を助けたつもりだったのかもしれないけど、上村巡査から見た景色は全然違うようだ。窃盗の冤罪をでっち上げられた上、身銭を切ったとかいう太々《ふてぶて》しい態度で、同情されていたんだ」

水田は重く受け止めたような顔で、小さくなっている。そのうなだれた坊主頭に、五味は更に畳みかけた。

「それからいま、君には守村教官殺害容疑がかかっているようだけど」

水田はとうとう立ち上がり、涙をこぼして訴えた。

「自分は本当に、確かに冤罪になるようなことをしてしまったかもしれません。でも、それとこれとは別です。僕は絶対に守村教官を殺していません！」

「いま、どんな気分だ？」

口調は淡々としているが、五味の瞳がこれまでと一変していることに、綾乃は気が付いた。鋭い。真実を抉《えぐ》り出すような勢いがある。

「身に覚えのない罪を着せられて、どんな気分だ？」

冤罪を訴えて紅潮していた水田の顔から、さーっと血の気が引いていく。何が悪かったのか、水田はようやく理解したようだ。青白い顔のまま、水田は上村に向き直った。深く、頭を下げる。

「――ごめんなさい」

上村は口元をきゅっと結び、小さく頷いた。もう許してやっていい――そんな顔で助教の高杉を見た。高杉は、手元の書類箱から一枚の紙をぺらりと出した。

退職届だった。

「水田。守村からこれにサインして提出するように言われていただろ」

綾乃は驚いて、声を上げそうになった。水田は退職勧告を受けていた――。

「俺も同じ気持ちだ。今日中にこれにサインして、警察学校から出て行け。お前は警察官になるべき人間じゃない」


五味と綾乃は本館の教官室内の応接スペースのソファに座っていた。

時刻は午後二時半近く。三時限目の授業が終わり、休み時間の真っ最中だった。ひっきりなしに生徒たちがやってきては入口で期と教場名、氏名を名乗り、担当教官の名を叫ぶ。許可がないと生徒は教官室に入れない。

五味は憤ったようにむすっとしていた。クールで冷静な人だと思っていたが、高杉の前ではわりと感情を露《あら》わにしているようだ。

高杉が盆に茶を載せて、現れた。

「いや〜、お疲れお疲れ。いい授業だったよ、五味教官」

五味はコップの麦茶をひったくるようにして奪い「教官ってなんだ、俺は刑事だ」と鼻息を荒くする。

「生徒の問題はそっちで解決してくれ。昨日の古谷の件といい、今日の水田の件といい、俺たちの事件捜査を生徒の制裁に使うな」

綾乃は「成果はあったんじゃないですか」と前のめりになって説明した。

「水田はもやい結びもできますし、守村教官から退職勧告を受けていた。今日、新たに高杉さんが問い詰めなかったら、退職勧告なんてなかったような顔で、学校に残るつもりだった。動機は十分です」

それに、彼は思い込みが激しく、帳尻《ちょうじり》合わせしようと証拠をねつ造するようなところもある。

高杉は綾乃の推理をうんうんと聞く。

「そうかー。あいつが犯人だったとはな」

五味が身を起こし、二人に言う。

「ちょっと待て。瀬山、推理が雑だ。それから高杉、適当な相槌《あいづち》を打つな」

苗字《みょうじ》だったが初めて呼び捨てにされて、綾乃はなんだか嬉《うれ》しくなってしまう。五味は続ける。

「とにかく、水田には完璧《かんぺき》なアリバイがある。事件当夜、校外に出た生徒は皆無なんだ」

学校周辺をぐるりと囲む垣根には、十メートルおきに、墓標のような形をした監視カメラとセンサーが設置されている。警察学校というだけでテロターゲットになるため、警備が頑強なのだ。外からの侵入者を防ぐためで、それは内部からの脱走者も瞬時にあぶり出す。綾乃はがっくりと、肩を落とした。

「私、水田で決まりなんだとてっきり——」

五味は肩をすくめただけで、勝手に高杉の手元から出席簿を取った。「とにかく、水田はシロだ」とその氏名を指ではじいたところで——五味は出席簿の下の方に注目し「ん？」と声をあげた。

1から40まで番号が振られ、守村教場の生徒たちの名前が記されていた。男女混合で、あいうえお順だ。生徒の数は四十人なので、それ以降は空白であるべきだが、41番目に、修正テープの跡が残っていた。

「どういうことだ？　ここにもう一人、名前があったのか」

「一人多い——。守村教官が病的に呟《つぶや》いていたのって、このことじゃ？」

五味と綾乃が矢継ぎ早に質問すると、高杉は考え込んでしまった。

「それが、よくわからない。悪戯《いたずら》なのか、誰かがここの空欄に名前を書いたらしいんだが、俺は見ていない。守村が気づいて、修正テープを貼っていたのを見たが……」

「ありえない。出席簿は公式な書類だ。修正テープを使うのはご法度。誰かがいたずらで記入したにしろ、普通は二重線に訂正印だ。ましてやいま現在教官をやっている者が修正テープを使うなんて……」

『こころの環』ですらも、修正テープの使用は厳禁だ。書き損じがあったなら二重線に訂正印。

これを徹底的に指導される。警察官の仕事はその八割が書類作成だ。学生のうちに、公的に残る文書を記入しているのだと意識を強く持たせるため、日誌の書き方にもうるさいのだ。消しゴムのかすが残っているだけで叱咤《しった》される。

五味は高杉にカッターナイフを持ってくるように言うと、出席簿の修正テープ箇所を舐《な》めるように見つめる。

「一度ならず、二度、三度と上から消している。守村はものすごく感情的になっていたんだな。警察官の基本中の基本を、忘れるほど」

高杉がカッターナイフを持ってきた。五味は慎重な手つきで、上から二重三重に貼られた修正テープを削っていく。

やがて、ひとりの男性の名前が出てきた。

広野智樹。

ボールペンで手書きされたその文字は奇妙に歪《ゆが》み、ダイイングメッセージのようにも見えた。

五味と高杉が困惑したまま、無言で視線のやり取りをする。綾乃は直感した。

「──一一五三期、小倉教場の生徒ですね？」

高杉は五味に答えを託すといった顔つきだ。五味は「ああ」と静かに答えた。

「広野智樹は、在学中、自殺した巡査の名前だ」

一一五三期　小倉教場　五月

警視庁警察学校中野校の北側にある教場棟五〇三号室は、しんと静まり返っていた。紙の表面を鉛筆がなでる音、消しゴムをこする音。その振動でがたがたと揺れる机の脚の音、びりっと紙が破れて「ちっ」と舌打ちする音――。

開いた窓から吹き込む風は心地よくカーテンを揺らし、生徒たちの頬を撫《な》でる。

二〇〇一年、五月十八日。金曜日。

五味ら一一五三期小倉教場所属の巡査、合計四十名が警視庁警察学校に入校して、一ヵ月半が経とうとしていた。四月十日には無事、警視副総監が見守る中で入校式を終え、四月下旬には縄跳び大会や綱引き大会などの行事が目白押しだった。

警察学校の生活に慣れたというより、日々すべきことに追われてひたすら突っ走っている毎日、というのが正しい。

川路広場から、女警クラスである長嶋教場の教練の掛け声が聞こえる。

「神崎！　足！　遅いんだよ、またお前か！」

今日も百合がターゲットにされていた。

学校で女警と会話することは厳しく禁じられているため、入寮したあの日以来、百合とは親しく話していない。週末は基本的に班行動で、中野駅近辺に買い出しに行った際、偶然会って立ち話をした程度だった。これも、班員――つまりは守村・山原・高杉らが教官にチクったら、即、始末書となる。いまのところ三人とも見て見ぬふりをしてくれているが、携帯電話番号とメールアドレスを交換するのがやっとだった。

ゴツンという鈍い音と同時に「こら、高杉」という小倉教官の声が聞こえてきた。窓辺の席で、川路広場の女警に見とれていた高杉の頭を、小倉教官が分厚い刑法の教科書の角で打ったのだ。「いったー」と高杉は脳天を押さえ、机にちぢこまる。

「ずいぶんと余裕だな。お前にしては早い」

小倉は言い、裏返しになっていた高杉の解答用紙を手に取った。内容を見て、みるみるうちに怒りで顔を赤くしていく。

「なんだコレは！　誰が海上自衛隊の基地の名前を書けと言った！」

黒板には、今日のテストの題目が書かれている。警視庁管内にある一〇二の所轄署名を全て漢字で記入せよというものだ。

高杉は悪びれる様子もなく「いやだって」と言い訳する。

「俺、もう四捨五入したら三十っすよ。いまさら新しいこと覚えられませんよ」

「黙れ！　マラソン十周、腕立て――」と言いかけた小倉教官だが、ふと口を閉ざした。

入校から一カ月半、運動系の懲罰をどれだけ科しても、体力自慢の高杉にはダメージがない。

小倉は腕を組んで高杉の屈強な全身を見回すと、にやっと笑ってこう言った。

「いや、お前、明日から万年教場当番だ」

「えっ。なんすかそれ」

「明日から卒業の十月二日まで、毎日ずーっと、教場当番ってことだ」

高杉が初めて、真っ青になった。

教場当番にあたると一日中、走りっぱなしだ。朝、誰よりも早く起きて掃除点検をし、授業準備のため黒板をピカピカにする、授業開始前に教官を呼びに行く、教官の茶を用意する、おしぼりを用意する――しかも、おしぼりの畳み方にも厳格なルールがある。四十人いる生徒たちの『こころの環』の回収・返却、そして最も屈辱的なのが、教官の制靴磨きだ。どこの学校に教師の靴を磨く係があるのかと五味は驚愕《きょうがく》したが、これが警察学校の伝統だ。生徒に教官の靴を磨かせることで、はっきりと上下関係を意識させるためにあるらしい。

高杉は「それだけは勘弁を」と必死に小倉に取りすがろうとしている。みな笑って教場の雰囲気が緩んだ。

五味はふと、教室内でひとりだけ全く別の空気をまとっている生徒がいることに気が付いた。

広野智樹。

初日に万引き未遂をした問題児だ。五味は結局、あの件を誰にも言わなかった。広野という人物の人となりを知れば知るほど、理解できないと思うことが多い。とにかく一番驚いたのは、彼の父親が警視庁の殉職警察官だったということだ。

広野は新卒組の二十三歳で、静岡出身。係もクラブ、班も違うので、五味とは関わり合いが少なかった。係は写真係。日々、デジカメを手に持ち、小倉教場の生徒たちの写真を撮る。卒業アルバムの作成に入る夏以降、多忙になる係だ。

広野は、教壇の目の前に座る五味から見られていると気が付かない様子で、ただひたすら、小倉教官の背中を追っている。やがて、手に持っていたシャープペンシルの蓋《ふた》を開けて、中から細い紙を引っ張り出した。それにさっと目を通すと、次の瞬間には掌《てのひら》でギュッと握りつぶした。シャープペンシルを握り直し、いっきに解答を記していく。

五味はまた、窓辺から別の視線を感じた。万年教場当番を命じられてうなだれていた高杉が、珍しく深刻そうなまなざしで五味を見ていた。視線が合うと、さっと広野の方を、目配せするように見た。

高杉も、広野のカンニングに気が付いたようだ。

夕刻、五味はペナルティのマラソン五周を淡々とこなすと、洗面器と洗面用具、着替えを持って、大心寮の一階の浴室に向かった。

このペナルティは五味自身のものではない。同じ班の高杉が身分証を鍵付《かぎつ》きの引き出しに仕舞わなかったミスで、三〇三号室の班員全員が食らったのだ。

ペナルティはだいたい連帯責任だ。その日の教官や助教の気分で、班員全員とか、座学中だと隣の列全員とかで連帯責任を負わされる。毎日こうやって誰か——ほとんど高杉——のペナルティのためにマラソンしているから、もう慣れっこだった。五味自身はまだ一度もペナルティを食らったことはない。

すでに浴室は人で一杯だった。六時の夕食までに体をさっぱりしておきたい者が続々と浴室に入る。とにかくみな忙しいので、カラスの行水だ。場末の銭湯くらいの大きさの湯船には湯が張られているが、ゆっくり浸《つ》かっている者などひとりもいない。

ロッカーの籠《かご》に着替えを突っ込み、浴室に入る。生徒はごまんといるのにカランは五つしかない。みな椅子だけ持って湯船の傍にずらっと並び、かけ湯で体を洗う。五味が見ると、やはりカランは満員だ。

奥の方には、高杉が見事な逆三角形の背中をこちらに向けて湯船の前に座り、頭を洗っているのが見えた。五味は高杉の隣に椅子を置き、座った。

「高杉さん」

「んあぁ？　五味か」

片目を閉じたまま、五味の方を見る。頭から泡の筋がひとつ垂れて、伸び掛けた髭《ひげ》に覆われた頬を凸凹に流れて行く。高杉は五味と違い、体毛も濃い。毎朝髭を剃《そ》っても、夕方にはもう伸びてくると言っていた。

「洗いながらでいいから、聞いてほしいんですけど」

「なんだよ」と高杉は豪快に頭に湯をぶちまけながら言った。入校してから積極的にジムに通い、体を鍛えているつもりだが、高杉の隣にいるとまだまだ五味はひよっこだ。

「広野のことです。あんまり他の生徒には聞かせたくない」

「ああ。あのカンニング野郎かよ」

高杉の野太い声が浴室に響く。五味は思わず「しっ」と人差し指を立てた。

「高杉さんも見てましたよね。教官に話しました？」

「チクったかってことか？」

顔の水気をグローブのような両手で払いのけると、しっかりと目を開けて高杉は言った。体も大きいが、顔も大きい。

「チクリとかじゃなく、報告したかということです」

「バカ言えよ、チクリなんて肌に合わねぇよ。するかよ」

「いや、するしないじゃなくて、高杉さんは自治係ですよ。教場の生徒たちが規律正しい生活を送っているのかどうか確認し、違反があれば教官に報告するのが仕事でしょう。広野の件を放置するのは、係の仕事を放棄したも同然です」

「はい正論をどうも。だがな――」

高杉はタオルで猛烈に石鹸《せっけん》を泡立てながら、姑《しゅうとめ》の小言をうるさがるような顔をする。

「不倫で海自を追い出されたような俺がさ、たかだかカンニングをチクれると思うか？　自衛艦の死角で人妻とバッコンバッコンやってた俺がだよ？　ブハハ」

反対側にいる別の教場の生徒が、変な顔で高杉を見ている。高杉は声もでかい。

「だいたい五味チャンよ、どうして俺みたいな元不良自衛官が自治係なんかに任命されたと思う？」

「知りませんよ。そんなの教官に聞いて下さい」

「そうだろ、俺もそう思って、聞いてみたんだ」

「もう聞いて理由を知っているんだったら俺に聞かないで下さいよ」

「不祥事で自衛隊を追われた俺に、他人の不正を正す役割を与えることで、襟を正してほしい、だってさ」

「土台無理な話ですね」

高杉は「だろ～！」と愉快そうに言って、泡立てたタオルで体を豪快にこすった。

「――だからって、広野の件を放置できません。これが教官に知れたら、下手したら教場全員で連帯責任になりかねないです。カンニングなんてそれぐらいの罪でしょ」

「ペナルティなんかねぇよ、心配しすぎ」

高杉は背中にタオルを回して器用にこすりまわしながら、意味ありげな視線で言った。

「広野は血統書付きだろ。父親が警察官。しかも殉職している」

これ以上、警視庁で喜ばれる血筋は他にない、ということだ。

「あいつならなにやっても許されるさ。本人もそれをわかっている。だからカンニングなんかしてのけようって思っちゃうわけ。そんな奴に正論は無駄だし、教官に報告したところで、口頭注意だけで終わるだろうね」

広野は寮の三階にある畳敷きの談話室にいた。

談話室は各階にあり、喫煙所になっているが、生徒が制服にアイロンをかけるのに使う部屋でもある。特に、教官の制服を毎日洗濯し、アイロンをかける仕事が課されている被服係が入り浸る。他にも、生徒たちのベッドのシーツを回収して業者に引き渡し、また配布するという仕分け作業をするのに適しているので、被服係の守村はいつもここで作業をしている。

その守村を、写真係の広野が撮影していた。

五味が姿を現すと、広野はずいぶん、他人行儀な挨拶《あいさつ》をしてみせた。

「広野。ちょっと話をしたいんだけど。いいかな」

「――はい?」

広野がデジカメを構えたまま、五味を見た。いきなりカンニングの件を言うのも唐突なので、広野の人となりを知ろうと、雑談を持ちかけた。やはり、父親の話を聞いてみたくなる。広野は五味が振った話題を、つまらなそうな顔で受け止めた。

「ああ、父親……。死んじゃいましたけど」広野はひきつったように笑い、左手でピストルの形を作り、それを胸に当てた。

「バーンって、撃たれて。ハハッ」

五味は困惑した。父親が銃殺されたことを、こんな風に渇いた表情で笑い飛ばせるものなのだろうか……。守村が言った。

「確か、立てこもり事件だったっけ。何十年前だったたか……」

「そうそう。七七年。ヤク中のヤクザが恋人を人質に取って立てこもった事件。突入先頭部隊で、バーンって撃たれちゃったんスよ」

「七七年なら……広野君はまだ生まれてないよね」

「まあ。母親の腹の中にいたときの話で。だからなんつぅか。ぴんと来ないけど」

守村がアイロンを滑らせながら言う。

「いやでも、立派だよ。突入先頭部隊に自ら志願したんでしょ」

通常、機動隊などでも最前線に立つ隊員は、独り身の者だ。家庭を持っている者は後手に回る。広野の父親は身重の妻がいたにも拘《かか》わらず、志願して先頭に立ったようだ。

「いや、ただのバカでしょ。かっこつけちゃって」

思いがけず、広野から辛辣《しんらつ》な言葉が出た。

「妻が妊娠してるのに、先頭に立つか、って話で。かっこつけたかっただけなんじゃないっすかね。母親とか俺のその後の苦労も知らずに、バカですよ、ホント」

五味だけでなく、守村も黙り込んでしまった。

「面倒くさいよ。地元じゃ俺のことを、聖人君子扱い。広野警部補の血を引くなら、きっと正義感あふれるすごい警察官になるって――もう、二歳とか三歳で将来を決められちゃうから。将来はウルトラマンになりたいって言ったら、叔父《おじ》さんにゲンコツ食らったし。あ、叔父は静岡県警の警官なの。父親の弟ね。面倒くせぇ」

守村が察したように、共感を示した。

「そっか……警察一家に生まれるっていうのも、なかなか大変なんだね」

「ただの警察官だったらいいけどさ、殉職してるんだぜ。たちが悪いよ」

五味はその言葉を、信じがたい想いで聞いた。広野とは一生、相容《あいい》れないだろうなという気持ちになる。

「小学校とかでもさ、将来の夢を文集に書かされたりするじゃん。サッカー選手って文集に書いたら、担任から突き返されたもん、これじゃお父さんが報われないだろうって。成人式終わった後に、地元の居酒屋で酒飲んでたら、見知らぬ酔っ払いから叱られたし。未成年飲酒なんて、お前は父親の顔に泥を塗るのかって。そもそも成人しているし、そもそもお前誰なんだって話でさ」

半笑いを挟みながら広野は言う。五味は尋ねずにはいられなかった。

「父親のことをそこまでバカにして、なぜ警察官になろうと思ったの?」

「え。五味君に言わなきゃいけないことなの。場長だからって」

「言わなくてもいいけど、周囲に流されてなるべき職業じゃないし――」

五味には、広野の父親に対する態度の延長線上に、カンニング事件があるような気がしたのだ。そのままの勢いで、広野に言った。

「多少のプレッシャーがあるからって、カンニングしていい理由にはならないだろ」

五味の言葉に、守村の、アイロンを滑らせる手がぴたりと止まった。驚いたように広野を見る。広野は「なんのこと」と無表情に言い、カメラを五味に向けた。

シャッター音がする。なぜこのタイミングで自分を撮るのか。五味は感情を逆撫《さかな》でされた気持ちになった。「やめろよ」デジカメを取り上げた。

「お前がカンニングしたところを見たのは俺だけじゃない。高杉も見ている」

広野は高笑いだ。

「高杉君？　あの人がなにを言ったって、誰も信用しないでしょう」

「誰が信用されるとかそういう問題じゃない。お前、もう二度とカンニングをするな」

五味の剣幕に一瞬黙した広野だが、途端にぷっと噴き出した。

「ちょっと、ちょっと。場長。そう熱くならないで下さいよ」

「熱くなっているわけじゃない。不愉快になっているだけだ。――広野」

五味は広野の胸にデジカメを押し付け、強く言った。

「いいな。次はないからな」

広野は、鳩が餌を突《つつ》くような仕草で頷《うなず》くだけだった。デジカメを受け取る手つきに、余裕がある。

こいつはまたやる――五味は直感した。

週末の土曜日。夕方近くになって、昼間外出していた生徒たちが戻り始めていた。基本、外出時はリクルートスーツと決まっている。正門練習交番で当番に立つ警察官に学生証を提示し、出入りする。

練習交番とは、警察学校の敷地内にある交番のことで、生徒たちが正式の交番と全く同じ形態で順番に勤務につく。中野校には正門以外にも東門にもうひとつ、練習交番がある。生徒たちは『練交』と略して呼ぶ。

五味は副場長の臼田とスーツに着替え、戻ってきた生徒とすれ違う形で、外に出た。

転職組で二十七歳の臼田は、いかにもできる男といった風情がある。大学卒業後はITベンチャー企業に勤めていたらしいが、会社にさっさと見切りをつけて公務員に転身した。

「この先、ネット通信の主流は絶対、光ファイバーだろ。その技術が完備されるまでは、ADSLで繋《つな》ぐっていう流れがある。それなのにいまだにISDNの契約を取って来いっていうんだ。この会社、十年後には確実に潰《つぶ》れてると思った。時代は公務員だよ」

五味にはさっぱりわからない話で、余計に臼田という人物をすごいと思ってしまう。臼田は編入前の一一五二期で、場長を務めていたほどだった。

臼田は二人いる副場長のうち、勤怠管理を担当している。練習交番勤務や寮務・教場当番などのローテーションを決める係だ。会計監査副場長がもうひとりいるが、五味よりひとつ年下の新卒組で、少し頼りない。

以上が小倉教場の三役と呼ばれる役職だが、そのトップに立つ五味は臼田がサブについてくれているお陰で、場長の仕事をそつなくこなせていると感謝していた。

基本的に週末の外出は班単位と決まっている。五味と臼田は同じ班ではないが、今日一日、勤怠管理表を作り直すため、朝から一緒に行動していた。高杉が万年教場当番になったことで、寮務当番や練習交番の当直なども変更の必要が出てきたからだ。各自の能力を鑑《かんが》みるだけではなく、係、クラブ活動時間なども考慮して平等に決めなくてはならず、一度勤怠表が狂うと副場長はてんてこ舞いなのだ。

新たな勤怠管理表を一日かけて作成し終えると、当直教官が小倉だったこともあり、二人で外出していいと許可をもらった。毎日食堂の食事ではあきてしまうから、週末くらいは外で食べたいし、酒を飲みたい。

臼田は今日、外泊許可を取っており、このまま帰らない。聞くと、会社員時代からつきあっている恋人の家に泊まるそうだ。

「なんか新鮮だな、五味と外出なんて——で、なんだよ、相談したいことって」

臼田がよく日に焼けててかる頬をこすりながら、言った。

「実は、広野のことなんだ」

途端に臼田に反応があった。臼田は広野と同じ班——同部屋だ。やはりすでにいくつか問題行動を起こしていたようだ。掃除の手を抜く、嘘をつく、時間を守らない——。

広野のカンニングの件とそれを咎《とが》めた際の悪びれることのなかった太々《ふてぶて》しい態度を話し、五味は思い切って、入校初日の万引き未遂の件も話した。

臼田は「小倉教場の恥」と顔を真っ赤にして激怒した。だがやはり高杉が言っていたように、小倉や麻生は〝殉職警察官の息子〟という血統書付きの広野を厳しく指導できていないようだ。マラソンや腕立てなどのペナルティが非常に甘いらしい。

中野ブロードウェイ前をつっきり、商店街の東側に広がるごちゃごちゃとした一角に出た。二人はこの界隈《かいわい》でも有名なラーメン店『青葉《あおば》』の暖簾《のれん》をくぐった。

臼田は食券自動販売機に乱暴に金を突っ込みながら、「とにかく、制裁をくわえないとまずいな、広野には」と語気を強めた。

「けど相手が広野だと、殴り合いになったらこっちだけペナルティだよ」

「だろうな」と言って臼田は、少々乱暴に食券をカウンターに置いた。

ジャケットを脱いで二人、白いワイシャツの肩を並べて座り、まずは乾杯だ。五味は一ヵ月ぶりのアルコールが体を貫く爽快感《そうかいかん》に喉《のど》を鳴らした。

臼田は煙草に火をつけると、アルコールの勢いに任せて不謹慎な提案をしていった。

「とりあえず広野は締める。だが授業外でやるといじめになっちまうからな。山原に声かけて、柔道の授業中に失神するまで連続背負い投げとか。プールの潜水時間中にみんなで押さえつけて窒息死寸前まで追い込むとか――どうだ」

もう殆《ほとん》どいじめというべき内容だ。臼田は酔いが回るのが早い。それはさすがに……と五味は諌《いさ》めようとして、ふと背後から舐《な》めるような視線を感じた。ぞわっと首筋の毛穴が浮き立つ。後ろを振り返った。営業時間中、このラーメン店は暖簾が垂れ下がっているだけで、ガラス扉は開けっ放しになっている。暖簾が揺れ、人影がさっと店を離れていくのが見えた。

暖簾の下からのぞいた足。黒いスラックスに革靴だった。警察学校の生徒ではないかと、ふと思った。五味は立ち上がり、暖簾をくぐって店の外に出た。

さっき暖簾から離れた男が、路地裏を曲がり見えなくなった。黒のスーツ姿で、襟足を刈り上げている。手に、デジカメを持っていた。

——あれは、広野だ。

五味と臼田を、つけてきたのか。

臼田はますます血気盛んな顔つきになり「絶対締めてやるぜ、アイツ」とジョッキをカウンターに勢いよく置いた。


臼田は午後七時過ぎには中野駅に飛び込み、恋人の下へ意気揚々と出かけていった。明日の夕方には帰るだろう。

五味は門限の午後八時までに戻るつもりだが、ギリギリ八時に校門を跨《また》ぐということは許されていない。高杉が四月にそれをやって、麻生助教から飛び蹴《げ》りを食らったという話だ。

五味はドラッグストアに立ち寄って切れかけていたシャンプーを購入すると、ビニール袋をぶらつかせながら、早稲田通りの方へ裏通りをつっきっていった。

焼き鳥屋や焼き豚屋などが軒を連ねる一角に出る。店の出入口は扉ではなく分厚いビニールのカーテンが垂れ下がり、土曜日の夜ということもあって、すでにどの店も混雑していた。酔客が騒ぐ声や、若い女性の嬌声《きょうせい》が聞こえてくる。リクルートスーツ姿の五味は浮いていたが、焼き鳥屋の軒先で、同じように浮いている女性がいた。

ビールの空きケースをひっくり返し座布団を載せただけの椅子。そこにだらしなく座り、煙草を吸いながら携帯電話に向かって怒りの声を上げている女性——百合だ。

目が据わり、泥酔しているのが見るからにわかった。上下パンツスーツのベリーショートヘアで恰好《かっこう》は地味だが、妙に淫靡《いんび》な雰囲気がある。ブラウスを第三ボタンあたりまで大胆に開けていて、胸のふくらみが見えていた。女警はブラウスを第一ボタンまできっちり締めるように言いつけられているはずだが……。

「あっそう。勝手にすれば。バイバイ。もう会わないから」

言って百合は携帯電話をコンクリートの地面に叩《たた》き付けた。隣のカップル客がびっくりして、恐々と百合を見る。

「じろじろ見んなよ！　言いたいことあんなら——」

住民とトラブルを起こすのは大問題だ。五味は慌てて、間に入った。「すいません」と客に謝り、落ち着くように百合の肩を叩いた。

「キャー‼　京介君だぁ」

百合は黄色い声を発して立ち上がり、いきなり抱きついてきた。慌てて体を離す。

「中野でその泥酔、まずいよ」

五味は店員を呼び止め、勘定を頼んだ。

「ちょっと、まだ飲み足りないのに……！」

「もうこれ以上はよくないよ、外泊許可取ってるの？」

「取ってんに決まってんじゃん。だから飲んでんの！」

「だったら別の場所で飲みなよ、新宿とか渋谷《しぶや》とか。中野はまずいよ」

「つべこべ言わないで、京介君も飲みなよ。お兄さん、生ビール二つ！」

五味は慌てて、威勢のいい返事をした店員に「いらないです！」と叫んだ。

「とにかく、この店は出よう。どこに外泊するつもりだったの？」

突然、百合は眉《まゆ》を吊《つ》り上げて怒った。

「それ、いま聞く!?　流れでわかるでしょ。いま私、彼氏に約束すっぽかされたの。本当は彼氏とお泊りだったの、でもドタキャン食らったの！」

――彼氏、いたのか。

五味の心の中で、急速になにかが萎《しぼ》んでいく。百合が突然、五味の手を熱っぽく握った。吊り上がった大きな瞳《ひとみ》を潤ませ、上目遣いに言う。

「百合、超さみしい。ちょっとつきあってよ」

言って「お兄さん生ビール二つ」とまた叫ぶ。

「だから、俺は飲まないって！」

慌てて、いまの取り消しで、と五味は店員に叫ぶ。店員はあからさまに嫌な顔をした。

「とにかく君はいま泥酔状態で前後不覚になっている。学校に苦情が入ったら退職だぞ」

五味は五千円札をテーブルの上に置いて、百合を強引に店の外に連れ出した。抵抗するかと思ったが、「やだー京介君、どこ連れてってくれんの」としなだれかかってきた。店員が五味の背中に叫んだ。

「ちょっとお客さん、足りないよ！」

——ひとりでどれだけ飲んだんだと呆《あき》れつつ、五味は財布から一万円札を出して店員に突き出す。お釣りをもらった。百合が突然、「おんぶー！」と叫んで、五味の背中に飛びついてきた。掌《てのひら》から小銭がバラバラと落ちる。

前につんのめって二人揃って倒れそうになったが、五味はなんとか踏ん張り、百合を背負った。百合は体つきがふくよかなので、正直、重い。一ヵ月半、訓練を積んでいなかったら、絶対に倒れていただろう。店の客が同情と失笑のまなざしを向ける。

「か、神崎さん……」

「レッツゴー！　レッツゴー！」

さっきまで周囲を罵倒《ばとう》していたと思ったら、一転して陽気に叫ぶ声。酔っ払いは本当に面倒だと思うが、声はかわいらしい。店内の酔客が触発されて「いいねお姉さん！」と掛け声を上げる。五味に対してか「もうそのままヤッちゃえよ、若造！」という罵声《ばせい》のような声援まであった。

そんなことを言われ、五味は背中の感触に、つい意識が集中してしまう。肩甲骨あたりに、百合の豊かな胸が押し付けられている。恥ずかしくて、床に散らばった小銭を拾うことなく、店から離れる。

ふいに、百合の腕が五味の首に回り、ぎゅっと締め上げられた。顔を上げた瞬間、頬になにかものすごく柔らかく湿った物があたった。それはチュッと音を立てた。

「京介君、ほっぺつるつる〜。あんまりおひげ、生えてないんだね」

頬にキスをされたようだ。頭が真っ白になった。二十四にもなってなんでこんなに動揺してしまうのか――それが、学校の規則上、禁断の行為であるというのもあるし、突き放されたり、甘えられたり、完全に振り回されているからだ。五味が逡巡《しゅんじゅん》で黙している間にも、つるつるぅ〜と言って、百合は嬉《うれ》しそうに何度も何度も、柔らかく豊かな唇を頬に押し付けてきた。

下腹部に、反応がある。

五味は慌てて百合を下ろした。「もう本当に、俺、寮に帰るから」と、百合に言った声は、裏返っていた。帰るつもりなのに、百合に引っ張られて、全く別方向に歩いていた。

「ど、どこ行くの……！」

百合は鼻でうふふと笑うだけで、答えない。五味の手を引いて先を歩きながらも、時々振り返って、妖艶《ようえん》に微笑んで見せる。百合以外の景色が、回っている。中野の繁華街を彩るネオンがグルグルと、百合を中心に回っている。ＪＲの看板が見えた。駅の方向に流されたのだ。警察学校のある場所とはまるで違う。

「ちょっと待って、本当に、帰るから。僕は外泊許可取ってないんだ」

「だったらなんでついてくるの」

「神崎が引っ張るから」

「引っ張ってないよ、手を繋《つな》いで歩いているだけでしょ」

ふいに百合の手が離れた。いきなり背中を思い切り押され、前につんのめって倒れた。脛《すね》を思い切り打ったが、顔は革張りのソファにうずもれていた。その匂いで、タクシーの後部座席だというのがわかった。百合に追い立てられ、奥に座る。「高円寺《こうえんじ》！」と百合が言うのと同時に扉が閉められ、タクシーは発進してしまった。

「高円寺⁉ なにそれ、どこ！」

どこかとてつもない遠くに連れて行かれる気がして、五味は腰を浮かせて慌てた。殆《ほとん》ど学校の敷地外に出たことがないので、東京の地理がよくわからない。

「心配ないったら、すぐ隣の駅だから」

言って百合は五味の体にぴたりと寄り添い、腕を絡ませる。腕に胸があたっている。全然そういう気持ちになれなかった。瞬《まばた》きをするたびに小倉教官や麻生助教の監視の目がフラッシュバックして、真っ青になった。

「移動しようっていったのは京介君でしょ」

「まずいよ、僕は外泊許可を取ってないんだよ！」

「ならいま取れば、電話で」

百合が携帯電話を出した。

「電話で取れるもんじゃないだろ。金曜の夜までに名簿に記入しないと――」

「大丈夫、大丈夫」

百合は言って、どこかに電話をかけ始めた。一体どこへかけているのか。長いコールの後、もしもし、という男の声が漏れ聞こえた。

「あ、百合だけど。お父さん？」

五味は目を白黒させた。そういえば、父親が警察官だと言っていたが――。

「あのさ。お父さんのクラスの五味君。外泊許可承諾してよ」

――えっ。

「いま五味君と一緒なの。今日これからセックスするんだー。五味君にペナルティとか科したら、許さないからね。その瞬間に私、警察学校辞めてやるから。じゃあね」

男が電話の向こうでなにかまくし立てている声が聞こえた。確かに――東京に来てから毎日、聞いている声――小倉教官の声だった。愉快そうに電話を切った百合だが、五味はもう血の気が失《う》せて尋ねた。

「――どういうこと」

「そういうこと」

「ちゃんと説明して」

「私、小倉の娘なの」

「――苗字《みょうじ》が」

「私が中2の思春期真っ盛りに両親、離婚してるんだわ。で、私は母方の姓を名乗ってるの。ねえ、京介君、思わない？　私をこんな女にしたのは、仕事仕事でほっとんど家に帰ってこなくて、外で女作って逃げた小倉のせいだって。お母さんは苦労して癌で死んじゃったんだよ」

言葉がない五味の横で、百合は「環七《かんなな》のとこで高架下をくぐって、高円寺中央公園の方に行ってくださーい」とタクシー運転手に甘ったるく言う。そして、続けた。

「小倉はさ、娘に引け目を感じているわけ。だからいまになって更生させようと必死なのよ。小倉の弱みは私なの。いいこと聞いたじゃん、京介君」

「い、いいことって……」

「小倉になんか言われたら、私の名前を出せばいい。私みたいなヨゴレた娘がいるって学校中に知れたら大変じゃん。もう、あの教場は京介君のやりたい放題だよ！」

交通量の多い環状七号線を走っているところまで確認したが、あっという間に雑居ビルや店が入り組んだ裏通りに入っていた。緑あふれる公園が見えてくると、百合は身を乗り出して道案内する。背の高い、ベージュ色の細長いビルの前でタクシーを降りた。表玄関を見てぎょっとした。どう見てもラブホテルだ。及び腰になっているのを、百合に手を引かれる。

フロントのパネルの前で勝手に部屋を選び、百合は出された鍵《かぎ》を摑《つか》んでエレベーターに飛び乗った。五味はまだ目の前の状況を受け入れられず、混乱したまま、百合に促されてエレベーターに乗った。百合が「だっさいネクタイ」と五味をいたぶって、ジャケットの下のネクタイをぐっと引っ張った。前のめりになる。いつか触れてみたいとずっと思っていたその柔らかそうな唇が、五味の唇を塞《ふさ》いだ。舌が絡む。体が勝手に動く。百合を抱きしめる。彼女を包む肉体には、女性らしい柔らかさの中にも、日々の訓練で培った弾力がある。もう駄目だと思った。抗《あらが》えない――。

だが、あまりにも、と思った。これではあまりにも――百合が、かわいそうだ。

部屋に引きずり込まれる。三〇三号室という数字が目に飛び込んできた。よりによって、寮の部屋番号と同じ。その数字を見て、やはり帰らなくてはならないと、五味は悟った。

部屋に入ると、百合はもう待ち切れないといった様子で、ジャケットを脱ぎ棄て、ブラウスのボタンに手をかけた。あっという間にブラジャー一枚になる。嬉しそうに「京介君も早く脱いで」と促してダブルベッドにごろんと転がると、大胆にスラックスを脱ぐ。五味は、静かに言った。

「俺は、やっぱり帰るよ」

百合は右足首に絡まったスラックスを引っ張っていたが、ふと手を止めて五味を見上げた。下着も一緒に脱げてしまっていて、太ももの間にその入口が、陰毛に隠れてちらりと見えた。いま、あの中に飛び込めたらどれだけの快楽だろうと思う。けれど五味は下腹部からこみ上げる強烈な欲情を、必死に理性で抑え込んだ。

百合はじっと五味を見ている。侮蔑《ぶべつ》と哀願が混ざった不思議な瞳《ひとみ》の色をしていた。

「──私のこと、嫌い？」

「好きだよ」

思わず素直な言葉が漏れた。これまでその事実を突き止めたことはなかったけれど、たぶん初めて会った日からずっと好きだった。百合は強く瞬きをして、眩《まぶ》しそうに五味を見た。

「好きだから、こういうのは嫌なんだ。君のことをすごく大事に思っているから、こういう行きずりの関係みたいなのは本当に、嫌なんだ。ていうか、これって当てつけなんだろ？　約束をすっぽかした彼氏さんと、それから——父親に対する」

百合の表情に強い変化があった。

「——あんたになにがわかんの」

恐ろしく低い声で百合は言った。スラックスを右足首に引っ掛けたまま、バッグの中からタバコを出し、火をつけた。細い女性向けの煙草で、殆ど煙がなかった。

「そりゃ、わからない。わからないけど」

「きれいごととかたくさんなわけ。ねえ教えてあげる」

百合はこれまで以上に強く五味を挑発して、続ける。

「中1の時、母親に、着替えを届けてって言われたの。父親のところに。小倉はその時、管区警察学校の生徒。警部補に昇進したところで」

五味はどこかに座る機会を逸したまま、その話を聞いた。

「あそこも全寮制でしょ、でもわりと自由。新人が入る警察学校ほどの厳しい規律はない。授業が終わって夜は、関東の各県警本部からやってきた警察官同士、どっかの部屋に集まって酒盛りしてるような感じ。私は寮務長に父親への差し入れですって言ったら、そいつ——ニヤニヤ笑って。四三七号室にいるから、直接届けてこいっていうの。いつもなら、放送で呼び出してくれて、下りてきた小倉に直接渡して終わるのに。その日は部屋に直接行けって。寮務長が、鍵束を持って、それをじゃりじゃり言わせながら、来いって。案内するからって」

百合は言葉を切ると、立て続けに煙を吸う。五味は傍らにあった部屋着を取り、百合の裸の肩にかぶせた。百合は無反応で、ただ続ける。

「いろんな部屋から、オッサンたちの酔っぱらった声が聞こえるの。その廊下を突き進んで、四三七号室の前に言って、すぐに足がすくんだ。男女の喘《あえ》ぎ声が聞こえてきたから。私、逃げ出そうとしたんだけど、見ろ、って。その寮務長が。あとから聞いた話だけど、その寮務長、現場で上司から壮絶ないじめにあって、頭がおかしくなって、外ではもう使い物にならないから、学校の寮務長やっているような人だったの。その人が、見ろ、って。現場の現役刑事の汚れた姿を見ろ、って。私の首根っこを掴んで、合鍵《あいかぎ》で四三七号室の鍵を開けて、私は父親の不倫現場に放り込まれたというわけ」

とても深刻そうに話していたのに、百合は最後、ふっとおかしそうに笑った。

「そういうのに比べたら、いま私たちがしてることなんて、かわいいもんでしょ」

売春婦を気取ったような顔つきで五味を見上げて、言う。けれどその吊り上がった丸い瞳はものすごく傷ついていて、そして、孤独の色をしていた。

「警察って、そういうところよ、京介君。汚くてずるがしこくてスケベな奴ばっかり。キラキラできるのもいまのうち。真面目にやってたって、組織で生きていくうちにみんなおかしくなっていくんだから」

五味は返す言葉が見つからず、ただ、黙り込んだ。百合はすっかり酔いが冷めたのか、ため息をついて言った。

「なんか、白けちゃったね。もう帰れば？　いまならまだ門限間に合うよ」

「――一緒に、帰ろうよ」

返事はないが、百合は押し黙ったままだ。本当は、帰りたいのだと思った。入校初日も、死ぬ死ぬと喚《わめ》いたが、五味が止めると素直に従った。

本当は、警察官になりたいのだ。

「きっと、警察官のお父さんのこと、好きだったんだよね。憧《あこが》れがあった。でも失望して、恨んで、全く別の道を進んだのに――結局、警察官になった」

五味は必死に言葉を選び、続ける。

「僕らはもう、警察官なんだよ。まだ学生で訓練中だけど、来月になれば正式な警察手帳だって貸与される。一歩外に出たらもう、司法権を持った人間になるんだ。それは、正式に採用試験を経てなった者も、縁故採用でなった者も、一般の人から見たら区別なんてない」

百合は神妙に、五味の話に耳を傾けている。

「だからこそ、なんていうか――自分で自分を律していかないと、とんでもないことになっちゃうんじゃないかな。それはすごく難しいことだけど、でも、いま僕らはその訓練を積んでいる最中で、だから僕は嫌なんだ。教官の弱みを握って自在に動かせる立場だからって、規律を破るのは」

――それではあの広野と、一緒だ。僕はああいう人間にはなりたくない。

百合がふっと笑った。そこには自嘲《じちょう》の色があったが、五味をからかうように言う。

「なにその、正義感。警察官になったのは、階級社会を制したいからでしょ」

「確かにそれもあるよ。それもあるし、強い正義感の下で警察官になろうと思っているわけでもない、そんな褒められたものじゃない。だけど──越えてはいけない境界線はあると思うんだ。そこは越えない。絶対に越えないと思っている」

言い訳しながら、自分も心の底から警察官になりたいのだと、改めて思った。誰かに恋い焦がれるような、胸がぎゅっと締めつけられるような感情でいま、はっきりと思った。

警察官になりたい。

「神崎。帰ろう」

週が明けた。

昼食明けの三時限目がまたしても漢字テストだった。お題は警視庁管内にある中央・総武線の駅名を漢字で書くこと。

地方出身で未《いま》だに東京の地名がピンとこない五味は圧倒的に不利で、しかも毎週、どの路線の駅名が出題されるのかわからないのが辛《つら》い。五味はヤマを張って昨晩は小田急《おだきゅう》線を猛烈に勉強していたのだが、まさかの最寄り駅の路線だった。

五味は『高円寺』と書いて、ついさっき食堂で見かけた百合を思い出した。百合は長嶋教場の食事当番だった。手早くお盆を並べ終わると、女警が揃ったのを数え、ひときわ大きな声で「長嶋教場、頂きます!」と号令をかけた。隣にいた長嶋教官がおやっと百合を見て、目をみはったのがわかった。

土曜日の晩の一件で、なにか百合に思うところがあったのかもしれない。これで真面目に学校生活に励んでくれたらいいなと思う一方、時間内に食べ終わろうと無言で食事を摂《と》る百合を横目に見て、自分はなんて惜しいことをしたんだとも思った。

恋人がいるらしい。彼女の体に触れられる千載一遇のチャンスを、つまらない正義感で棒に振ってしまったような気持ちに、ならないでもない。

土曜日の晩、百合と二人でタクシーを飛ばし中野警察学校へ戻ったのは、門限ギリギリの七時五十九分のことだった。

小倉教官が待ち構えていて、五味は肝が冷えた。だが、あちらこそ肝が冷えたような顔をして、五味を見ている。百合はすぐに長嶋教官に首根っこを摑《つか》まれて寮に戻された。

「五味。ちょっと話せるか」

あの時の小倉はもはや、教官の顔ではなかった。じゃじゃ馬の娘に振り回されて疲れ切った父親の顔だった。そして、娘をそんな風にしたのは自分だという罪悪感に支配された顔……。

小倉は、五味を本館脇にある喫煙所に連れていくと、マイルドセブンに火をつけた。

「――娘が済まなかった。お前は巻き込まれたんだろ」

五味が曖昧《あいまい》に首を傾げていると、小倉は鼻で笑った。タバコの煙が両鼻から溢《あふ》れる。

「お前なら、振り切って帰ってくると思ったがな」

ありがとうございます、と答えたが、ここで感謝の気持ちを示すのは違うようにも感じる。

「警察官の娘だから、ずいぶん厳しく育ててきたつもりなんだがな。厳しくすればするほど反発する――百合にはやっぱり、無理だったのかな」

「――警察学校が、ですか」

「ああ。中学から私生活が荒れっぱなし。特に男性関係にだらしない。せっかく入った銀行だって、男とのトラブルで辞めたんだ」

――わかる気がすると、五味は神妙に頷《うなず》いた。

「もう二十七だ。これが更生できる最後のチャンスだ。長嶋教官には特に、そのあたりを頼んでおいたというか」

長嶋教官の、百合だけ目の敵にしたような態度は、小倉の意向を受けてのものだったようだ。

「どうする」

小倉はやさぐれた顔で、五味を試すように見た。五味はその表情になんとなく寂しさを感じた。小倉のことは教官として、尊敬している。助教の麻生は学生を暴力的に支配する酷薄な人物だが、小倉は手をあげることが少なく、後のフォローをきちんとする。いい教官にあたったと思っていたのに――。

「百合のことを、生徒たちに言うか。俺の弱みだ。お前らもう、やりたい放題やれるぞ」

五味は慌てて、首を横に振った。

「弱みには、なりません」

「どうしてだ。あんな娘――」

「でも変わりたいと、思っているはずです。だから――だからなんというか、警察学校に入る決意をしたんだと思います」

小倉がタバコを吸った。タバコの先の火がぱっと輝き、小倉の表情が見えなくなった。

「きっと……きっと卒業するころには、いい警察官になると思います、百合さ――」

「おめでたい野郎だな」

冷えた楔《くさび》が、ぐさりと五味の胸に突き刺さったようだった。

「キラキラしてられんのもいまのうちだ」

小倉は乱暴に煙草を灰皿に投げつけた。小さな火がジュッと音を立てて、あっという間に消えてしまった――。

いま、テスト監督をしている小倉の気配を背後から感じた。静かに五味の横を通り過ぎていく。腰の後ろに組まれた手。百合を持て余してしまう手――。

「教官!」

突然、背後から威勢のよい声が上がった。広野だった。

「臼田巡査がカンニングをしています!」

教室内がざわつく。五味の廊下側の隣に座る臼田は突然そう指摘され、びっくりして顔を上げたが――振り返って広野を見るなり、瞳《ひとみ》にめらめらと怒りの炎を燃やす。

広野が続けた。

「僕、見ました! シャープペンシルの中にカンニングペーパーが」

小倉は広野を一瞥《いちべつ》すると、臼田の机の前に立った。臼田を疑う――というより、事実を確認しようとする冷静な瞳があった。

「一旦《いったん》ペンを置け」

臼田は右手からぽろりとシャープペンシルを落とし、まるで銃口でも向けられたかのように、両手を軽く上にあげた。

小倉は臼田の机の上に転がったシャープペンシルを取ると、キャップを取り、中を覗《のぞ》いた。

「なにか詰まっている」と、ちろりと臼田を見る。

臼田が必死に弁明した。

「そんなはず……！　自分は何もしてません」

小倉が指先で、五ミリほどしか幅のない紙片を引っ張り出す。長さは十センチくらい。何か細かい文字がみっしりと書かれているのが、五味にも見えた。広野を振り返る。目が合った。口元は緊張したままだが、広野の目が嘲笑《ちょうしょう》の色を帯びている。

広野が先手を打ったのだと、すぐにわかった。

土曜日、五味と臼田を尾《つ》けてきたのだろう。ラーメン屋での、広野への制裁話を立ち聞きしていた。広野はカンニングペーパーを臼田のシャープペンシルに忍ばせて罪を着せることで、五味や臼田をけん制しているのだ。相手が五味ではなく臼田だったのは、臼田とは同部屋でカンニングの細工をしやすかったせいか。

教場内は水を打ったように静まり返っている。小倉が神妙に言った。

「せっかくのカンニングが台無しだな、ヤマ勘、思い切り外れている。山手線」

小倉は紙片を臼田に見せた。臼田はきっぱり否定する。

「自分には、身に覚えはありません」

「だろうな。ヤマが外れた時点で、カンニングペーパーを見る必要はない」

小倉は意味ありげに、広野を振り返った。

「本当に、臼田はこれを見ていたのか？」

「はい！　自分は確かにこの目で見ました。絶対です！」

臼田はカッと頭に血が上った様子で「ふざけるな！　誰がカンニングなんか……！」と一歩前に出た。慌てて五味は臼田を止めに入り、小倉に訴えた。

「これはでっちあげです。広野は先週の金曜日、これと同じ方法でカンニングしていました。場長の自分が広野に忠告し、改善を促そうとしていたところで──」

「そっちこそでっちあげだ！　僕はカンニングなんかしていない！」

広野の反論に臼田が叫ぶ。

「おい広野、いい加減にしろ！　場長の五味が嘘をついているというのか！」

小倉の「黙れ、お前ら！」の一喝で、教場内はしいんと静まり返った。

「五味。広野のカンニングがあったのなら、なぜその場で私に報告しなかった」

「それは……すいません。生徒同士で解決できるかと」

連帯責任を負わされるのが嫌だったとは、言えない。そもそも、自治係の高杉も気が付いていたのだから、報告は彼の仕事だと思っていた。だがいまそれを言うと、高杉に責任転嫁するように見えてしまう。

五味は視界の端で高杉を捉《とら》えた。カンニング騒ぎなどそっちのけで、必死にテストを続けていた。毎日の国語テストで三回連続満点を取ったら、万年教場当番から外れられるからだ。

小倉が静かに言う。

「カンニングだぞ。生徒同士で解決できる問題じゃない。退職処分モノだ」

「それが――それはあまりにも、広野が気の毒かと思い」

五味の言い訳を、広野が否定した。

「違うだろ！　臼田をかばうために、取ってつけたような嘘を！」

広野は一歩二歩前に出て、小倉の眼前に立った。いつも眠たそうな瞳をしているのに、今日に限って力強い目で言う。

「小倉教官、僕の目を見てください‼　嘘をついているのは誰か。教官ならわかりますよね！」

小倉は困惑で目を細めている。

「小倉教官は元々、強行犯係の刑事だったんですよね。取調べだってしてきた。嘘を見抜くのは得意ですよね⁉　自分は絶対に、嘘をついてません！　殉職した父に誓って、嘘はついていません！」

五味はまたしても、背筋が寒くなった。

これではどこからどう見ても、広野が嘘をついているようには見えない。サイコパスとはこういう人間のことを言うのだろう。怒りを通り越して恐怖を感じた。

「そうか。広野」小倉が静かに言った。

「確かに、俺は刑事畑の人間だ。で、刑事は何を持って真実を判断するか、わかるか」

広野は一瞬考えた後「取調べで……」と言ったが、小倉は強く首を横に振った。

「平気で罪を犯す人間は、実に巧妙な嘘をつく。だから我々は取調べの文言など信用しない。刑事が信用するのは、証拠品だけだ」

広野は黙り込んでしまった。小倉が環境・備品係を呼んだ。

「教官室にいって、鑑識簡易用具を一式借りて来い。それから、指紋読み取りソフトが入ったパソコンと専用のスキャナーも」

「えっ、いまですか」と環境・備品係が腰を上げる。

「そう。今すぐだ」

小倉は続けて、一同に言い放った。

「ちょっと早いが、これより、指紋採取の基礎授業を前倒しでやる。まずは関係者指紋からだ。臼田、広野、それから五味も立て。俺もこれを触ったから、俺の指紋も採る」

小倉は言って、教壇の上にカンニングペーパーを置いた。

「教官――紙から指紋を、採取できるんですか」

広野が青くなって、尋ねた。

「紙は意外によく指紋が残る。五味や臼田が嘘をついているなら、紙片やシャープペンシル本体からお前の指紋は出てこないはずだな?」

虚飾に彩られていた広野の顔色が、みるみるうちに青くなっていった。

五月二十四日、木曜日。朝六時半の点呼に遅れる者が続出していた。

昨日は野外訓練で、高尾山《たかおさん》の六合道を登山してきた。気温は五月としては珍しい真夏日で三十度近くまであがった上、頂上付近の急な上り階段で天気の急変に遭い、豪雨に見舞われた。怪我人も続出するなど、例年になく厳しい訓練になったと、教養部長が最後の統括でみなに声をかけて労をねぎらった。

小倉教場からも怪我人が一人出た。守村だ。足を踏み外して五メートルほどの急斜面を滑落したのだが、幸い、高杉と近代五種の藤岡が協力しあい、ロープで降下して事なきを得た。だが足首をひねって捻挫《ねんざ》しており、今週一週間、術科の授業は見学だ。いまは階段を下りるのもひと苦労なので、五味が肩を支えてやった。

全員揃ったので、五味は号令をかけて川路広場まで走った。さすがに登山の翌日でみな体に乳酸が溜《た》まっているのだろう、走り出すとあちこちから「いてて」とうめく声が漏れた。

女警が先に点呼を始めていた。真ん中よりちょっと前の列に並ぶ百合が、眠たそうにしながらも「16!」と叫ぶのが見えた。最近はまじめに授業に取り組んでいるようで、昨日の登山も真剣そのものだった。目が合った。慌てて逸《そ》らす。女警と目を合わせるだけでペナルティだ。もうすでにキスまでいってしまっているが――。

百合とはこっそり、メールのやり取りをしている。あの日以来、彼女は恋人と別れたらしい。いまは互いに警察学校の生徒で関係を発展させることはできないが、十月の卒業を待って必ず進展があると、五味には確信があった。

宿直教官がやってきた。五味は気持ちを入れ替え、点呼を開始した。

「一一五三期、小倉教場！　点呼開始、1！」

2、3、4と声が続いていく。最後尾にいる臼田の「39！」で声は終わった。つい三日前まで、終わりは40のはずだった。当直教官に報告する。

「一一五三期、小倉教場。全三十九名、点呼、終了しました！」

宿直教官は出席簿を確認しながら「一人少ない？」と眉《まゆ》をひそめた。やがて「そうか。広野が退職だったな」と誰にとでもなく言うと、頷《うなず》いて解散を指示した。

広野はカンニングでっちあげ騒動のあった翌朝――つまり野外訓練当日の朝には、荷物をまとめ、警察学校を出ていった。五味らが野外訓練に向かうための貸し切りバスに乗る横で、大型のスポーツバッグを担ぎ、スーツケースを転がした広野がひとり寂しく校門を去るのを見た。出発したバスが広野を追い越す際、臼田が窓を開けて中指を突き出すという挑発をした。慌ててやめさせたが、臼田はこのところ広野の件も含めて、少し気持ちがくさくさしているようだ。

どうやら外泊した恋人の家でひと悶着《もんちゃく》あり、破局したらしい。恋人の一人暮らしの家に彼女の両親が待ち構えていて、結婚を迫られたという。その上、学校では小細工を仕掛けて陥れようとする広野がいて、ちょっと怒りっぽくなっているのだ。

五味は複雑な顔で、バスの後部座席に掲げられた教場旗を見つめた。

教場にはそれぞれスローガンがあり、それに見合った旗が制作される。その旗は体育祭やマラソン大会などの際に美しくはためくし、今日のような野外訓練や卒業旅行などでも常に携行され、写真撮影する際に必ず掲げられる。

一一五三期小倉教場のスローガンは『初志貫徹』で、中央にデザインされるシンボルマークの動物は勇猛果敢な獅子《しし》だ。初志貫徹──入校時と同じ志、同じ人数で卒配までやり遂げるという願いがこめられていた。だが五月末にして、ひとり抜けてしまった。広野にもっといい対応ができなかったかと、五味は内省していた。

点呼が終わり、筋肉痛の足を引きずりながら寮の階段を駆け上がる五味の肩を、臼田は勢いよく叩《たた》いた。

「急ごう、今日は国旗当番だろ」

毎朝八時に君が代が流れ、国旗の掲揚がある。三人一組でそれを担当する当番が、数ヵ月に一度、回ってくる。今日は五味と臼田、高杉がその当番だった。

五味と臼田を追い抜かしながら、高杉が愚痴をこぼす。

「全く、野外訓練の翌日が警視庁見学ってどういうことだよ。この行事予定立てた奴、アホなんじゃねぇの」

今日も貸し切りバスに乗って、警視庁本部の通信指令本部などを見学することになっているのだ。食堂で朝食を済ませるとすぐに警察制服に着替え、国旗を持って走って川路広場へ出た。

午前八時、君が代が流れる。

臼田が紐《ひも》を引き、五味が紐を送る。高杉が正面に立ち、敬礼で国旗が上がっていくのを見上げている。さすが、高杉は自衛隊時代からこれをやっているから、慣れたものだ。臼田は初めて紐を引く当番で、少し緊張しているようだが——まだ君が代が終わらぬうちに、臼田の手が止まってしまった。日の丸は半旗とは言わないまでも、てっぺんにたどり着くことなく、中途半端な位置に滞っている。

五味はどうしたと、目で臼田を促す。高杉は国旗掲揚の際は身じろぎもしないと体が覚えているせいか、体勢を崩すことはなかったが、大きな瞳《ひとみ》で強く臼田を咎《とが》めている。

五味は臼田の視線の先を追うように、正門の方を振り返った。

荷物を抱えて立っている広野がいた。

五味は臼田に代わって紐を引き、なんとか君が代が終わるまでに国旗掲揚を終えた。高杉もようやく気が付き、ぎょっとしたように広野を二度見する。

広野が「おーい！」とこちらに大きく手を振った。

五味の背筋に、悪寒が走った。どのツラ下げて戻ってきたというのだ。そもそも、正門練交にいる当番の警察官は、なぜ広野を正門に通したのか。広野は青春の一ページみたいな顔をして、スーツケースを転がしてこちらに走ってきた。

臼田が思い切り睨《にら》みつけ、立ちはだかった。

「お前、なんのつもり——」

「よかった。間にあって。今日は本部見学なんだよね。楽しみだ。悪いけど臼田君、僕の荷物を寮の部屋に置いてきてくれないかな」

「てめぇ。頭狂ったのか?」

「狂ってないよ。同室でしょ。今日からまた、よろしく」

臼田は怒りのあまり食ってかかろうとして、本館の方から小倉が駆け寄ってきた。「臼田!」と怒鳴られる。臼田は一歩退き、走ってきた小倉に訴えた。

「教官! 退職した者が侵入してきています。これって不法侵入じゃ——」

「広野の退職は取り消しになった」

小倉はあっさりとそう言った。五味は驚愕《きょうがく》で、開いた口が塞《ふさ》がらなかった。高杉は神妙に、広野と臼田を交互に見ている。

「——どういうことですか、教官!」

一歩前に出た臼田の肩を、小倉は強く摑《つか》み、言った。

「言いたいことはわかる。帰校後、ゆっくり話そう。申し訳ないが、広野の荷物を部屋に置いてきてくれ」

「なんで俺が……!」

「どうせスーツに着替えに寮の部屋に戻るだろ。堪《こら》えてくれ。出発時間が迫っている」

臼田は血が滲《にじ》むほどに唇を嚙《か》みしめ、広野の荷物を担いだ。

警視庁中野警察学校から桜田門の警視庁本部庁舎まで、バスで三十分かからない距離だが、朝のラッシュ時ということもあり、環状七号線で完全に渋滞にはまった。

今日も、バス内では警視庁警察学校歌がCDで流されていた。だが、昨日の野外訓練時のように、一緒になって歌う者はひとりもいない。斜め後ろに座る臼田はむっつりと黙り込み、ノロノロと流れる景色を恨めしそうに見つめている。

仰々しいパーカッションの後、〝千代田《ちよだ》の森の深みどり……〟という、警視庁を仰ぎ共に訓練に励もうという内容の歌が流れる。あまりにむなしい校歌だと、五味は唇を嚙みしめた。校歌が通常より大きめのボリュームで流れていることもあり、隣に座る小倉が五味に事情を説明する声は周囲には聞こえていない。

広野は警察学校を出たその足で、警視庁本部庁舎の聴訴室へ乗り込んだらしい。一般市民の犯罪相談を受け付ける窓口だ。そこで広野は、警察学校の教官・生徒からカンニングのでっちあげをしたという冤罪《えんざい》で糾弾され、不当に退職処分を受けたと訴えたのだ。

対応に当たった聴訴室の警察官は呆気《あつけ》にとられ、広野を追い出した。聴訴室がある一階のロビーには、警視庁殉職者の名前を刻んだ石碑がある。広野はそこに刻まれた父の名前を指さし、自分はこの息子だと宣《のたま》い、事態は一変したと——小倉は言った。

「警察という組織は本当に、殉職者とその家族に弱い組織でな——」

「殉職警察官の息子だというだけで、退職処分をひっくり返せるのですか」

「まぁ、殉職警察官の息子だから、本部の警察官が彼の話に耳を傾けた、ということだ。聴訴を担当した警察官は書面にして上司に報告。上司は殉職警察官の息子という文言にびっくりして、慌てて警務部長に報告してしまった」

「それで、校長が退職処分をひっくり返したんですか」

小倉は「あの時、ちゃんと指紋採取していれば――」と舌打ちした。広野がでっちあげを認めたので、小倉はそこまでしなかったのだ。到底納得できない顔をしている五味の横顔を、小倉はじっと捉《とら》えている。

「――五味」

「わかってます。納得しなくてはならないのでしょうが、これから場長として、どうやって広野と接していくべきか……」

「ひとつアドバイスをしておく」

言って小倉は、警察制服のジャケットの内ポケットから、一枚の封筒を出した。破れそうなほどパンパンに、なにか入っている。中身は写真だった。一枚目を見ただけで、羞恥《しゅうち》と怒りで顔がカッと熱くなる。

五味と百合が高円寺のラブホテルに入っていくところを連写したものだった。広野が撮影したのだろう。広野はあの日、中野の繁華街をうろついていたのだ。確かにその後ろ姿を見た。デジタルカメラを持っていた――。言い訳しようとして、小倉が頷《うなず》いた。

「わかっている。お前たちは八時前には戻ってきた。これが撮影されたのが七時四十分。一発ヤれるほどの時間はなかったろうよ」

小倉の表情が、またやさぐれた場末の刑事みたいになった。根はたぶん、こういう人なのだろう。こんな調子で現場を渡り歩いてきたが、いまは警察学校という組織にいる手前、それなりの仮面をかぶっている。どの教官もそうなのだろう。朝から晩まで清廉潔白な顔をして、命令口調で人と接しているはずはない。

「だが、広野はこれを撮影して、退職処分撤回をよく思わない俺に突きつけてきた。退職処分にすべき生徒は別にいると言ってな」

五味は唇を噛みしめた。いますぐ写真を破り捨ててしまいたい。

「つまり、教官が広野を拒否したら、この写真がばらまかれるということですか」

「そうなるかもしれない。あいつのことだから、コピーを腐るほど隠し持っているだろう」

「教官と神崎さんの関係を、知っているんですか」

「それは知らないはずだ。奴にそんな人脈があるとは思えない。だが、俺がお前を寵愛《ちょうあい》していると勘違いしている」

小倉が肩を揺らして笑う。嘲笑《ちょうしょう》の色があるが、誰に向けたものなのかわからない。

「わかってるだろうが、俺はお前のような完璧《かんぺき》になんでもそつなくこなす優等生は嫌いだ。どちらかと言うと、人生につまずきまくっている高杉の方に親近感を覚える。だが教官だからお前に指導している。それだけだ」

五味は呆気にとられた。面と向かって嫌いだと言われたのは、生まれて初めてのことだった。社会人というのはもっと懐が深い大人の集団じゃないのか。学生時代に接したクラスメイトたちの方がよほどまともだった。それとも、警察組織という特殊な場所に根付いてしまうと、みなこうなってしまうのだろうか——。五味もつい、辛辣《しんらつ》になる。

「酒に酔っているでもなく、よくそんなことが言えますね」

小倉はふんっと鼻で笑い、「どうせ、傷ついてないんだろ」と断言した。

「俺のようなダメ人間に嫌いだと言われたって、お前は傷つかない。そういう人間もいるのだと合理的に考えるようにして、うじうじ悩んだり、俺に媚《こ》びを売ったりしない。そうやってこの先、人間関係を上手に転がしながら出世街道をひた走るというわけだ」

「自分は、教官のことをダメ人間だとは思ってな——」

五味のフォローを遮って、小倉は強く言った。

「だがな。お前がどれだけ昇進して上の役職についたとしても、お前のような人間は絶対にいい刑事にはなれない。それだけはわかる」

小倉が、人差し指を五味の鼻先に突き出し、はっきり言った。心にパリッと亀裂《きれつ》が入った気がした。毎日こんなに頑張っているのに、なぜこんなことを言われなければならないのか——。

小倉は話を逸《そ》らした。

「お前、俺がどうして五十四にもなって教官をやってるのか、変だと思わないか」

確かに、小倉は飛びぬけて年齢が高い。

「俺は、あの中野の牢獄《ろうごく》に繋《つな》がれた問題警察官というわけだ。それが新人を教育しているんだから、笑っちゃうだろ。全く」

黙り込んだ五味に、小倉は挑発するように言った。

「――百合から聞いていないのか。管区警察学校での一件」

五味は思わず視線を外した。これ以上、小倉の横に座っているのは耐え難い。

「部屋で女と乳繰り合っているところを娘に見られた。あいつは情緒不安定になって家出を繰り返すようになった。妻の癌が発覚して闘病生活が始まったのはその直後だ。俺は毎日、理不尽な殺人捜査でてんてこ舞いになりながら、百合の非行問題で毎日のように中学校に出向いてペコペコ頭を下げ、それでも反抗期の百合からはろくでなしと罵倒《ばとう》され続け、一方で余命宣告された妻の看病も重なって、壊れた。俺はまた女のところへ逃げた。お前懲りずにまた不倫してんのかと上にバレて、警察学校送りになったんだ」

口を閉ざすしかない五味を、小倉は面白そうに見返した。

「どうして自分を律しなかったのか。なぜ家族と真剣に向き合おうとしなかったのか。そんな顔をしているな」

まさにその通りで、五味は思わず目を伏せた。

「お前なら、一度の失敗に対して真摯《しんし》に向き合って、問題を解決していくんだろうな。だが、それができない人間が世の中にはいる。逃げるべきじゃないのにどうしていいのかわからず逃げて、奈落《ならく》の底に落ちていく奴がな」

警察官が現場に出て相手をするのは、そういう輩《やから》ばかりだと小倉は言う。

「俺が、お前は絶対にいい刑事にはなれないと断言するのは、そういうことだ」

五味が黙っているのをいいことに、小倉は次々と言葉を重ねた。

「お前は理解できない。犯罪者と自分自身をきっちり線引きして、送検して終わりだ。お前はこのままだと、そういうつまらないサツカンになる」

心に入った亀裂から、じわじわと漏れ出るなにかがある。しみて痛い。小倉の言葉にはそういう力があった。

「学べ。お前は学ばないといけない。広野や高杉から学ぶんだ。人間力で言えば、お前は小倉教場一の落ちこぼれだ」

二八一期　守村教場　Ⅲ

他人の家の二階というのはプライベートな空間という認識が強く、綾乃は非常に居心地が悪かった。

新百合《しんゆり》ヶ丘《がおか》の五味の自宅の、五味の寝室。八畳ほどのフローリングの部屋で、キングサイズのベッドには枕が二つ、並んでいた。

五味はウォークインクローゼットの中に入り、中の衣装ケースや段ボール箱をひっくり返し、ドッタンバッタンとやかましい。綾乃はさすがにそこまで踏み込めず、廊下の前に佇《たたず》んで待っているだけだ。結衣が五味のすぐ後ろに立ち、言う。

「こころの環？　なにそれ」

「日誌だよ。警察学校時代の。見たことない？　ベージュ色のA5の冊子」

全ては、広野智樹という、自殺した小倉教場の生徒についての記憶を掘り起こすためだった。殉職警察官の息子で問題行動ばかり起こし、生徒だけでなく教官たちまでもが振り回されていたらしい。なぜ守村教場の名簿に彼の名前があったのか——。すでに警察学校内のデータから彼の履歴書などは手に入れたが、もう亡くなっている人間を調べるというのは非常に難しい。

それで、五味や高杉が当時の『こころの環』を持ちより、記憶を掘り下げながら、広野と守村に繋がりがなかったか、確認しようということになった。高杉だけでなく、葬儀にやってきた臼田や山原、藤岡にも協力を仰いでいる。

「京介君が警察学校時代って、いつのよ」

「二〇〇一年。アメリカ同時多発テロがあった年だ」

「あぁ、歴史の教科書に載ってた。てか生まれる前に使ってた日誌なんて、私が知るわけないじゃん」

結衣はずいぶん胸元の大きくあいたティシャツを着ていて、腕を組んだときに胸の谷間がはっきりと見えた。世界情勢が大きく変わったあの出来事の、その後に生まれた女の子が、もう胸の谷間ができるほどに成長している。綾乃はちょっと面食らった。

五味も、結衣のあきすぎた胸元に気が付いた。

「結衣、なんだよその服。もっと胸元がしまった奴にしろよ」

「いーじゃん。部屋の中くらい。暑いんだもん」

「冷房の温度、低くすればいいだろ」

「それだと冷えちゃうの。女の体をわかってない」

結衣は言って肩をすくめる。

「で、今日は夕飯どうするの。一緒に食べるって昨日は約束したよね」

五味は言葉に詰まり、申し訳なさそうにウォークインクローゼットから顔を出した。怒られる、という顔をしている。

「ごめん。やっぱり捜査に戻らなきゃならなくなった」

結衣は無言で掌《てのひら》を突き出した。五味はスラックスの尻《しり》のポケットから財布を取ると、丸ごと結衣に渡してしまった。びっくりしていると、結衣は千円札だけ抜き取って財布を返し、さっさと階段を下りていった。過保護で甘やかしている風の五味に対して、結衣の方がしっかりと自分を律しているようだった。


五味の『こころの環』が見つかるのとほぼ同時に、臼田からも見つかった旨、連絡が入った。藤岡は「捨ててしまった」と言い、山原は「実家に戻らないとわからない」と言う。「まだ捜索中」と答えた高杉の自宅官舎に『こころの環』を持ち寄ることになった。

高杉の住む多摩市の官舎は、警視庁が借り上げている賃貸住宅だが、『フォレストガーデン多摩丘陵』という洒落《しゃれ》た名前がついている。築十年ほどの2LDKで、カウンターキッチンの向こうでは高杉の妻・沙織《さおり》がブランド物の派手なエプロンを身にまとい、張り切って料理していた。

その横で、高杉が冷蔵庫から缶ビールを出そうとして、沙織とひと悶着《もんちゃく》を起こす。

「今日のお料理にビールは合わないわよ」

「捜査会議はビールなの。ワイングラス傾けながら殺人の話なんかできるかよ」

「なにが捜査よ、警察学校の助教官のぶんざいで」

沙織は姉さん女房らしい振る舞いで、高杉の尻を叩《たた》いた。高杉が〝美魔女〟と評していた通り、彼女は頭の先からつま先まで完璧にコーディネイトされていて、実年齢よりずっと若く見える。部屋の装飾も含めて、まるでマダム向けの雑誌の一ページから飛び出してきたような雰囲気があった。

高杉が缶ビールを抱え、ダイニングテーブルにやってきた。

「臼田、ビールがいいだろ」

「ああ、サンキュ……。いや、料理、うまいよ。ビスクスープなんてうちで出てきたことない。料理のうまい嫁さんもらったんだな」

高杉は「普段は弁当か惣菜《そうざい》だよ」と小声で言うと、カウンターキッチンでメイン料理の下ごしらえをしている沙織に叫んだ。

「おい、コーラ、なかったか」

「ないわよ、そんなお砂糖の多いもの、飲まないもの」

五味が慌てて顔を上げて、言った。

「いや、高杉。俺は水でいいよ」

「遠慮すんなよ。沙織チャンちょっと買ってきてくれよ、近所のコンビニにあるだろ」

「でも、お肉の火加減が……」

「俺が見とくよ。五味はコーラしか飲まないんだよ」

沙織がやっとリビングを出て行った。高杉は火加減を見るどころかコンロの火を切ってしまい、ダイニングテーブルに戻ってきた。

「すまんな。俺、殆《ほとん》ど同僚を家に連れてこないから、妙に張り切っちゃって。さ、あいつが戻ってくる前にちゃちゃっと始めよう」

五味がすかさず言った。

「で、高杉の『こころの環』は？」

「見つかんなかった」

なんだよ、と臼田は言いつつ、切り出した。

「ここへ来る電車ん中で軽く自分のは目を通してきた。知っている情報を話すぞ」

臼田は付箋がたくさんついた日誌を捲《めく》り、早速言った。

「広野智樹、静岡県伊東《いとう》市出身。元は警視庁管内に住んでいたようだが、父親の殉職後、母親の実家に身を寄せて、そこで育ったと初対面で話してくれた」

綾乃は、臼田の日誌を覗《のぞ》き込んだ。

「すごい付箋、みっしりですね。これ全部、広野絡みですか」

臼田は「見るなよ人のこころを」と茶化しながらも、ああと頷《うなず》く。

「嘘やさぼりは日常茶飯事、気に入らない奴を、策略で血祭りにあげようとするとか。問題ばかり起こしていた」

「あったな」と五味はため息をつき、カンニング騒動の顚末《てんまつ》を綾乃に話して聞かせた。

「あのとき、退職していれば——自殺するほど追い詰められることもなかっただろうに」

広野は教場の中で浮いており、教官も持て余していたと臼田は話す。

五味はふっと顔を上げて、ぽつりと言った。

「行くも地獄、戻るも地獄だったんだ」

黙りこんで、ただちびちびと缶ビールを口にする高杉に、綾乃は話を振った。

「高杉さんはどうです？」

高杉は表情が暗く沈んでいる。こういう顔をすることがあるのだと綾乃は驚いてしまった。高杉にはいつも、全ての不幸を冗談で吹き飛ばす陽気さがあると思っていた。

「——まあなんつぅか。俺が殺したのかなとも思う。時々。いまでも」

突然の告白に、綾乃は戸惑った。臼田が神妙に首を横に振る。

「違うだろ。広野は入院中の病院を抜け出して、海に身を投げた。自殺だよ」

「病院送りにしたのはこの俺だ」

詳細を尋ねようとする綾乃に、五味が説明した。

「逮捕術の授業中の話だ。高杉は広野と組んで、広野がけがをした、それだけだ」

五味の言い方には、これ以上その話を掘り下げるなという頑とした色があった。臼田が記憶を辿《たど》るように、目を細めて言う。

「その後、広野は飯田橋《いいだばし》にあった警察病院に入院、失踪《しっそう》して——。十日か二週間後くらいに、地元の伊東の海の崖《がけ》っぷちで奴の靴が見つかったんだっけ？」

五味が頷く。

「ああ。失踪は府中校に移転する前日だった。遺書はしばらく後になって、府中校の小倉教官宛に届いた」

「変な話ですね。遺書って靴と一緒に自殺現場に置かれているイメージですが」

綾乃が言うと、五味が鼻で笑った。

「テレビドラマの見すぎだ。断崖絶壁《だんがい》に遺書置いたら、風で飛んでいく」

「そもそも、遺体は見つかったんだっけ？」

高杉の問いに臼田が首を傾げた後、「確か、数カ月後ぐらいに打ち上げられたとか噂なかったか？」という。五味ひとりがきっぱりと首を横に振る。

「遺体は見つかっていなかったと思う。少なくとも俺たちが警察学校に在校中は、広野の遺体が見つかったという知らせは入っていない」

綾乃は言った。

「溺死《できし》の場合、遺体の一部が二、三年後に発見されるというのはよくある話ですよ。ただ、テレビのニュースにはならなそうですね、全国紙にも載らないでしょう」

静岡県警に問い合わせする必要がありそうだ。高杉が自嘲《じちょう》気味に言う。

「もし遺体が見つかっていなかったら――広野は生きていた、ということか？　それで十六年も経って守村に復讐《ふくしゅう》した？　なんだそりゃ。それこそ映画とかドラマみたいな筋書きだ」

綾乃は改めて、五味に尋ねた。

「静岡県警への問い合わせ、私がやってもいいですけど、すると回答は遅いかもしれません。

早く対応してもらえるのはやはり、帳場の管理官とか捜査一課長かと」

「だろうね。とするとこの情報を上にあげなきゃならんな」

五味は思案顔になった。臼田が笑った。

「なんだお前、手柄ひとりじめにしようって魂胆か」

「いや。上は高杉をホンボシと見て動いてるんだ」

高杉は缶ビールをぶっと噴き出して、目を丸くした。

「え⁉　そうなの」

五味はあっさり「そうだよ、知らなかったのか」と言った。

「どうりで……今日も結構、私物を押収されたんだよ」

「ちなみにお前の聴取担当は俺たちな。上からは早くお前を引っ張って取調室で絞れとお達しが出ている」

高杉はうんざりしたように天を見上げる。臼田が尋ねた。

「なんで上はそう、高杉に犯行をなすりつけたがってるんだ。根拠はなんだよ」

「根拠なんかない、ただ高杉を警視庁から追い出したいだけだ。そもそも、海自をクビになって流れてきた奴の面倒なんか見たくないと言う意識があるんだろう」

五味は本人を前にしても忌憚《きたん》なく事実を述べた。高杉は全くダメージを受けていないようで、肩をすくめただけだった。

「そんなことで、高杉さんが血祭りにあげられているんですか？」

綾乃の問いに答えたのは高杉本人だった。

「いや、俺が警察学校に塩漬けされているきっかけになった件が、原因だろうなぁ」

高杉は自分の身の上に起こったあまりに不条理な出来事を、淡々と語った。

「前に、武蔵野署の生安にいたころだよ。タレこみがあって地元の繁華街のピンサロなんかを内偵してたら、裏に大規模な組織があることがわかってな。それで、一斉摘発という流れになった」

女も含め、売春防止法違反で逮捕した店側関係者は二百名以上。お楽しみの真っ最中だった客も七十名、現行犯逮捕した。

「で、困ったことに、客の中に警察官僚がいた。総務省に出向中の人事局参事官」

臼田は聞いただけで、お手上げだと言わんばかりに天を仰いだ。

「そりゃー、天の声に従うしかねぇな」

綾乃はあからさまに〝隠蔽《いんぺい》〟に従うと宣言した臼田を睨《にら》んだ。

「そんな——そんな風に、簡単に考えていいもんなんですか」

「深く考えない。それが一番だ。警察学校で習ったろ。上が白と言えば、実際に現場で黒でも白なの」

「いやでも——現行犯ですよ」

「だとしても、上司が送検書類に判を押すと思うか。あんたの周りの人間にあんたと同じ気概や正義感を持った奴がどれだけいるのか、ということだ。ま、送検は無理だろうね。送検が無理なら裁判も行われない。罪を償うことも前科がつくこともない。気が済まないのならマスコミにタレ込みでもしたらいいさ。ただし、一生、昇進は諦《あきら》めるんだな。どっかの僻地《へきち》の警察署とか、一生ドサ回りの人生だ」

ぐうの音も出ない綾乃を尻目《しりめ》に、五味は静かに高杉に尋ねた。

「お前が五年も警察学校にいるのは、そのせいなのか」

「そう。いままさに、臼田が言ったとおりだよ。だーれも送検しようとしないから、知り合いの記者にタレ込んだの。記事になったんだけど、あんま効果はなかったねぇ。世間も警察の隠蔽に飽きてる。後追いするメディアもなかったし」

「その警察官僚は、いま？」

「どっか地方の弱小県警本部の部長で、二度と東京の地は踏めないと言われているが、俺も府中に塩漬けというわけさ」

五味が静かに言った。

「一課長はそんな風に言っていなかったぞ。高杉は捜査費用を流用して買春していたと」

高杉は目を丸くして激怒した。大理石のテーブルをガツンと叩《たた》く。

「俺が買春だと⁉　金で買わないと女を抱けないと思われてんのかよ、クソッ」

「──高杉さん、怒るポイントがちょっと違いますよ」

綾乃は思わずツッコミを入れた。臼田は呆《あき》れたように高杉を見た。

「お前も案外、意地っ張りだな。五年も警察学校に塩漬け……。それなりに助教人生を楽しんでるんじゃないの」

臼田の鋭い指摘に、高杉はちょっとだけ、口元を緩ませた。

「まあなぁ。確かにこんな組織くそくらえと、いまでも思うよ。でもさ、学校にいる巡査たちは違うだろ。純粋に、いい警察官になろうとがんばってもがくキラッキラした瞳《ひとみ》を見ていたら、なんか、こいつらがこの先、組織を支える存在になるのなら、俺もまだ残っているのも悪くない――とか思っちゃうんだ」

臼田は宙を見て、ぽつりと言った。

「――変わっていくがな、みんな。なんの責任もなかったあの頃とは違う。みなそのうち結婚して、子どもが生まれ、一家の大黒柱になる。職場では部下の数も増えていく。警察という仕事は命がけだからな。家族の命だけじゃなく部下の命も握ることになる――いつまでもキラキラしていられない。人は変わるんだ」

五味は自身の『こころの環』のページを捲《めく》り、ふと、顔を上げた。

「ところで、高尾山の野外訓練で、守村が滑落したこと、覚えているか」

高杉は酔いが回ってきたのか、いつもの調子で過剰に自分を称賛して言う。

「おお。俺が咄嗟《とっさ》にロープで降下して助けたんだ」

「藤岡もひと役買っていた」

「藤岡？　誰だよそれ」

高杉は通夜にしか出ていないから藤岡と再会していないし、あまり教場で目立たない存在だったのか、よく覚えていないようだ。

「近代五種の選手だよ。ずっと第四機動隊にいる」

「で、その藤岡がどうしたって？」

「どうやら、ロープワークができるようだ。もやい結び」

臼田も高杉も、そして綾乃も、前のめりになった。五味は自身の日誌を読みあげた。

「〝登山中の天気の急変は大変に恐ろしく、また簡単に事故につながるものと痛感した。滑落した守村巡査は高杉巡査の咄嗟の機転で無事救助されたが、藤岡巡査がロープを結び直していなかったら、二人とも滑落していたかもしれない。暴れ馬をロープでつなぐ必要があるため、乗馬をする人間は船乗りと同じように、ロープワークを学ぶそうだ〟」


翌日。五味と綾乃は藤岡に焦点を絞り、警察学校内で聞き込みをすることになった。

早朝は大心寮に入り、点呼や掃除の間に巡査たちから聞き込みをするのだが、藤岡を警察学校内で見かけたと証言する巡査は皆無だった。

八時になり、教官室で聞き込みを開始したが、やはり教官の間でも藤岡の目撃証言や守村との関わりをにおわせる証言はない。

「よぉ、朝からがんばってるじゃない」

高杉が出勤してきた。まだスーツ姿で、これから更衣室にいって警察制服に着替えるようだ。扉の前で、ひときわ大きな声で高杉を呼ぶ声がした。

「失礼します！　一二八一期守村教場、水田翔馬巡査です！　高杉助教、少しお話のお時間、いただけないでしょうか」

　五味と綾乃は驚いて、入口を振り返った。退職になったはずの水田がそこに、緊張で顔をこわばらせたまま、立っている。高杉はネクタイを外しながら、面倒そうに言った。

「お前、誰だよ」

「一二八一期、守村教場、水田翔馬巡査——」

「守村教場に水田という巡査はいない」

　水田はもう泣きそうになっている。だが、ぐっと堪《こら》えた。

「自分は——。自分は、本当にまだまだ未熟な人間ですか、二日前の授業で大変貴重な経験をさせていただき、気付いたことが本当にたくさん、あります。その思いを、始末書と一緒に、論文用紙五十枚にまとめて書かせていただきました。助教の大切なお時間を割いてしまい、またお手間をかけさせてしまうことになりますが、どうか、どうかお目を通していただけないでしょうか……！」

　言って水田は教官室に入り、傍らに用意していた始末書と論文用紙の束を、高杉に突き出した。高杉はそれを軽く、手で払いのけた。五十枚以上の用紙がバラバラと床に落ちる。水田は慌ててしゃがみ、それを拾い集めた。

「入室を許可していない。出て行け」

　高杉は反省文を平気で踏みちらし、更衣室へ行ってしまった。

「高杉助教、待ってくだ……！」

別の教官が「早く片付けろ」と厳しく言いつけた。水田は引き返し、目を涙で真っ赤にさせながら、反省文を拾い集めた。

五味は水田の下にしゃがみ込み、一緒に書類を拾い集めた。水田はただ、恐縮する。

「教官に反省文を渡すときは、クリップ留めか紐綴《ひもと》じくらいしておけ。バラつくのが嫌で、高杉は受け取らなかったのかもしれない」

「は、はい！　アドバイス、ありがとうございます！」

五味は立ち上がり、拾い集めた反省文を水田の胸に突き出した。

「今日はこの後一日、どうするの」

「はい……。教場には入れませんので、授業は受けられません。ただ、高杉助教の後を追って、お話を聞いてもらえるのを待つのみです」

「ただ廊下で立って待ってるの？」

「はい。昨日もそうしておりました」

「なら、俺たちの捜査を手伝え」

「え⁉」と五味の顔を覗《のぞ》き込んだのは、綾乃だった。なにを言い出すのか、水田はあまりのことにぽかんとしている。

「君はいまの警察学校では用なし扱いだが、ここをうろついていても不法侵入罪を問われているわけではないところを見ると、まだ正式な処分は行われていない。つまり、まだかろうじて警視庁の巡査ということだ。実務修習は終わっているな？」

「は、はい！」

「なら警察手帳を持っているだろ。一緒に来い」


電話越しでも明らかに銃声とわかるパンッという破裂音がして、車の助手席にいた綾乃は思わず腰を浮かせた。

面パトのエアコン通風口に取り付けたカップホルダーに、五味のスマートフォンが置かれている。スピーカー設定になっていて、通話口から声が聞こえてくるのだが――いつもの通り、五味が聞き込み先の会話を盗み聞きしている。

車は立川《たちかわ》市内にある大型家具店ＩＫＥＡの裏手にある道路に路上駐車していた。すぐ目の前は災害医療センターで、南にいけば広大な国営昭和記念《しょうわきねん》公園がある。立川市の中心部にあたるＪＲ立川駅周辺から少し北へ外れたこの地域は、市役所や裁判所立川支部、陸上自衛隊の立川駐屯地などが立ち並ぶ官公庁エリアだ。その一角、警視庁第八方面本部庁舎の北側に、第四機動隊基地がある。

五味は警察官として首の皮一枚繋《つな》がっただけの水田を、あろうことか単身で機動隊内施設に送り込み、藤岡と接触させているのだ。

「――本当に、大丈夫なんでしょうか」

なにが、という顔で五味が綾乃を見返す。

「藤岡はいま私たちにとって重要参考人じゃないですか。それを、警察学校の生徒に聴取させるなんて、素人探偵じゃあるまいし」

五味は人差し指を立てた。

「あまりまくし立てるな。水田のスマホから声が漏れる」

水田はスマホを通話状態にしたまま、あちらも、スピーカーにしているのだ。

当初、水田は藤岡を取り調べると聞いて「本物の警察官に聴取なんて、ホント無理です」と真っ青になっていたが、五味が藤岡との接触方法を手取り足取り教え、いまのところはうまく動いている。

まずは受付で藤岡を呼び出し、退職処分を受けそうになっている状況であることを訴える。高杉から「けん銃検定初級試験で満点だったら退職処分を撤回する」と言われていることを説明し、なんとか自分にけん銃の訓練をつけてくれないかと依頼する。リオ五輪代表になるほどの射撃の腕がある藤岡に、訓練を付けてほしい——と頼みこんだ。

藤岡は初対面の警察学校生徒の、ずいぶんと図々《ずうずう》しい申し出に、困惑していた。案の定、「そんなの警察学校の担当講師に頼むべきだろう、立派な射撃訓練設備がある術科棟で練習しろ」と突っぱねた。

水田は、五味に言われた通りの答えをする。

「それが、退職処分扱いになっているので、弾もけん銃も没収されているんです」

「そもそも、なぜ僕のことを知っているんだ。高杉から聞いたのか?」

藤岡がこう質問してくることを、五味は読んでいた。水田が、準備していた答えを口にした。

「いえ、生前、守村教官から何度となく、藤岡巡査部長のお話は伺っていたんです。リオオリンピックで活躍した同期がいて、大変誇らしいと。だからお前たちも仲間との絆《きずな》を大切にしろと……」

頑《かたく》なだった藤岡の態度に、軟化が見られた。やがて「昼休みの十五分だけなら」と了承したのだ。

いま、スマホのスピーカーから、藤岡が指導している声がする。

〝いいか。基本、警察官は両手撃ちだ。よほど訓練を積まないと、片手では発砲した際の衝撃に耐えられない。だが一般人は映画やドラマでしか、けん銃の発砲シーンを見たことがない。みんな右手でぶっ放しているだろ。そのせいで、引き金に指をかける右手こそが銃《じゅう》を操っているという意識が強く根付いてしまっている。すると、右手にばかり力が入る。これが、弾が的にあたらない原因なんだ。大事なのは、グリップの下に添える左手。力を入れるのはこの左手だけでいい。右手はリラックスだ。引き金にかける指もリラックス。だが、リラックスしつつも銃把が触れる右手の肉は意識する。それだけでいい。そうだ。よし。撃ってみろ〟

発砲音。

〝すごい！　当たりました！〟

水田が本来の目的も忘れたように、喜ぶ声がした。

〝的に当たるのは当たり前。訓練を積んで、中央に当てる正確性を持つこと。そうじゃないと、実際に現場でけん銃帯同許可が下りた時、肝を冷やすのは自分自身だ〟

弾をこめ直す音が聞こえる。水田が言った。

〝さすがです、藤岡巡査部長。守村教官がおっしゃっていた通りでした〟

ちょっとわざとらしい言い方だった。藤岡の声音に、警戒の色が見える。

〝守村が、僕のことを？〟

〝はい。初級も怪しいような奴は、第四機動隊の藤岡の世話になるしかないな、と。リオオリンピックで十位。これは、日本人歴代最高位なんだぞと、本当に嬉《うれ》しそうにおっしゃっていました。やっぱり、卒業後も守村教官と頻繁に連絡を取り合っておられたんですか〟

唐突な質問は、水田の緊張と焦りをよく表していた。

〝そうでもない――。なぜいま、そんなことを聞くんだ〟

〝いや、毎日、同じ刑事が何度も何度も聴取に来るんです。守村教官が誰と親しくしていたのか、とか。揉《も》めていたのか、とか――あんまりしつこく聞かれるんで……〟

〝で？　今度は君が捜査の真似事か。まさか本当の目的は聴取なのか〟

水田は沈黙してしまった。沈黙の中に動揺が伝わってくる。

〝僕のこと、疑っているのか〟

〝ちょ、ちょっとお手洗いに――〟

〝そのまま帰れ！　二度と来るな！〟

ドアが開く音、リノリウムの廊下を駆ける音――。水田が聞き込み現場を逃げ出している音が耳障りな雑音となって伝わってきた。五味は通話を切った。綾乃はもう一度、五味をたしなめた。

「――五味さん、こんなことして意味があるんですか」

五味がなにか説明しようとして、水田が全速力で面パトの方へ戻ってきた。警察学校内で見せた半べそとはまた違う、困り果てた顔で、後部座席に飛び込む。

「すいません――僕にはやっぱり無理です、機動隊員を取調べるなんて」

「だろうな。普通の警察官でも厄介だと思う。それにしても下手くそだった」

水田はちょっと驚いたように五味を見返した。模擬取調べの際はあんなに親身だったのに、いまの五味の態度は断固とした色があり、非常に厳しさが滲《にじ》んでいる。

飴《あめ》と鞭《むち》をうまく使い分けている、ということなのか――。

「職質の基本授業はやったろ。威圧的にならないこと、丁寧な態度で相手の懐に入る――そういう基本を忘れたか」

「いやでも、威圧的にやったつもりは」

「聞き方が一方的で断定的だった。あれじゃ、お前が藤岡を疑っているとすぐにばれる。いいか。関係者聴取の際、なにを目的とした聴取なのかを悟られるのはよくない。特に容疑者を相手にするときはなおさらだ。すぐに逮捕状が出て拘束できるならまだしも、そうでない場合、証拠を隠蔽《いんぺい》されたり逃亡されたり、最悪の場合自殺に至る可能性だってある。あんな風に怒らせるなど言語道断だ」

わかってはいるけど、という様子で、水田は坊主頭を掻《か》いた。

「それ以上にダメなのは、お前に、藤岡に対する遠慮と恐れがあった」

水田はすかさず、反論した。

「そりゃ、ありますよ。警視庁の大先輩で、五輪の選手ですよ」

「そうだよ。尊敬して謙遜《けんそん》しろ。だが遠慮と恐れを持つな。いまのお前には後者の二つしかない。だからうまくいかないんだ」

「そんなこと言われても……」

「そもそもお前は、表面に見えるものだけで人を判断してしまう悪い癖がある。生活保護を受けていた人間を窃盗犯と思い込むのもそうだ。警視庁の大先輩、五輪選手――心から敬服して、相手の本質に触れて来い。そういう心がけをしないと、聴取はうまくいかない。このハードルを越えないと、警察学校には戻れないぞ」

「相手の本質に触れるって……一体、どうしたら」

「守村はなんと言ってた?」

「えっ……」

「守村は教えなかったか。聴取で相手の心を開かせるには、どうしたらいいか」

水田は記憶をたどるように、言った。

「自分の本心を、ぶつけろと」

「そういうことだ」

「いや、だとしたらさっきの話と矛盾するじゃないですか。あからさまに藤岡さんを疑っている空気を出してはいけない、と」

「違う。その二つは対極にない。いいか、水田。犯人はなぜ、犯行を隠そうとする?」

「――そりゃ、捕まりたくないから、ですよ」

「そうだ。では警察はなぜ、犯人を逮捕したいんだ?」

水田ははっとしたように口をつぐみ――やがて、言った。

「違法行為をした者を拘束し、都民の安全を守るため、そして被害者の無念を晴らすため……」

「そうだ。それが、お前の聴取の本流になきゃならないんだ。お前はいま、五味というおかしな刑事に命令されて仕方なく聴取をやっている――そういう心意気では、誰の心も動かせない」

合点がいったのか、水田はふと黙り込んだ。

「ガイシャの守村教官のこと、どう思っていた?」

「勿論《もちろん》、尊敬していました。誰よりも早く出勤し、そして誰よりも遅く帰って、いつも見守ってくださっていたのが――」

水田の瞳《ひとみ》にじわりと涙が浮かんだ。

「守村も、お前たちの卒業姿を見たかったはずだ。だから、心身に変調をきたしていても通院せず、ぐっと堪《こら》えてお前たちのそばにいた」

はい、と言うのも待てず、水田は、涙をこぼした。

「そういう想いを、藤岡にぶつけて来い」

水田は窓の外に視線を流し、涙を呑《の》みこむそぶりをした。やがて覚悟を決めたようにため息をつくと、後部座席を飛び出して行った。

綾乃はため息をついた。つい、嫌味な言葉が出る。

「立派な実地研修ですね」

「研修じゃない。捜査だ」

「彼は学んで吸収しています。でも、所詮《しょせん》巡査です。実のある取調べはできないと思いますよ。下手な素人探偵に第一容疑者を探らせるなんて、どうかしてます」

五味はふっと肩で笑った。

「確かに。こんな滅茶《めちゃ》苦茶な聴取、まともな刑事なら誰もやらない」

「そうですよ。絶対にしません！」

「藤岡もそう思うだろう。だが疑っている人間が確実にいると、気付くはずだ」

五味が意味ありげな横目を流し、綾乃に言った。いま水田にさせているこの無謀な聴取に意味があったのかと、綾乃は目をみはった。五味は続けた。

「つまり、藤岡を疑っている人間はいるけれど、まだ捜査本部は気づいていない。そういう状況を作って、藤岡を揺さぶる――。帳場が本格的に動いているなんて知ったら、すぐさま証拠隠滅に走られるし、逃亡とか最悪、自殺もありうる。犯人を追い詰めるというのは、そういう

「ことなんだ」

綾乃はやっと合点がいって、頷《うなず》いた。

「けれど、そこまでの危機感がない揺さぶりなら——ということですか」

「そう。捜査本部の気配はない。だが疑っている人物はいる——藤岡が本当に守村の死に絡んでいるのだとしたら、近いうちになんらかの行動に出るはずだ。俺はそこを突きたいんだ。もやい結びができるというだけでは、なんの追及もできない。もっとボロを出してもらわないと困る」

五味のスマホに着信があった。水田が藤岡の下に到着したかと期待したが——五味がそのまま会話を始めたので、違うようだ。「ああ、すまない。その通りだよ。わかってる」と適当に受け流すような調子で通話している。相手は結衣だろうなと思った。

五味がため息と共に、通話を切った。

「結衣ちゃんですか」

「いや。高杉だ。藤岡が警察学校にクレームを入れた。今日の聴取は終了だ」

綾乃は気が抜けて、思わず助手席のシートにもたれた。

「まだ気を抜くのは早い」

言われて綾乃は「はいっ」と身を起こす。

「藤岡のアリバイ確認が終わっていない。行ってこれるか」

五味が信頼のまなざしで綾乃を見た。そんな目で見てくれるのかと、心に言いようのない喜びがあった。綾乃は気合いを入れて、第四機動隊の庁舎へ向かった。

水田はスマートフォンの向こうで三十分ほど、粘り続けていた。五味がスマートフォンごしに水田と藤岡のやり取りにじっと耳を傾けていると、前方に駐車する車があった。運転席から高杉が飛び出してくる。くたびれたジャケットを翻し、やれやれという顔で五味を見据える。五味は無言で助手席の扉のロックを外した。

高杉が助手席に乗り込んできた。

「おい何やってんだよ、捜査一課のエリートが」

「しーっ。いまいいところだ」

言って五味は、ドリンクホルダーに置いたスマホを顎《あご》で指した。

水田と藤岡の激しい言い争いが聞こえてくる。

〝待って下さい、お願いします！〟

〝帰れ！　人を殺人犯扱いとはいい身分だな。直にお迎えが来るぞ。どんな処分か覚悟してろ。もう絶対に退職だ〟

〝処分なんか、怖くありません。ただ僕は、守村教官の死の真相を知りたいだけなんです……！〟

高杉は少々驚いた様子で、五味に囁《ささや》いた。

「これ、本当に水田か？」

「そうだよ。なにか違うか」

「――いや。こういう熱血なことは言わない奴だったよ。クールにかっこつけつつ、裏でコソコソやるタイプというか」

その水田がいま、必死に藤岡に食い下がっている。

〝とにかく、守村教官のことを教えてほしいんです！　僕たちは結局、守村教官のことを何も知らなかった。何もわかっていなかった、だから――だから助けてあげられなかった。何か気が付いてあげていれば――〟

水田は泣いているようだ。嗚咽《おえつ》のあと、必死に食い下がって言う。

〝僕たち守村教場は、突然教官を失って、正直、パニクっています。しかも高杉助教が第一容疑者だとも聞きました。こんなのって、黙っていられません！　僕たちは四月に入校した日からずっとずっと、守村教官と高杉助教にたくさん学ばせてもらってきたし、守ってもらってきた。警察官としては、僕らは二人の子どもなんです……！　もう家族で、二人は親も同然なんです。その二人が、事件の加害者と被害者だなんて、絶対に違う。でも警察がそう疑っているなら、僕が真犯人を捕まえる。なにを言われても、絶対に。そう決意して、ここまで来たんです……！〟

高杉は膝《ひざ》に肘《ひじ》をつき、顎を掌《てのひら》で支えながら、神妙に水田の訴えに聞き入っている。なにかを誤魔化すように、「全く」とため息をつく。

「――水田翔馬。結構いい警察官になりそうだ」

言って五味は、通話を切った。迎えに行けと、目で高杉に訴える。高杉はしみじみと五味を見据え、「お前、変わったな」と言った。

「出来損ないにお節介を焼くタイプじゃなかったろ。どちらかと言うとそういうのとは関わらないようにして、自らのエリート街道を突き進むタイプだった」

「――たまたまなんだ」

「え？」

「たまたま俺は、警察官でいられている。それだけだ。紙一重なんだ、どんな人間も」

高杉はじっと五味を見つめ真意を探ろうとしたが、五味が口を閉ざしたのを見て、視線を外した。これ以上踏み込むべきではない――そういう境界線がよく見えている。高杉はものすごく優しい。十六年前からそうだった。高杉は変わらない。

「さあ、迎えにいってくるか。そして一緒に頭下げてやんなきゃな」

「ちゃんと学校へ連れて帰れよ」

「わかってる。捜査一課のエリートがお墨付きを与えた奴を、そう簡単に辞めさせせない」

高杉はにやっと笑って車を降りたが「あ、そうだ」と顔をのぞかせた。

「古谷を連れてきているんだ」

「古谷――？　クレームか。腕がよくならないのか」

「違うよ。お前に守村のことで話しておきたいことがあると」

言って高杉は助手席の扉を開けたまま、目の前に駐車した白のセダンの助手席をノックして、顎で五味の方を指した。そのまま、第四機動隊の庁舎へ入っていく。

古谷がおずおずと出てきて、五味にぴしっと十五度の敬礼をする。

「失礼します。一二八一期守村教場、古谷巡査です。お車に入って――」

「そんな堅っ苦しいのはいいよ、俺は教官じゃないから」

古谷は「ああすいません」とちょっと笑って、助手席に入ってきた。

「腕の調子、どうだ」

「あっ、ただの打撲なんで、平気です。あの、いろいろとありがとうございました」

いじめが続いていたわけではなかったが、あの一件でいじめっ子と直《じか》に話す機会があり、話し合いを持てたと、古谷は訥々《とつとつ》と説明した。やがて本題に入る。

「守村教官の様子がおかしくなったの――僕のいじめが原因のような気がするんです」

「――いじめが？」

「はい。あの、シーツぐるぐる巻き事件が七月六日のことだったんですけど。その日を境に、明らかに守村教官は、おかしくなったって思うんです。もっと突き詰めて言うと、シーツでぐるぐる巻きにされている僕を発見した途端に、というか」

五味は前のめりになり「詳しく聞かせて」と古谷の幼い顔を覗《のぞ》き込んだ。

「あの時、僕は頭ごとシーツに包まれてたんで、視界は真っ白でわけわかんない状態だったんです。ゴミ捨て場に運ばれたこともわかっていなくて。それで、ガラッと扉が開く音がして〝古谷か！〟って守村教官の声がした。ああ見つけてもらった、助かったと思ったんですけど

——その後、〝え？〟っていう感じで、守村教官が戸惑ったような声をあげていたんです。で、なかなか僕を助け出してくれない。シーツを外してくれるとか、外に出してくれるとか。そういうこと一切しないで、ただじーっと、僕を見下ろしているように感じました」

守村がなにかに怯《おび》えているような、妙な息遣いを感じたと古谷は言う。

「それで、僕はその空気を感じ取って、ふっと思ったんです。守村教官も、こういう経験があったのかな、と。警察学校時代に、いじめに遭っていたのかと」

午後六時。

昭和記念公園内のベンチに五味がいると聞き、綾乃はそちらに向かった。まだ日は落ちておらず、ほぼなにもない芝生だけの広場を、藤岡が誰かを待つようにひとりうろついているというのだ。

対象の行動確認に適した身の隠匿場所が確保できない上、五味も綾乃も面が割れている。なるべく雰囲気を変えてくるようにと指示があった。綾乃はバレッタでまとめていた髪を下ろし、ジャケットを脱いで少しラフな様子を装い、昭和記念公園に入った。

五味は、藤岡から五十メートル以上離れた木陰の下のベンチに寝転がっていた。藤岡に悟られないためだろう、下は昼と同じ黒のスラックスだったが、近場で白いポロシャツを買ってきたようで、それを着用している。休日のパパといったような雰囲気で、ますます優し気な雰囲気が増すのだが、五十メートル先でうろつく藤岡を視界の端に捉《とら》える眼光は、鋭い。

綾乃はさりげなく五味の横に座り、報告した。

「事件当夜の藤岡は準夜勤で外出もしておらず、アリバイは完璧《かんぺき》でした」

「そうか――」

「ですが、非常に興味深い情報がひとつ」

うん、と五味がいかにも待ち人に起こされた風で、ゆっくりと身を起こした。視界の端にじっと藤岡を捉えて離さない。

「実は、藤岡の関係先と言える世田谷《せたがや》区内の獣医の薬品庫で、不法侵入被害があったようなんです。七月中旬ごろのことです」

五味はすぐに情報を整理しきれなかったのか、一瞬沈黙したのち「どういうこと？」と綾乃の顔を覗き込んだ。

「近代五種って馬術がありますよね。で、藤岡さんが乗っている馬を看《み》ている獣医さんが世田谷区で動物病院を開業していて、そこの薬品庫に侵入者があったようなんです」

「――獣医か。当然、筋弛緩《きんしかん》剤がありそうだな」

「その通りです。確かにその薬品庫にも何十本か筋弛緩剤が保管されていたようなのですが、実際に盗難はされていません。そこで事件を担当した世田谷署が、怨恨《えんこん》による嫌がらせの件で捜査を進めて、関係先の藤岡さんの下にも聴取にやってきたようなんです」

五味は情報を整理するように、ひとりブツブツと言った。

「藤岡の関係先で筋弛緩剤窃盗未遂事件が起こったと。乱暴に言えば、そういうことか」

「まあ、若干乱暴ですが。しかし、今回の件と全く切り離して考えるには勿体《もったい》ないという気がします」

五味は一つ二つ頷《うなず》くと「実は、守村教場の古谷からも興味深い情報があったんだ」と言う。古谷が被害にあったいじめ事件を境に、守村が精神を病んでいったらしいという話だ。綾乃は神妙に聞き返す。

「実際、どうだったんでしょう。十六年前、守村教官はいじめられていたんですか？」

五味はきっぱりと首を横に振った。

「いや。それは絶対にない。俺は同じ班だったたし、それなりに場長の仕事はこなしていたつもりだ。教場内で守村がいじめに遭っていた事実はない。だが――」

五味はひと呼吸置いてから、続けた。

「守村は小倉教場時代、被服係だった」

「シーツ交換などで、日常的にシーツを扱う係ですね」

「そう。それからある朝、守村のシーツに血痕《けっこん》が付着していたことがあってな。守村はそれを避けるように床の上で寝ていた」

「血……。怪我でもしていたんですか」

「いや。怪我をしていたのは山原だ。山原も同室で――深夜、トイレで転んだと言っていた。ふくらはぎを切っていて足が血まみれだった」

五味が記憶していることは以上だった。そしてそれは府中校への移転前日――つまり、広野が失踪《しっそう》した日だったと五味は意味ありげに言う。

綾乃が情報を整理しようとして——五味のスマートフォンに臼田から電話がかかってきた。五味が電話に出る。その耳に当てられたスマホから、臼田が興奮し、まくしたてるような声が漏れ聞こえてきた。最初から険しい顔をしていた五味だが、話を聞くにつれ、相槌《あいづち》を打つのも忘れて、どんどん眉間《みけん》の皺《しわ》を深くしていく。一旦《いったん》スマホを耳から離し、綾乃に言った。

「臼田の自宅に、広野智樹が差出人の不審な郵便物が届いた」

広野智樹——死んだ人間から届いたということか。「中身は」と綾乃は即座に尋ねる。

「筋弛緩剤の空のアンプルと注射器」

五味はすぐに通話に戻り、臼田に言った。

「わかった。現物を鑑識に押収させる。現住所を教えてくれ。千葉県市川市《いちかわ》——」

綾乃も即座に住所を記憶に叩《たた》き込んだ。五十メートル先の芝生にいる藤岡に、動きがある。

五味も、通話しながら藤岡に鋭く視線を向けた。

「臼田。郵便物の消印はどこになっている？」

五味は臼田の答えを聞くと、なにかを堪《こら》えるようにぎゅっと唇を噛《か》みしめた。やがて「すぐそっちに向かう」と言って電話を切る。

綾乃は、藤岡を注視していた。藤岡は待ち人が来たようで、手を軽く上げた。五味や綾乃がいる北側とは反対の、南側の公園入口から、立派な体軀《たいく》をしたスーツ姿の男が入ってきた。五味もそちらを見ながら、綾乃に淡々と言った。

「不審な郵便物の消印は、小平喜平《こだいらきへい》郵便局だったそうだ」

綾乃は、藤岡の待ち人が確かに山原秀信であると確認し、大きく頷いた。

「小平喜平郵便局――管区警察学校の目の前にある郵便局ですね」

車は一時間半かけて東京都多摩東部と二十三区を横断し、千葉県市川市の江戸《えど》川沿いに建つ大規模分譲マンションに到着した。すでに警視庁鑑識課のワゴン車や捜査一課の面パトが来客者専用駐車場を陣取っていた。江戸川を越えた市川市は千葉県警の管轄だが、事案は警視庁管内で起こっているため、地元市川署に一声かけて、越境捜査という運びになっているようだ。

臼田の自宅は、十七階建てマンションの十五階角部屋だった。玄関外で警察官と立ち話をしていた臼田は、五味と綾乃を見て、少しほっとしたような顔をした。

「済まない。立川にいて、遅くなった」

「立川？　藤岡のところか。どうだった」

「何とも言えない。揺さぶりはかけたが、黒に近い印象はある。ちなみにいま、藤岡は山原と会っているようだ」

「――なんのために」

「それがわかったら苦労しない。現物は？」

「奥のリビングルームだ。いまは鑑識が精査中。背中越しにしか見えないぞ」

臼田の案内で自宅に入る。マンションとは思えない広々とした玄関。閉ざされた二つの部屋からテレビゲームの音や、子供の声が聞こえた。

二十畳近いリビングダイニングは木目を基調とした簡素な家具で統一され、ペンションのような安らぎ感があった。アイランドキッチンと、窓から一望できる江戸川と東京都心の宝石のような夜景。警視庁きってのエリート刑事で役職もすでに課長、四十そこそこで警部にまでなると、こんな生活ができるのか。

従順そうな雰囲気の妻、敦子《あつこ》は、花柄のエプロンを持ち上げるように、大きく腹がせり出している。妊娠中なのは一目瞭然《りょうぜん》だった。妻は五味と綾乃がリビングに入ると、すぐさま茶の準備をする。口数は少ないが、茶を出す手に少し、震えがあった。臼田も敦子を気遣っている様子が見える。俺がやるからと、肩を抱き、ソファに座らせた。

自宅に不審物が届くという事実を前に、家族を守ろうとする強い意志が見える。

「いまわかっていることは？」

「アンプルや注射器に残っていた残量物が、ガイシャの体内から検出されたものと一致するかどうかは、監察医務院がすぐに照合してくれる。夜半にも結果が出るだろう。指紋は俺と妻のしか出ていない」

五味は細かく頷き、質問する。

「アンプルにロットナンバーがあるはずだが、調べは？」

「それが、厄介だ」

臼田が眉間に皺を寄せ、続けた。

「二十年前にすでに使用期限が切れている代物だった」

「──そんなに古いものが？」

「ああ。つまり、このロットナンバーで検索をかけても無駄ってことだ。恐らくこれは、二十年前に廃棄処分されたはずのものがなんらかのルートで表に出てきたものだ」

「注射器の方は？」

「これが興味深い。糖尿病患者向けの大量生産品のようだ。ネットで購入できる」

臼田は五味と綾乃をバルコニーの方へ促した。今日も一日曇りで気温が三十度に届かなかった。寒いくらいの涼風がふっと頬を撫《な》でる。

デッキバルコニーにはベンチと灰皿が用意してあった。室内の物々しい雰囲気から解放されたように、臼田はタバコに火をつけ、ベンチに腰掛けた。傍らに、新生児用のベビーバスが手すりに斜めがけになっていた。小学生になる上の二人の子供が使用し、ずっとクローゼットの奥に眠っていたのを、最近取り出して洗って干しておいた──そんな、臼田の身重の妻の何気ない日常が感じられる。

殺人に使用されたと思《おぼ》しき凶器が自宅に送りつけられてくるという現実がどれだけ身重の妻の日常をかき乱しているのか、臼田の焦燥した横顔から見て取れた。

「──五味。これは一体どういうことだと思う」

臼田の問いに、五味はため息を挟んで静かに答えた。

「守村を殺害した犯人が、お前を嵌《は》めようとしているんだと思う」

「そんなに単純なのか？　次に殺害されるのは、俺、ということなんじゃないのか」

そこまで考えていなかったようで、五味は首を傾げた。だが臼田はもうすでにそう思い込んでいる様子だ。タバコを灰皿に入れると、すぐ二本目に火をつけた。

「何者かが広野の亡霊を隠れ蓑《みの》に、一一五三期小倉教場の生徒を狙っているんだ」

五味は返事をしない。臼田も求めていない様子で、荒々しい様子で言った。

「いいじゃねぇか。この挑戦、受けて立ってやる」

二口三口、忙《せわ》しく吸うと、もう臼田はタバコの火を灰皿に押し付け、立ち上がった。

「五味。教場会をやるぞ。小倉教官も呼ぶ。あの中に絶対、犯人がいるはずだ」

臼田の挑発的な強い表情の陰で——五味の表情に困惑の亀裂《きれつ》が走ったのを、綾乃は見逃さなかった。完璧《かんぺき》な人物だと思っていた五味が初めて見せた、狼狽《ろうばい》だった。


五味は帳場には戻らず、綾乃を府中署の前で下ろすと、新百合ヶ丘の自宅へ向かった。

綾乃は五味の一挙手一投足の反応に非常に敏感になっている。「教場会をやる」と臼田が放った一言で、五味の心の内がわっとかき乱されたのを見通していたようだった。

面と向かって問い質《ただ》すような強引さはないが、「大丈夫ですか」「顔色が悪いですけど」と二人きりの車中で何度となく気遣いを見せた。だが、いまはなにも答えられないし、話したくなかった。

自宅に到着する直前、自宅にいる結衣から電話がかかってきた。車を一旦路肩に停め、電話に出る。怒りに満ち満ちていて、五味に八つ当たりするような調子があった。

「ちょっと京介君、どうなってんの。アイツが来てるんだけど」

「――そりゃ、来るよ。俺が呼んだんだ。というか、アイツなんて言い方は……」

「おじいさまとでも呼べばいいの」

「これまで通り、じーちゃんと呼べばいいじゃないか」

電話の奥で、五味の言葉を全て拒絶しようとする無言があった。結衣がじーちゃんと親しみを込めて呼ぶのは無論、妻の父親に対してのみだ。舞鶴にいる五味の父親とは入籍直後に一度対面したきりで、「じーちゃん」と呼べるような間柄ではない。

「っていうか呼ぶなら一言私に言って。追い返しちゃったよ」

「まだそこら辺をうろついているだろ。家にあげて、お茶でも淹《い》れてやって」

結衣が大きく反論しようとするのを、五味は諫《いさ》めるように言った。

「じーちゃんを呼んだのはあの件ではないんだ。ちょっと、事件絡みで」

「えっ。そうなの」

「ちょっとだけ話したろ。いま追ってるヤマのガイシャ、俺の教場時代の仲間なんだ」

「――ああ。そういうこと。それでじーちゃんも関係者ってことね」

小田急線新百合ヶ丘駅近くの高架をくぐった。繁華街を抜けてやがて住宅街が連なる五叉路《ごさろ》に入ろうとして、強いヘッドライトがタバコをくゆらせる初老の男を照らし出した。五味は速度を落とし、男の少し先で停車した。

ゆっくりとこちらに近づいてくる、七十歳とは思えないすらりとした体型がバックミラーに映る。十六年前、黒々とよく茂っていた頭髪は薄くなり、色もロマンスグレーに変わっていたが、体型が殆《ほとん》ど変わらないこともあり、そのまま教官の制服を着せても十分、やっていけるのではないかと思うほど、精悍《せいかん》だった。

五味は運転席のウィンドウを開けて、頭を下げた。

「結衣に話を通していなくて、すいません」

男の、マイルドセブンの煙草の煙がふっと車内に入り込んできた。

「守村の件だろ。いつか呼ばれるような気がしていた」

「乗って下さい。自宅でゆっくり事情を説明します」

「いや、歩いて戻る。もう一本吸いたいからな」

まさか一一五三期から、俺より先に死ぬ生徒が三人も出るとはな——義父はどこかもの悲しい調子で、だが自嘲《じちょう》を込めて言うと、五味に先に行くよう、促した。五味は目礼だけすると、窓を閉めながら車を自宅の方へ発進させた。

死んだ生徒が三人——。広野智樹、守村聡、そして神崎百合だ。

五味はバックミラー越しに、煙草を吸いながらこちらに向かってくる義父——小倉隆信の姿を、静かに目で追った。

一一五三期　小倉教場　六月

六月も中旬に入り、東京はとっくに梅雨入りしていた。

例年に比べて降水量が少ないらしいが、都心という立地独特の蒸し暑さがあり、五味の肌に湿気が不快にまとわりつく。

今日、いいことと悪いことがひとつずつあった。いいことは、いよいよ警察手帳が貸与されたこと。本物は予想以上の重みがあり、カバーは本革のいい匂いがした。桜の代紋の力強いエンブレムに、顔写真入りの身分証。

自分は本当に警察官なのだと、心が震えた――。

これを持って、五味ら一一五三期は六月下旬から各所轄署で始まる実務修習に参加する。悪いことというのは、この実務修習の相手だ。だいたい二、三人組になってひとつの所轄署に配属されるが、よりによって五味は広野と組まされることになった。

場長だから、問題児の広野の面倒を見ろ――そういう意図なのだろうが、実務修習は本物の警察手帳を持って初めて現場に入る記念すべき日だ。そこで広野がまたどんなトラブルを起こすかと思うと、いまから気が重かった。

大心寮の一階に置いた台車に、90ℓのポリバケツが三つ、並んでいる。五味はその中に寮内の各部屋から集めてきたゴミ袋を幾分乱暴に投げ入れた。「ナイスボール！」と一緒にゴミ収集をしている高杉が軽口を飛ばしたが、ちっとも笑えない。

二人で敷地の南東側にあるゴミ捨て場に向かった。時刻は夜、十時。点呼まであと一時間、五味は寮務当番でゴミ収集をしている高杉を手伝っていた。こんな雑務は通常、夕方のうちに終わらせる。だが高杉は万年教場当番でその仕事もあり、五味に泣きついてきたのだ。

寮の外に出て、台車を押す。校庭でトレーニングしている者はいない。外は静まり返っていて、コンクリートの地面を台車の車輪が蹴《け》る音が盛大に聞こえた。高杉は手伝う五味に感謝の意を述べながらも「それにしてもよ……」となぜか一歩下がり、台車を押す五味の全身を舐《な》め回した。

「五味がゴミ収集……ぷっ！」

五味は呆《あき》れて、歩を進めた。

「名前をいじられたのは幼稚園以来です」

「そうなの。五味場長のかつての同級生たちは良心的なのが揃ってたんだね」

「五味という苗字《みようじ》だからってゴミとかけるなんて、幼稚園生と同じ脳レベルと言いたいんです」

「お前さ、将来、警察学校の教官とか絶対に、ならない方がいいぜ」

「なんでです？」

「だってお前、五味教場ってなるんだぜ。ゴミ教場……！　生徒たち、えっ、俺たちゴミ⁉ってなっちゃうじゃない」

「ならないでしょう」

「卒業後もさ、なにかと〝お前ら、どこの教場出身だ！〟って聞かれるっていうだろ。そういうとき、お前の下を卒業していった生徒はなんて答えるのよ。〝はい、自分は、ゴミ教場の出身です！〟って言わせるのかよ、おい……！」

高杉はひとり笑い転げて、五味の肩にしなだれかかってきた。かなり強い力で振り払ったつもりだが、高杉はふらつきもしない。高杉は顔色を窺《うかが》うように腕を突いた。

「どうしたのよ、五味チャン。今日はちょっと不機嫌？」

今度はオカマみたいな声を出す。五味が答えないので、高杉は慌ててフォローした。

「まあそうだな……そういう苗字でも、気にすることたないよ。そうだな、お前が教官になった際には、ゴミ教場はかわいそうだから、数字で呼ぶのはどうだ」

「数字？」

「数字の53で、ごみって読めるだろ。おっ。かっこいーじゃん！　ゴーサン教場！」

言うとまた、高杉はひとりで寸劇を始めた。〝おい、お前はどこの教場出身だ！〟〝はい、自分はゴーサン教場です！〟

「そういや俺らの期は一一五三期だろ。こっちも略してゴーサン教場じゃん！」

五味はもう面倒くさくて、「なんでもいいですけど」と軽く流した。

「よぉ、五味チャンよ」

高杉は馴《な》れ馴れしく肩を組んで、仲間ぶってくる。

「そろそろ俺に敬語、やめようぜ。もう入学して二ヵ月だぜ。臼田にはため口だろ、あいつも転職組の年上なのに」

「臼田とは信頼関係があるんで」

「俺とはないのかよ！　同じ班だってのに」

高杉は肩に回した腕にぐっと力をこめると、五味の左脇腹を指先でちょんちょんと突《つつ》いてきた。くすぐったくて身をよじらせ、笑っていると、高杉は調子に乗って脇腹を攻撃してくる。

「おおっ、お前はここが性感帯だったんだな！　ほれ、ほれ！」

「やめろって、バカ！」

ケタケタ笑いながら振り払った。

「そうそう、それだよ、五味チャン。いいね、ため口」

「――とにかく、さっさと片付けて部屋に戻ろう」

「まあそう焦らずによう、同期。どーせ戻ったって、今日は勉強にもトレーニングにも身が入らねぇべ」

高杉はふざけ半分で言いながらも、全て見透かしたように五味をちらっと見た。

「正直なところ、誰が広野とコンビ組まされるのか、みんな戦々恐々としていたのは確かだからな」

高杉は、五味が悶々《もんもん》としている理由に気が付いていたようだ。スケベなことしか頭にないと思っていたが、実は結構人をよく見ている。

「ま、小倉はあんたを信頼してのことだと思うよ。あんたなら、広野が現場でトラブル起こさないようになんとかうまく間に入るだろうと。なんてったってゴーサン教場のトップ、五味京介場長なら……」

「違う。小倉は俺のことが嫌いなんだ。ただの嫌がらせ」

高杉の冗談を遮って吐き捨てた五味に、高杉はふと首を傾げた。

「そうなの。いっつも二人で、親密そうに話してんじゃん」

五味は詳細については口をつぐんだ。小倉とそういう関係になっているのは、あくまで百合のことがあったからだ。つきつめて話すと、百合と小倉の親子関係を暴露してしまうことになる。

ゴミ捨て場に到着した。高杉がジャージのポケットから鍵束《かぎたば》を出し、観音扉の鉄の取っ手にグルグル巻きにされたチェーンにかかる南京錠を外した。観音扉を開けて中に入ると、五味は三つのスイッチを次々と入れた。中に三つの白熱灯、出入口に蛍光灯がひとつある。外にある蛍光灯は二十四時間つけっぱなしで、小さな羽虫や蛾が集い、ときどき体当たりする音がカチカチと聞こえてくる。

台車を運び入れ、高杉と二人でゴミを仕分けていく。

ゴミ置き場というとぷんと臭うものだが、このコンクリート造りのゴミ捨て場は二十畳ほどの広さがある上、天井が異様に高い。コンクリの床から天井のむき出しのトタン屋根まで、五メートル以上ありそうだ。それで臭いがこもるようなこともなかった。

プレハブ小屋三つ分くらいの大きさがありそうなのだが、後ろの方になぜかボロボロのカーテンが垂れ下がっているため、奥行きはあまり感じない。夜、ここに来たのは初めてだった。そのせいか、どこからかうすら寒い風が吹いてきたように思う。

「――なんか、寒くねぇか」

高杉も同じものを感じたようだ。ゴミの仕分けをしつつ、高杉は続けた。

「そういやお前、ロシア病院、知ってる?」

高杉の問いに、五味は思わず懐かしいと目を細めた。舞鶴の有名な心霊スポットで、旧海軍の火薬廠《しょう》が並ぶ鬱蒼《うっそう》としたエリアだ。人里離れた山のふもとにあり、ぽつりぽつりと廃墟《はいきょ》が立ち並ぶ。病院でもないしロシアともなんの関係もないのに、なぜかそんな名称で呼ばれている。

「高校生のころ、行った覚えがあるよ、肝試しに」

「俺、コレとあそこ、よく使ったんだ」

小指を立て、高杉が言う。またそっちの話かと、五味は呆れて高杉を一瞥《いちべつ》した。

「俺さ、あーいう廃墟、異様に興奮すんだよなー」

「知らないよ」

「一発やってみろよ、チョー興奮するぜ」

高杉が親指を立てて、思い切り五味の体をどついた。五味は中腰でゴミを仕分けていたため、手に摑《つか》んでいたポリバケツと共に倒れてしまった。手を離れたポリバケツが、カーテンの方へ転がっていく。やがて重いカーテンの裾《すそ》を持ち上げて、なにかにカツンとあたって止まった。

ボロボロになったビロードのカーテンから垂れる無数の糸が、まるで血の筋のようにポリバケツに垂れる。

カーテンの裾が持ち上がったそこに、鈍く黒に光るものがあった。

「なんだあれ。電話か？」

「高杉さん、廃墟好きなんでしょ。見てきてよ」

「違うよ、廃墟でヤんのが好きなの。廃墟そのものが好きなんじゃない。突き詰めるとつまり、ただ女とヤるのが好きなだけで……」

五味は高杉を置いて、ポリバケツが導いた先へ歩いていった。いまどき珍しい黒電話がコンクリの床の上に放置されている。しゃがみこみ、後ろから尻尾《しっぽ》のように伸びている線を手繰り寄せた。長さは一メートルくらいあったが、途中で引きちぎられていた。電話がある、ということはどこかにモジュラージャックがありそうだ。

五味は立ち上がり、ビロードのカーテンに手を掛けた。高杉が言う。

「ちょっと待て。もしかしてその黒電話、旧処刑場にあるって奴なんじゃないのか」

そう言えば、誰かそんな話をしていたなと思いながら、五味は天井を見上げた。

カーテンレールが引いてあるわけではなく、カーテンは天井から等間隔に打ち込まれたフックにぶら下がっているだけだった。もう何年そのままだったのか、布はボロボロで、少し引っ張ると一斉に根元がちぎれ、布が落ちてきた。

「おい、やめろ……！」

背後で高杉が叫び、顔を両手で覆った。あんな大男がなにをびびってるんだと、五味はくすくすと笑った。

「見て。ただの階段だ」

五味はまだフックに掛かっている部分を殆《ほとん》ど破くようにしてカーテンを引っ張ると、そこに現れた階段を高杉に披露して見せた。向かって左手から、壁沿いに上り階段が続く。高杉が恐る恐る顔から手を外し、ちらっと階段を見た。やがて、ただの階段とわかると、「なんだよ」と向き直った。

「本当に、ただの階段じゃねぇか」

五味はその一段目に足を掛けた。どれだけここに忘れ去られた階段があったのか、くっきりと足跡が残るほどに、砂埃《すなぼこり》が積もっていた。五味は二段、三段と上がりながら、正面を見上げた。上った先はただの壁だ。ひとが二人、並べるほどのスペースがあるだけ。窓もなければ、天窓もない。トタン屋根の天井は、更に二メートルほど上にある。

「──これ、なんのための階段だろ」

五味が四段、五段と上がり、てっぺんを目指したところで、慌てて高杉が叫んだ。

「五味、やめろ。下りろ、戻って来い！」

「──なんだよ」

「やっぱりここ、処刑場だったところだ」

「えっ」

「十三段ある。十三階段だ！　ここは、絞首刑場だ……！」

翌日は朝からあいにくの雨模様だった。時々雨脚を強くしながらも、しとしと降る長雨が警視庁中野警察学校の校舎を濡《ぬ》らし、寮の窓をしおらしく叩《たた》く。

夕刻、五味はなんだか肩に重くのしかかるようなけだるさを感じながら、紺色のネクタイを締め直していた。

昨晩、十三階段を途中までとはいえ上ってしまってから、なんとなく背後が気になる。そして、肩がだるい。ここは旧陸軍中野学校の敷地で、戦時中は共産党弾圧の拠点にもなっていた。あの十三階段が絞首刑台だったことは確かだろう。

同部屋の守村や山原、高杉は警察制服からジャージに着替え、先に寮を出て行く。自由時間開始前に、東門脇にある練習交番で当番の引継ぎがある。そこで教官チェックが入るため、同じ教場の生徒たちはみな一度、東門前に集まらなくてはならない。

そして五味は今日、宿直当番で、午後五時から翌朝八時までの交番勤務に入る。

五味は実際に現場に出る際の恰好《かっこう》と全く同じように、腰ベルトの上から帯革を巻き付けた。手錠、警棒、けん銃が装備されていて、これだけで五キロ以上ある。防刃ベストをはおり、無線マイクを所定の位置に取り付けると、最後に制帽をかぶって、鏡の前の自分を見る。頭の先から制靴の先までチェックし、専用の青い雨合羽《あまガッパ》を摑んで、小走りで東門練習交番へ向かった。帯革を取りつけたこともあり、肩だけでなく腰も重たい。

ビニール傘を差し、大股《おおまた》で歩く小倉教官の姿が見えた。抜き去る際、制帽の鍔《つば》に手をやり「お疲れさまです、よろしくお願いします」と声をかけた。「おう」という、いつもの小倉にしては親近感のある返事があった。

昨晩、十三階段を発見してすっかり怯《おび》えた高杉は、「ちゃんと教官に報告して、御祓《おはら》いなりなんなりしてもらった方がいい」と本館の教官室へ五味を引っ張っていった。

ゴミ捨て場に無意味に掛けられたカーテンの後ろに、実は十三階段があったということを知っていた教官は、古株の小倉だけだった。

この怪談じみた事実に、いつもは厳しく生徒と接する教官たちも興奮を隠せなかったようだ。麻生助教は「俺ちょっと見てくる」と少年のように目を輝かせ、女性の長嶋教官は「無理無理、私怖い話苦手なのよ」と耳を塞《ふさ》いでいた。

小倉が言うには、十年ほど前にあの階段を利用したいじめが発生したため、カーテンがつけられたという。天井にあるフック――恐らく、実際に戦時下で使用されていたもの――に首吊りロープを垂らし、いじめられっ子に階段を上らせるという悪質なものだ。それで、ビデオルームの暗幕を簡易的に垂らしたらしい。

〝中野歴〟が最長の小倉は、それ以上の幽霊目撃談を知っていた。最も多いのが礼肩章をつけた首のない幽霊が川路広場をうろついている、というもので、校舎内のどこかにお札を張って封印した部屋もあると言っていた。入校時に守村が話していたものと全く同じだ。

みなの反応を面白そうに見ながら次々と怪談話を披露する小倉、怖がる長嶋や高杉、五味。戻ってきて「本当に十三段ありましたよ！」と興奮気味の麻生などで、教官室は打ち解けた雰囲気になる。教官と生徒たちの距離感がぐっと縮まったような気がした。

そして小倉は、愉快そうに皆を怖がらせながら、最後にこう言った。

「それで高杉。お前、ペナルティとして、明日もう一回、寮務当番な」

「えっ、なんでですか！」

「なに五味に手伝わせてんだよ。明日はひとりでやれよ。今度ちゃんとしなかったら、万年教場当番だけじゃなく、万年寮務当番もさせるぞ」

一日寮務当番を延長しただけで感謝しろと言わんばかりの小倉に、高杉はトホホとうなだれて見せる。他の教官連中も五味も大笑いだった。

もう入寮して三カ月――たったの三カ月なのに、なんだか、五味はこの場にいるみんなが家族のような気すらした。互いにぶつかり合い、腹の立つことはあるけれど、時々こうして笑って、打ち解けて、一緒に生活している様は、まさに家族そのものだった。

ジャージの上に雨合羽を着た小倉教場の生徒たちが、すでに整列し、東門脇にある練習交番の横にいた。練習交番前で五味と全く同じ恰好で当番勤務に当たっていたのは、広野だった。

小倉が到着した。誘導棒や緊急時のヘルメットなど、全て所定の位置に一ミリのずれもなく置いておかなくてはならない。校内を巡回するための自転車の位置なども逐一、小倉がチェックする。その横で、五味は広野と引継ぎ挨拶《あいさつ》をする。

「一一五三期小倉教場、五味京介巡査、これより東門練習交番勤務に就きます！」

広野は特異動向ナシと報告し、交番から出る。五味が入ろうとして、小倉がその肩を摑《つか》んだ。なにか間違えたかと思ったが、小倉の視線は広野に向いていた。

「広野。本当に特異動向ナシか。不審物等の確認は？」

広野は一瞬、口ごもった。

「い、いえ。自分が当直中、不審物は、見つかりませんでした」

「本当か。ならばいまごろ広野と五味の体は木っ端みじんだな」

広野はまじかよと、肩を落とした。

小倉は交番の屋根の下で、傘を閉じて中に入った。練習交番の奥にある引き戸の向こうには、本物の交番と同じように宿直室がある。こたつテーブルと座布団が二枚。小倉は宿直室の引き戸を開けると、靴を脱いで畳の上にあがった。

広野が慌てた様子で言う。

「宿直室もこたつの中もちゃんと確認しました。不審物はなかったです」

「そうか」とだけ答えて、小倉はこたつ板を外すと、布団をはぎ取った。五味も下を覗《のぞ》き込んだが、特に不審物は見当たらない。小倉は軽々とこたつをひっくり返す。五味はそこでやっと気が付いた。

「あっ。ヒーターの中に……」

小倉はポケットからドライバーを出し、日曜大工をするような手つきでヒーターのカバーを外した。カバーの網状の隙間から段ボール箱の肌が覗いている。

広野はまるで、策略に陥った被害者のような顔で、立ち尽くしている。

小倉がカバーを外す。書類箱くらいの大きさの段ボール箱が出てきた。『爆弾！』と全ての面に書いてあり、爆弾の絵まで添えてある。模擬爆弾と言われるものだ。

小倉はこうして時々、警察学校内のどこかに模擬爆弾を仕掛けておく。正門の練習交番は人の行き来が多く忙しいため、東門練習交番の宿直の者がそれを探すのが鉄則となっている。

仕掛けてある日もあれば、仕掛けていない日もある。三日連続で仕掛けたときもあれば、一週間、なにもなかったときもある。一日おきに仕掛けたときもある。

宿直は、寝不足でくっつきそうになる瞼《まぶた》を必死にこじ開け、この広大な警察学校の敷地の隅々まで自転車を走らせる。血眼になって、あるかないかわからない模擬爆弾を探すのだ。

ただし、屋外に限る。屋内も含めてしまうと、とてもひとりで捜索しきれる範囲ではない。そう考えると、練習交番内もある意味屋内だ。小倉は結構ひねくれた場所を隠し場所に選んだと言える。

模擬爆弾を小脇に抱えると、小倉は宿直室を出て革靴を履きながら言った。

「広野。マラソン百周。腕立て、腹筋、各百回ずつのペナルティな。あと反省文も」

広野は慌ててその広い背中に言った。

「ちょ、ここはいくらなんでも、あんまりなんじゃないですか。模擬爆弾は屋外に限るって。

ここって屋内でしょう」

「だが、交番勤務者が毎日立っている場所だ。それに、交番なんて一番狙われやすい場所だぞ。そこにまず緊張感を持たないとだめだ」

「話の論点が違います。僕は、ここは屋内だと言っているんです。屋根がある。つまり、屋内であって屋外じゃない！」

「上官に盾ついているな。マラソン二百周、腕立て、腹筋、各二百回ずつのペナルティに反省文三十枚、追加」

「ふざけんな……！」

広野が食ってかかろうとしたので、五味が慌てて止めた。教場の生徒たちはみな、白い目で広野を見ていた。こういう反抗的な態度を取れるのも、〝殉職警察官の息子〟という威光があるからだ。

小倉は「ほう、ふざけるな、だと」と呟《つぶや》くと、ゆったりと意を含ませて、広野を振り返った。

「なにが、勇気ある殉職警察官・広野忠文《ただふみ》警部補の息子だよ、バカたれが」

広野はまさか父親のことを言われると思っていなかったようで、えっとひるんだ。

「お前の父親は、ただ流れ弾に当たって死んだ、鈍臭い巡査だろ」

午前一時。深夜になるにつれて、雨脚は強くなっていた。

練習交番のトタン屋根を打つリズミカルな雨音が、五味を眠りに誘う。時々、正門脇にある練交の当直巡査が巡回がてら挨拶に来る程度で、あとは全くひとりきり。筋トレでもして必死に眠気を飛ばそうとするのだが、勝手に瞼が落ちてくる。

次は三時と決めていたが、五味は眠気覚ましに巡回に出ることにした。一時間前の巡回時の雨粒が残る合羽の上下を着こみ、自転車の鍵《かぎ》を持って外に出た。

正規の交番のように『巡回パトロール中』の看板を下げる。自転車にまたがった。

五味の出発を見越していたかのように、更に強い雨が叩《たた》き付けてきた。雨合羽のフードの裾《すそ》を指で引き下げながら、目を凝らしてゆっくりと校内を巡回した。

雨と暗闇に沈む川路広場を見る。川路大警視の銅像のそばで自転車を降りた。雨合羽の裾を探り、帯革に装備された懐中電灯を出してあたりを照らす。立ち台の下を覗き込み、隅々まで照らした。模擬爆弾はない。そして眠い。体は動いているが、意識はぼんやりしている。ふと、警察制服の足が立ち台の向こうを横切った気がした。

誰かいるのかと立ち上がり、懐中電灯を方々に照らした。誰もいない。降り注ぐ雨粒が懐中電灯の光を反射するばかりだ。

――いまのは夢か？

ふと、小倉の怪談話を思い出した。礼肩章を下げた首のない男が、川路広場をうろつく……。

五味は一瞬で目が覚めた。雨がもっと強くなっていく。五味はなにか目に見えないものに囲まれているような強い圧迫感を覚えた。恐怖で足が震えていた。すぐに自転車にまたがり、川路広場を出る。寒さなのか恐怖なのかわからないもので体が勝手に震える。四月に宿直だった日はなにも感じなかったのに。おかしな怪談話をあれこれ吹聴された挙句、一昨日《おととい》、十三階段なんて見つけてしまったから、怖いのだ。

五味は練習交番に戻ろうと、全速力で自転車を漕《こ》いだ。模擬爆弾は明け方、明るくなってから探そう。こんな暗闇の中ではとても無理だ——。

五味の視界に、よりによってゴミ捨て場が入ってきた。入口の蛍光灯の灯《あか》りが消えていた。いつもここは防犯上、夜は灯りがつけっぱなしになっている。十二時に巡回したときは、灯りがついていたのを確認した。

その暗闇は、五味を異界の入口へ誘おうとしているようにも思えた。行ってはいけない。十三階段で戦中、処刑された人々の怨霊《おんりょう》が五味を手招きしている——。

五味は一度、ゴミ捨て場を通り過ぎた。だが、指は勝手に自転車のブレーキを握っていた。なにか問題が発覚した際、お化けが怖くて見なかったなんて言い訳はできない。五味は決意して方向転換すると、ゴミ捨て場へ向かった。

懐中電灯を出し、入口を照らす。確かに異変は起こっていた。南京錠が開錠され、チェーンも外れていた。十二時の巡回時、施錠は確認している。それは侵入者の存在があることを如実に語っていた。五味は一度懐中電灯を切り、自分の存在感を消した。鉄の扉に耳を当て、中の音を探る。だが、トタン屋根に叩きつけるうるさい雨音と、屋根からしたたり落ちる雨水が合羽の頭を打ち、なにも聞こえない。

五味は帯革から警棒を取り出すと、最長に伸ばした。雨合羽のフードを取り、鉄の観音扉をそっと引く。十センチの隙間から、中を覗く。外の灯りは消えていたのに、中の白熱灯がひとつだけ、心細く灯っていた。

今日、燃えるゴミの収集があったので、臭いは少ない。全てのゴミがあるべき位置に、無造作ではあるが集められている。ゴミの山の中に、見覚えのある箱があった気がしたが、ふいに視界の端で動いたものに気が付き、五味は身構えた。

十三階段の中途に座る女がいた。

百合だ。

上にめくれ上がったU首のシャツを下におろしたところだった。下半身はなにも身につけていない。その周囲を、上半身裸の男がくわえ煙草でうろついていた。

「ったく、どこに蹴《け》り飛ばしたんだ。あ、あった」

男はモスグリーンの女性用下着を拾うと、ふざけて指に引っ掛けてクルクルと回しながら、百合の膝元《ひざもと》に恭しく跪《ひざまず》いた。シンデレラにガラスの靴を履かせるように、下着を足首にかけ、太腿《ふともも》へ滑らせていく。五味の方にまでぷうんと、煙草の香りが漂ってきた。高杉の吸っているタバコの匂いだ。

「よかったー。ノーパンで帰んなきゃいけなくなるトコだった」

ぼてっとした厚い唇から発せられる、明るく屈託のない声。百合が下着を穿《は》くのに立ち上がろうとして、高杉がひょいと抱き抱えた。そのまま、二人は熱く唇を重ねた。

「もう会ってくれないのかと思った」

甘えてそう呟く百合に、高杉はジャージのポケットからゴミ捨て場の南京錠の鍵《かぎ》をちらつかせ、言った。

「寮務当番、万歳だ」

――万年教場当番じゃなく、万年寮務当番だったら、毎日ここで会えるのに。高杉はそう言うと、また情熱的に百合の体を抱きすくめた。二回目を求めている。「もう戻らないと、今度ばれたら本当に退職になっちゃうよ」と百合は言いながらも、体を貪《むさぼ》られて悦《よろこ》び、喘《あえ》ぎ声を漏らした。

五味は静かに、扉を閉めた。

扉を閉めると、中の声はなにも聞こえなくなった。雨脚は少し、和らいでいた。五味はフードをかぶるのも忘れ、雨に打たれ、じっと扉の取っ手にぶら下がる南京錠を見つめていた。フードが重たくなって首を絞めていることに気が付いて、はっと我に返った。フードを斜めにひっくり返すと、たまった雨水が長靴を打った。

五味は帯革にぶら下げた鍵束から南京錠の合鍵を出すと、チェーンを扉の取っ手に巻き、施錠した。

二人は閉じ込められた。ゴミ捨て場に窓はない。救出されたときには相当な恥をかくだろう。そして退職処分だ。五味は淡々と自転車にまたがり、東門の練交に戻った。さっきまでとは、完全に違った景色がそこにあった。同じ建物なのに、何かを失ったあとは全てが色褪《いろあ》せて見える。

——こんなことで、二人の職を奪っていいのか。

五味は殆《ほとん》ど反射的にゴミ捨て場の建物に戻った。南京錠を外し、持ち去った。練交に戻って宿直室に乱暴に押し入ると、こたつをひっくり返した。模擬爆弾が隠されていたヒーター。そこを覆う金網部分に、南京錠を引っ掛けて施錠した。コタツを元に戻す。明け方の巡回で戻せば教官から咎《とが》められることはない。

二人は南京錠の紛失に慌てるだろう。こんなことでしか、自分の存在感を主張できない。彼らを脅かす手段としてはなんとささやかなのか——。

五味は雨合羽を脱ぎ捨てただけで疲れ果て、そのままデスクのパイプ椅子にどっさりと腰かけた。なぜだかわからないが、緊張の糸が切れたようになっていた。警察学校に入校してから毎朝、毎昼、毎晩、緊張の連続だった。だが立派な警察官になるのだと燃えていた。いま、体の節々と繋《つな》がる脳内の糸が全て切断されたようで、なんの気力も湧いてこない。

ふと、入校初日の出来事を思い出した。

百合は頭を丸坊主にされそうになっていた。五味は突っ立って見ていた。高杉は咄嗟《とっさ》に機転を利かせて百合を助け、自己犠牲で腕立て千回のペナルティを食らった。

二人はあの日から、始まっていたのだ。

なぜ、気が付かなかったのだ。なぜ、百合は自分に惹《ひ》かれていると勘違いしたのか。恥ずかしい。悔しい。

「——五味。五味！」

誰かに呼ばれている。はたと目が覚めた。目をかっと見開こうとしたが、あまりの眩《まぶ》しさに目を細める。驚いた。晴れている。外が明るい。

五味はパニックになってパイプ椅子から立ち上がった。いつ夜が明けたのか。いま自分は夢を見ていたのか？　とんでもない悪夢を見ていたのか？

警察制服姿の守村が、目の前でうろたえている。当直明け、守村と交代予定だった。

「こんな時間まで居眠りはまずいぞ、もうすぐ小倉が来る」

慌てて立ち上がり、身なりを整えた。デスクの下に置いたペットボトルの茶を一気に飲み干す。時間の感覚がおかしい。つい三十分前、高杉と百合の喘ぎ声を聞いていた気がする。あれは夢だったのか？

守村が持ってきてくれたおしぼりで、慌てて顔を拭《ふ》く。続々と寮から小倉教場の生徒たちが集まってくる。晴れてはいたが、昨晩の豪雨であちこちに大きな水たまりができていた。そう、昨晩はひどい雨だった……。

列の中に、あくびを嚙《か》み殺した高杉の姿があった。五味と目が合う。あくびの口がふさがらないままの表情で、太い眉毛《まゆげ》を上げて、おはようの挨拶《あいさつ》をした。そのおおらかな瞳《ひとみ》の端に涙が浮かぶ。

——あれは、夢だったのだろうか。

「おはよう。引継ぎを」

小倉がやってきた。守村と向かい合い、引継ぎの挨拶をする。特異動向ナシ。互いに敬礼し、互いの立ち位置を変わる形で、五味は交番を出た。

「五味。どうしたんだ、お前」

交番の中を覗《のぞ》き込んだ小倉は、首を傾げ、五味を振り返った。

「お前らしくない。パトロール中の看板は掛けっぱなし、雨合羽は床に放置。環境整備はバツ。マラソン十周、腕立て、腹筋十回。反省文は三枚」

「――はい。申し訳ありません」

「で？」と言って意味ありげに、小倉は五味を見据えた。「特異動向ナシだと？」

「は、はい――」

「残念だよ、五味」

言って小倉は、一同を引き連れて歩き出した。

模擬爆弾が仕掛けられていたのだ。見つけられなかった。いや、明け方、明るくなってからよく探そうと思っていた。居眠りしてしまい、できなかったのだ。

小倉の足はコンクリートのゴミ捨て場に向かっていた。五味は、足がすくんだ。夢でもなんでも、この建物は嫌いだ。小倉は扉を開け、言った。

「昨日は夕方に模擬爆弾を回収して、すぐにまた据え付けなきゃならなかったからなあ。隠し場所にひと工夫ができなかった」

と、空き缶専用のポリバケツの後ろを覗き込んだ。『模擬爆弾』の文字が書かれた段ボール箱が、放置されていた。

「こんな単純な場所で探し出せないとはな。それとも、十三階段にビビッてこの建物に近づけなかったか?」

小倉が優等生の五味をせせら笑った。教官がそうなのだから、生徒たちも遠慮なく笑った。皆の顔をちらっと見る。場長を笑いものにできるチャンスはそうないと、みな徹底的に自分を嘲笑《ちょうしょう》しているように見えた。いつも信頼し、協力しあっている臼田も、同じ班の守村も山原も。あまり感情を表に出さない藤岡も。そして——高杉までも。

コンクリートの密室で、生徒たちの嘲笑が反響し、何倍にもなって五味に跳ね返ってくる。

「マラソン百周。腕立て、腹筋、百回。反省文は五十枚だな」

五味はただ条件反射で、「はい！　承知しました」と敬礼する。

「それから」と小倉が付け足し、踵《きびす》を返してゴミ捨て場の観音扉の前に立った。まずいと、五味の背中に冷たい汗が流れる。小倉は、観音扉の取っ手に絡まるチェーンを指さし、言った。

「南京錠がない」

五味はただ、口ごもった。明け方には戻すつもりだったのに——。

「最後に施錠確認したのは何時だ」

「——えっと。三時……。いや、一時だったか……」

「覚えてないのか」

五味は唇を嚙みしめ、うつむいた。小倉は怒りを通り越し、呆《あき》れた様子で五味を見た。

「お前。南京錠の紛失に気が付かずにいたなんて、ペナルティどころの騒ぎじゃないぞ」

初の始末書を食らいそうだ。教官宛どころではないだろう。教養部長か、副校長宛の重い始末書を覚悟した。

「五味。お前、場長降りろ」

一瞬、なにを言われているのかわからず「えっ」という音が口から洩《も》れた。五味よりも教場の生徒たちの方こそ息を呑《の》み、驚く反応があった。

小倉は臼田を振り返り「臼田。今日からお前が小倉教場の場長だ」とだけ言うと、さっさとゴミ捨て場を立ち去った。

場長を降ろされるという屈辱を前にして、五味の頭の中はあの南京錠のことで一杯になった。

というのも、教官たちが南京錠の紛失について、特に別の錠前を新たに取り付けるなどの対応を取らないことがわかったからだ。あと一カ月ちょっとで府中校に移転するし、ゴミ捨て場なんて誰も侵入しないだろうから、わざわざ備品を買い足す必要がない、というわけだ。

南京錠がないと知ったら、高杉と百合はまた深夜あそこで逢引《あいびき》するに違いない。しかし、鍵がないとヒーターの金網に引っ掛けた南京錠を取り外すことができない。鍵を持っているのは寮務当番と練交の当直当番のみだ。今日の当番は誰だったろうか——。

寮の自室の、アコーディオンカーテンに囲まれた空間に閉じこもり、五味は必死に論文用紙に反省文をしたためていた。そして、場長の座に戻してもらうためどうすべきなのか——一生懸命考えるのだが、どうしてもあの南京錠のことばかり考えてしまう。五味の次の寮務当番は二ヵ月以上先だ。その頃にはもう府中校に移転している。

そうだ。反省の態度を示すため、万年寮務当番を申し出よう。そうすれば南京錠を取り戻せるし、奉仕の姿を認められて場長の座に復帰できるかもしれない。

五味はいてもたってもいられず、反省文を投げ出して教官室へ向かった。

先客がいた。

小倉教官が座るデスクの横で、なにやら必死に訴えている広野の姿が見えた。

「お前、バカか。なに企《たくら》んでいるんだ」

小倉が言うと「企みなんてとんでもないです！」と広野が必死に取りすがっている。

「僕はただ、教官のおそばについていたいんです。僕を、万年教場当番に任命してください！ 僕は毎日、小倉教官のお水とおしぼりを準備し、教官が使う黒板をきれいにし、そして教官の制靴をピカピカに磨きあげたいです！」

「気持ち悪いよ、お前。なんだよ突然」

「本気なんです、ずっと高杉にやらせてないで、僕にもやらせてください！」

「ばっかじゃないのか、お前——」

言った小倉が、五味に気が付いた。なんだ、という顔でこちらを見ている。五味は声を張り上げて名乗った。

「一一五三期小倉教場、五味京介巡査です！ 小倉教官、お話をよろしいでしょうか！」

小倉は頷《うなず》き、入ってこいと手で促した。小倉は広野に「もう行けよ」と退室を促したが広野は「まだ話は終わっていません」となおも食い下がっている。

五味は仕方なく、広野の隣に立ち、万年寮務当番の任命を申し出た。小倉は目を丸くし「頭おかしいんじゃないのか、お前ら」と呆れ果てた。

「今期の生徒の間じゃ、万年当番が人気なのか」

「いえ、あの自分は、昨晩の失態を挽回《ばんかい》し、場長に戻していただきたく――」

五味がいうと、広野も一歩前に出た。

「僕にはこんな邪《よこしま》な想いはありません。ただ、小倉場長にお仕えしたくて」

「おい、人を邪だなんて――」

広野と言い争いが始まった。小倉は「あーもう、うるさい！」と一喝すると、立ち上がり、言った。

「お前ら一週間、教官室に入室禁止！」


六月二十五日。富坂《とみさか》署での実務修習が始まった。

五味は広野と連れ立ち、JR総武線に乗ると、飯田橋から徒歩で富坂署に向かった。

五味は相変わらず、場長を外されたままだ。係の仕事がないので勉強に集中できるが、臼田の多忙ぶりを見ていると申し訳ない気持ちになる。教官室に出入りできなくなってしまったので、五味は授業の合間などで小倉を探し回っては、場長に復帰させてもらうように掛け合うのだが、ナシの礫《つぶて》だった。なにをすれば復帰できるのかと尋ねれば、「自分で考えろ」としか言われない。

臼田に相談を持ち掛けると、「たぶん、教官の気分次第だよ。ここはそういうところだから」と疲れた答えが返ってきた。

南京錠は東門交番のこたつの中にぶら下がったまま。高杉は週に何度も寮を抜け出しては、百合とゴミ捨て場で逢引を重ねているようだった。

一方の広野も万年教場当番にさせてもらえずにいて、毎日のように小倉につきまとっていた。最近、小倉教官とよく話す機会があるんだけど、と前置きして言う。

「五味君のこと、心配していたよ。十三階段を見つけちゃった日以来、どうも調子が悪そうだと。処刑された共産党員の悪霊に取り憑《つ》かれたんじゃないかと、笑ってた」

「笑ってた？　それじゃ、心配しているわけじゃないね」

自分はずっとずっと、同情され、笑われていたのだ――。

恐らく、小倉も高杉と百合の関係に気がつき、咎《とが》めたはずだ。「今度こそ退職になっちゃう」と百合が言っていたのがその証拠だ。

ラブホテルでの一件でも、あの晩に百合が待っていたのは恐らく、高杉だ。あんな二人だから、くっついたり別れたりを繰り返しているのだろう。そして、ゴミ捨て場という絶好の逢引の場所を得たいま、二人は蜜月《みつげつ》の時を迎えているというわけだ。

富坂署に到着した。

初日は交通課の研修で、ミニパト専属の中年女警とその上司の交通課主任と共に、管轄内の小学校で開かれる交通安全教室の手伝いをすることになった。五味が声かけ事案に対する不審者役に抜擢《ばってき》されると、「それじゃー俺は行かなくていいかな」と交通課の男性主任は姿が見えなくなってしまった。

向かった小学校では、ミニパトの女警がひとりで、小学生や教師、そして研修中の五味や広野の対応をせねばならず、パニックに陥っていた。最後は殆《ほとん》どヒステリックに五味や広野に八つ当たりし「最近の若いのは気が利かない」というあからさまな捨て台詞《ぜりふ》を、小学生の前で堂々と吐いた。

富坂署の交通課に帰り、備品を倉庫に戻していると、どこかに出かけていたらしい主任がふらりと戻ってきた。あたかも自分も一緒に教室に参加してきたような顔で、荷物を戻す。

五味が変な顔で見ていると、「あのさ、五味君だっけ」と話しかけてきた。

「今日『こころの環』に書かないでね、交通安全教室で不審者役をやったって」

「――なんでですか」

「だって、ばれちゃうじゃん。俺がやってなかったって」

五味は耳を疑い、主任の顔を覗《のぞ》き込んだ。酒臭い。目がとろんとしている。交通安全教室を新人に押し付け、飲酒してきたのか。

こんな警察官が存在していいのか。

これが、警察の現実なのか？

週末を挟んだ三日間は、五味が最も期待していた、刑事課での修習だった。担当刑事は四十代の主任巡査部長で、課の入口で五味と広野が並び、敬礼して挨拶《あいさつ》をするのを「けっ、めんどくせぇ」とあからさまに言うような人物だった。

どうしたらいいのかわからない五味と広野に、その主任刑事は茶を淹《い》れろ、掃除をしろと雑用ばかり押し付ける。

三日目の午後になってやっと、アドバイスをということで、応接室に向かい合った。

交通課の主任は酒臭かったが、この主任刑事はとてつもないニンニク臭がした。昼から焼肉か、ラーメンのトッピングにニンニクでもたっぷり入れたのか……。

主任刑事はあらかじめ小倉が作成したと思《おぼ》しき資料に目を通しながら「へー二人とも刑事志望なんだ」と鼻で笑った。広野に、動機を尋ねる。

「僕は……警察学校に入るまで決めかねていたのですが、小倉教官に憧《あこが》れて、将来、刑事を目指すことにしました！　元々、強行犯係の刑事だったと……」

主任刑事は「でもいまは警察学校教官でしょ」と鼻で笑った。

「君は？」

五味に話を振った。遅れて、凄《すさ》まじいニンニク臭が顔に降りかかる。隣の広野は汗を拭《ふ》くそぶりで、鼻をハンカチで押さえていた。五味は、このなんでもかんでもバカにしてかかる刑事に、真面目なことを言ってもしょうがないだろうと思い、本音を言った。

「――昇進し、階級社会を制覇したいなと思いました。刑事課が一番、昇進のチャンスがあると聞いて」

主任刑事は面白そうな顔をしたが、あっさりと言った。

「あっ、そう。じゃあ昇進試験がんばんな。俺からのアドバイスは以上だな」

呆気《あっけ》に取られていると、主任刑事は立ち上がり「刑事課の掃除が終わったら、帰っていいよ」と言って応接室を立ち去ろうとした。その時、ノック音がした。

返事を待たずに扉を開けたのは、小倉教官だった。五味も広野も驚いたが、妙な嬉《うれ》しさが込み上げてきたのも確かだ。小倉は生徒たちが実務修習で現場に散っている間、各所轄署を挨拶して回っていたようだ。

小倉は入室してくるなり、ニンニクの臭いに鼻を押さえた。

「お前ら、昼に焼肉でも食ったのか」

小倉は主任刑事に挨拶もせず、五味と広野に言った。二人そろってぶんぶんと首を横に振る。

小倉が鋭く主任刑事を見た。その眼光とは裏腹に、言葉は慇懃《いんぎん》だ。

「どうも。生徒たちがお世話になっています。警視庁警察学校の小倉警部補です」

主任刑事はすぐさま腰を十五度に折って、敬礼した。

「自分は富坂署刑事課強行犯係、主任の早坂《はやさか》巡査部長です！」

階級が上だからか、小倉に対し背筋を伸ばしてきびきびし始めた。

「うちの二人、ちゃんとやってますか」

「ええ。もちろんですよ。これからちょっと、ガイシャの聴取に同行させようかと。昨日、強盗事件があって」

五味と広野は驚いて、主任刑事を見た。そんな話、いま初めて聞いた。

「それはよい経験になると思います。どうぞよろしく」

「こちらこそ！　よし、お前ら、行くぞ！」

いきなり馴《な》れ馴れしく肩に触れ、主任刑事は五味と広野を引き連れて応接室を出た。

午後五時前に富坂署に戻ると、小倉教官はまだそこにいて、指導係の巡査長と話し込んでいた。広野は帰宅準備を始めたが、五味だけが再び、応接室に呼ばれた。

小倉の手には、五味の『こころの環』があった。実務修習中ではあっても、毎日中野の寮に帰り、夜に日誌を書いて朝、提出している。日誌に嘘を書いてはいけない、ありのままの想いを書くように命じられている。だから、五味は全てをぶちまけていた。勤務中に飲酒している刑事がいること、雑用ばかり押し付けるだけの刑事のことも——。

「お前、最近大丈夫か。ずいぶん『こころの環』が荒れている」

小倉は苦笑交じりに、言った。

「ありのまま、感じたままを書いたのみです」

「実は、富坂署からもクレームが来ているんだ」

「広野はちゃんとやってますよ、予想以上に——」

「違う。お前に対するクレームだ」

五味は驚愕《きょうがく》で、動けなくなった。

「現場で働く大先輩たちを見下すような態度で、ろくすっぽ返事もしないと」

五味はすかさず、反論した。

「いけませんか。勤務中に飲酒するような警察官や、今日の刑事だって――」

「人の批判ばかりだな、最近、お前は」

小倉は困ったように言って、ため息をつく。

「確かに、お前が接してきた刑事たちは尊敬すべき点がなかったかもしれない。それじゃ、お前はそこからなにを学ぶ？　最近の『こころの環』では、その観点が完全に抜け落ちている。警察に対する失望、批判ばかりだ」

訥々《とつとつ》と、小倉が五味に語ってきかせる。自分が犯した過ちや娘のことでやさぐれていたダメ教官はどこへやら、いまはすっかり小倉が上位に立っている。なんだか、小倉に見えない手で頭頂部を摑《つか》まれ、上からぐいぐいと押さえつけられているように感じた。頭痛がする。

警視庁はクソみたいな警察官ばかりだ。

「――自分はどうなんです」

五味の言葉に、小倉が意を含ませるように、ゆっくりと五味を見た。見たことのない鋭い眼光で。五味はひるむどころか、更に気持ちを逆撫《さかな》でされたように感じた。

「そういう自分は、淫乱《いんらん》娘を前にして、なにを学んできたんですか？」

小倉の瞳《ひとみ》にかっと怒りの赤い線が走ったように見えた。次の瞬間には視界に星がちかちかと舞う。遅れて、左頰にジンジンと強い痛みが走った。五味は長テーブルをなぎ倒し、殴り倒されていた。

業務終了後、中野に戻って麻生助教に報告を終えると、五味は広野と外出し、焼き鳥屋で一杯やることにした。明日は日曜日で実務修習も休みだし、寮に帰ってもクラブ活動や当番などがないため、自由時間だ。夜の八時までに帰寮すればいい。

生ビールの大ジョッキで乾杯する。唇を動かすだけで、殴られた左の口角にぴりっと痛みが走る。

「大丈夫？　小倉教官が五味君を殴る日が来るなんてなぁ。一体なにを言ったの」

広野は気の毒そうなそぶりをしながらも、ちょっと口角を上げて言った。

五味は「別に、ただ反抗しただけ」と答えた。広野はすぐに冷酒に切り替える。酔って狂態を見せるようなことはないようだが、「時々記憶が飛んじゃうけどね」と笑う。

「僕なんかしょっちゅう小倉教官に反抗してたよ。でも、殴られたことはない。殴る役割はどちらかというと麻生助教の方じゃん。一体なにをしでかしたのさ、五味君」

「そういうお前こそ、突然、小倉にすり寄り始めた。万年教場当番やらして下さいってアレ、なんなんだよ。ありえないだろ」

広野は、まるでクラスの好きな女子を言い当てられたような顔で、恥ずかしそうにしている。そこに謀略の陰はなく、五味はあれっと思った。

「いや、なんか、すごく嬉しかったんだ。父親のことを罵倒《ばとう》してくれて」

五味は耳を疑った。だが広野は真剣に、言った。

「初めて解放されたと思ったんだ。〝殉職警察官の息子〟っていう鉄の鎖から。あの人の近くにいて、あの人から学び続けたら、きっともっと、ラクになれるんじゃないかなと思った。そして、自分が目指すべき警察官像が見えてくるような気がして……」

広野の言葉に、五味は打たれるものがあった。父親を知らないのに、誰よりも、父親の存在にとらわれていた広野。広野の偉大すぎる『父親』の存在を吹き飛ばした小倉が、広野の中で理想とすべき警察官像に、すっぽりとはまったのかもしれない。

ここ数日の小倉への異様な傾倒と執着は、策略ではないようだ。納得した五味を見て、広野は拳《こぶし》を膝《ひざ》の上に置くと、頭を下げた。

「写真の件は、ごめん。高円寺のラブホで……」

五味は目を閉じ、首を振った。

「あれは、何もしていないんだ。相手が泥酔していたから入らざるを得なかっただけで」

「知っているよ。二人そろってあっという間に出てきた」

「ならあんな写真、小倉に見せるなよ」

「だから、それをいま、謝っている」

五味は鼻で笑った。あの時の自分を嘲笑《ちょうしょう》したのだ。思い出したくない。もうビールがない。広野のように強い酒が欲しかった。ウィスキーをロックで注文する。

広野はまだひとりで言い訳していた。

「僕は、ちょっと五味君に嫉妬《しっと》していたところがあった。みんなから慕われる優等生で、小倉教官とも蜜月《みつげつ》」

「蜜月なんかじゃないよ、ちょっと奴の弱点を知っているだけ。だけど弱点を突いて自分の都合のいいように動かそうなんてことはしていないぞ、お前みたいにな」

ウィスキーが驚くほどの速さでサーブされる。いっきに半分、飲み干した。口当たりは冷たいのに喉《のど》ごしはヒリヒリするほど熱い。その熱さが食道を通過し、腹の底に落ちる。自分の臓器の存在を感じるほどに熱い。酔いが回り、いろんな感性が研ぎ澄まされていくようで、気持ちが上がっていく。

「小倉教官の弱点って、なに……？」

「知る必要があるのか、お前。やっぱりなにか企《たくら》んでいるんだろう」

「違うよ。ただ、小倉教官が困っていることがあるなら、助けたいなと思っている」

「お前になにが助けられるってんだ」

「──ひどいな。もしかしてそれが本当の五味君なのかな」

班員だけでなく、相棒の臼田すら知らない五味の素顔を知られて嬉しいと、広野が親密な視線を寄せた。

「五味君、いまならなにを聞いても、話してくれそうだ」

「話してたまるかよ。酔っぱらった俺にいろいろ言わせて、策略メモ帳にメモっとくんだ。五味の弱点はかくかくしかじか」

五味がメモを書く仕草をするのを、広野はくすくすと笑って尋ねてきた。

「そうだね、僕が聞きたいのは、五味君みたいに公明正大なツラで生きている奴って、本当は嫌いな奴がいっぱいいるんじゃないかなって」

「高杉」

口が勝手にしゃべっていた。広野が手を叩《たた》いて大笑いし、「メモ、メモ」と言って本気でバッグを探り始めた。

「意外だよ！　そこそこ仲がいいのかと」

「大っ嫌いだよ馬鹿。初めて会った時からずっと」

「なんで。おもしろい奴じゃん。基本的に無害だと思うけど？」

「ああいう、人の道を外れて生きることをかっこいいと思っている典型みたいな奴はむかつくんだ」

「じゃ、山原はどう。柔道の授業でいっつも偉そうにふんぞり返ってる」

「あれはただの単細胞。筋肉の塊にちょっと脳みそがついただけ」

広野は大爆笑だ。目に涙を溜《た》めて笑う。広野の生気ある顔を初めて見た気がした。本当は、そんなに厄介な奴じゃないのかもしれない。父親に対する卑屈な心が取り除かれたいま、五味には広野がまぶしいほどに純粋な人間に見えた。

「それじゃー五味君、よき相棒の臼田君はどう？」

「臼田？　あいつは普通にいい奴だよ。優秀だし」

いまも、文句ひとつ言わずに場長と副場長の仕事を両立している。

広野は途端につまらなそうな顔をした。その退屈そうな横顔を見て、なんだか五味は、彼にいいネタを提供しないといけないような気になってきた。広野をもっと喜ばせて、興奮させてみたいという欲求が湧いてくる。

「――とにかく、高杉だよ。すでに犠牲者が出ている」

「犠牲者？　どういうこと」

ふと広野の表情に陰が差した。

五味は前屈《まえかが》みになり、広野に耳を貸すように指をちょいちょいと曲げた。広野が耳をこちらに向けた。その小さな黒い穴は、童話に出てくる『王様の耳はロバの耳』の穴のように見えた。なにを言っても害はないと、主人公が思ってしまった冥《くら》い穴――。

「こないだ、ゴミ捨て場の模擬爆弾を見つけられなかったろ」

「――ああ。アレ一体どうしちゃったの。あんな簡単な場所で見つけられないなんて」

「いたんだよ。高杉が。女警と……」

「まさか。犠牲者って――」

五味は大きく、頷《うなず》いた。途端に広野は腰を浮かせて、右往左往するような仕草を見せた。過剰な反応だと思い、「まあ落ち着けよ」と言う。

「いや、それはやばいし、許せない。どうしてすぐに小倉教官に言わなかったんだ」

五味はただ、首を横に振った。どうせ小倉はなにもできないだろう。百合は確かに、「ばれたら今度こそ退職になる」と言っていた。つまり一度は関係がばれているのだ。

五味の逡巡《しゅんじゅん》をよそに、広野が独り言のように続ける。

「まあそりゃ――言えないか。女警が申告を嫌がったんだろ？」

「――え？」

「でもやっぱり、報告だけはすべきなんじゃないかな。小倉教官ならきっとなんとかできると思うんだ、あの人、賢い人だと思うし」

五味は鼻で笑ってしまった。あれのどこが賢いのか。小倉は、実の娘の素行不良を父親としても、教官としても、指をくわえて見ているしかできない、情けない男なのだ。

「小倉に言ったって無駄だ。あいつだって管区警察学校時代に似たような問題を起こしたって聞いた」

広野は真っ青になり、五味に顔を近づけた。

「――嘘だろ。本当か」

「本当だよ。それで現場に入れなくなって、警察学校に〝塩漬け〟されてるんだ。おかしいだろ？　あの年齢でずっと教官やってるなんてさ」

広野はよほどショックだったのか、なにかを堪《こら》えるように黙り込んでしまった。彼の心にあったなにかを、五味が確実に引き裂いたという実感があった。広野を傷つけたかったわけじゃない。だが、小倉のような警察官を慕うなど間違っている。

やがて広野はなにか病むような口ぶりで、ぶつぶつと言う。

「どうして強姦《ごうかん》罪って親告罪なんだろう。本当に、絶対に、ありえない!!」

——強姦？

広野は、五味が言いたかった不純異性交遊という規則違反を、強姦と勘違いしたようだった。慌てて否定しようとしたが、広野が突然泣き出したので、なにも言えなくなってしまった。

「おい。広野——。どうしたんだよ、一体」

「強姦事件がきっかけなんだ。僕が、警察官になろうと思った本当の動機」

五味はただ絶句して、広野をおそるおそる、見返した。いつもはうすぼんやりとした、魂が抜けたような顔をしているのに、今は生気に満ち溢《あふ》れている。

「高校生の時、初めて彼女ができた」

広野は怒りを込めて、語り出した。

「静岡市の予備校で出会った。地元じゃないから、殉職警察官の息子とか全然知らないのに、僕のことを好きになってくれた優しいコだよ。受験生だったから、自習室で毎晩遅くまで一緒に勉強することがデート代わりだった。けれどある冬の日に、彼女はぱったり予備校に来なくなって、連絡もつかなくなった。予備校の帰り——僕と別れたあと、夜道でレイプされたらしいと、噂が流れてきて」

五味は、背筋が粟立《あわだ》つのを感じた。

自分の言葉足らずが、広野の何かを呼び覚ましてしまったようだ——。

言わなければいけない。それは勘違いだと言わなくてはいけないのに、広野の深刻な様子を見て、ますます言葉が喉の奥に引っ込んでいく。

「僕は彼女の自宅の番号を知らないし、それっきり事件化された様子もないから、事実関係はよくわからないよ。ただ、面白がった生徒たちからいろんな噂が流れてきた。レイプした男のアレがでかすぎで被害少女は子宮が破裂したとか。相手は同じ予備校の気を病んだ生徒で、レイプされながら目玉をくり貫《ぬ》かれたとか――みんな噂しながら、口でかわいそうと言いながら、目が笑っているんだ。男も、女も――」

押し黙る五味を見返すこともなく、広野は空っぽになった冷酒のグラスを、砕け散るほどにぎゅっと握っていた。

「その後、彼女がどうなったのか。真実はなんだったのか、何も知らない。僕はその時、初めて警察官になろうと思ったんだ。許さない。テロとか殺人とかもひどいけど、強姦はもっとひどい――被害者の口を封じてしまう犯罪で、しかも外野が事件そのものに尾ひれをつけて被害者を茶化す犯罪だ。強姦ほど、ひどい犯罪はこの世にないんだ……！」

五味は猛烈な吐き気を感じ、思わず口を押さえた。

逃げ出すようにトイレへ駆け込み、個室に閉じこもって嘔吐《おうと》する。体に入れたアルコールも食べ物も全部、吐き出した。だが、血液中に広がったアルコールは二度と戻らないし、広野を勘違いさせた言葉は二度と自分の口には戻らない。

二〇八一期　守村教場　Ⅳ

一一五三期小倉教場の、卒業後十六年で初めて開かれる教場会は、渋谷区初台《はつだい》にある小さなフレンチレストランを貸し切って行われることになっていた。朝から雨が降り続いていて肌寒い。綾乃は開始二時間前の午後五時に到着し、早く来るように五味に電話をかけているのだが、繋《つな》がらない。

すでに臼田も到着している。店主と料理の話をしつつ、五味と連絡がつかないことに不信感をあらわにしている。警察学校の習わしとして、場長が代表して教場旗を保管し、教場会のたびに持参するというのがあるが、その教場旗があるのかないのかもわからない。

「全く、五味はどうしたんだ。連絡がつかん」

「なんだか臼田さんが教場会を開くと言った途端に、様子が一変しましたよね」

「……で、瀬山はどうする」

「私ももちろん、参加します。聴取はできませんけど、顔と名前を一致させておきたいです」

「だが、府中署の捜査員がいるとわかると犯人は警戒する」

「そうですよね――」

「五味の恋人ということにするか」

とんでもない、と綾乃は首を横に振った。

「サーバーにでも変装しますよ。飲み物を配ります」

顔が赤い、と臼田は誰に言うでもなく「惚《ほ》れてんだな。五味に」と呟《つぶや》いた。綾乃は慌てて臼田の背中に訴えた。

「違います！　なんでみんなそういう風に誤解するんですか」

「別の人間にも指摘されたのか」

「――高杉さんに」

「ふうん。まあ勝手にどうぞだけどさ、五味だけはやめておけよ」

臼田の冷たく突き放したような言い方に、綾乃は眉《まゆ》をひそめた。

「どういうことです」

「妻に先立たれた男なんて、どうしようもねぇだろ。もう二度と次の女にいけない。五味の場合は特にそれが強いはずだ」

綾乃の反応も待たず、臼田は矢継ぎ早に続けた。

「それに、五味はあんたに言ってないことがたくさんあるはずだ」

臼田の一方的な物言いに、綾乃は口をつぐんだ。

「五味の死んだ妻。一一五三期の同期だ。女警だから小倉教場ではなかったがな」

綾乃は一瞬、頭が真っ白になった。事件捜査で次々と一一五三期の警察官が登場してきたが、まさか五味のプライベートの登場人物にその期が出てくるとは思ってもみなかったのだ。

臼田は意を含ませ、繰り返す。

「五味の死んだ妻は守村とも面識があったはずで、藤岡や山原もしかり。高杉は、もっと親しかったはずだ。五味は高杉に、妻の話をしたか？」

綾乃は大きく首を横に振った。

「だろ。触れてほしくないんだ」

「――一体、どういうことです」

「五味の亡くなった妻は、もともと高杉の女だったんだよ。そのことで結構、当時はいろんな騒ぎがあって。そして極め付けが……。これ、俺もつい昨日知って仰天したんだがな。その女警、小倉教官の実の娘だったようなんだ。小倉はずっと前に離婚していて、父娘《おやこ》の仲は最悪、絶縁状態だったらしいがな」

綾乃は返す言葉が見つからなかった。五味が教場会を開くと言った途端に困惑したのは、このせいだろうか。五味が育てている娘・結衣と小倉教官は血が繋がった祖父と孫、ということになる――。

いきなり誰かに肩を押され、綾乃は思わず白いテーブルに手をついた。高杉が綾乃を押しのけて、臼田の襟ぐりを摑《つか》みあげ迫っていた。いつもへらへらしている高杉の目が、血走っている。高杉が放置した傘がべたっと床の上に倒れた。

「臼田！　お前いまの全部、本当のことか！」

臼田は不意打ちを食らって困惑しながらも、大きく頷《うなず》いた。

「――ああ。ちゃんと調べてきた」

「五味は百合と結婚していたのか」

「そうだ。二〇一一年の十二月に入籍している」

「――それで。百合は死んだのか」

高杉の眉間《みけん》に、ぐっと力がこもった。涙をこらえようとしているのがわかった。臼田は、高杉の気持ちを察するように、静かに言った。

「……ああ。二〇一三年の六月十日に、亡くなっている。胃がんだったそうだ」

高杉は臼田から逞《たくま》しい腕を離すとくるりと向き直り、吐き捨てるように言った。

「あいつ……！　なんで言わねぇんだ！」

「お前に知られたくなかったんじゃねぇの。お前、神崎百合とデキてただろ。いまでも嫉妬《しっと》してんだか知らないがな。それから――」

「臼田！」

怒鳴り声ではないが、強く咎《とが》め、律するような厳しい声が背後から聞こえた。五味が、開け放したままの店の入口に立っていた。表情はいつもと変わらずクールで感情の起伏が見えない。綾乃の方が動揺して表情がこわばってしまう。

「人のプライバシーを細かく調べ、暴露してくれてどうもありがとう」

五味の強烈な嫌味に臼田は気まずそうな顔をしたが、強いまなざしに戻った。ネクタイを直しながら、言った。

「五味。なぜ言わなかった。不信感を持つのは当たり前だ」

「妻は今回の事件とはなんの関係もない。教場仲間には、なんでもかんでも言わなくてはならないのか」

「屁理屈をこねるなよ」

「高杉」

堪えるように店の床を睨《にら》んでいた高杉が、呼ばれて五味を見上げた。

「来い。聞きたいことがたくさんあるだろ」言って踵《きびす》を返した五味は、綾乃に静かに言った。

「俺は教場会には出られない、瀬山がよく関係者を見ておいてくれ」

「は、はい……」

「臼田。教場旗だ」

五味は、きれいに折り畳まれた紺色の布を、臼田に突き出した。ずっと五味の自宅に置いてあったであろうそれから、雨と、五味の自宅の匂いがした。

綾乃はバーカウンターでひたすらグラスを拭《ふ》く店員に扮《ふん》し、十六年経って初めて行われる教場会を見守った。参加者は二十五名。欠席は五味、高杉――そして、藤岡と山原。他、急な開催だったため、不都合や体調不良を理由に五名が来なかった。また、麻生助教を始め、すでに退職してしまって連絡がつかない者も四名いたという。

教場会の主役である教官の小倉は、十年前に定年退職している。いまは江東区《こうとう》の自転車駐輪場の管理人をやっていて四時には勤務を上がっているらしいが、持病の糖尿病の通院があるとかで、遅れてくるということだった。

臼田の乾杯の挨拶《あいさつ》もそこそこに、「五味はどうした」「場長の五味は」という声が方々から飛んだ。五味は優秀で、教場の生徒たちの記憶に強く焼き付いているのだろう。

「いまは本部捜査一課六係の主任刑事だ。守村殺害の帳場に入って、捜査を引っ張っている」

臼田は自分のことのように胸を張ってみなに言うと「やっぱりな」「さすがだな」「あのころからなんでもできた」と五味を称賛する声が相次いだ。「だが、模擬爆弾を見つけられなかったのはびっくりしたけどな」とからかうような声も聞こえた。

臼田が守村の話を振るのだが、あまり彼の記憶はないようで、話題がすぐに尽きてしまう。口々に守村への哀悼の意を述べ、どうやら殺人だと聞くと困惑で口を閉ざしてしまう。

「そういえば、あいついまどうしているの。ほら、海自から流れてきた……」

今度は高杉の話で盛り上がる。臼田が肩をすくめた。

「首の皮一枚でなんとか繫がってるよ。いまは警察学校の助教だ」

あんなんが指導者で大丈夫なのかとフレンチレストランは笑いに包まれ、居酒屋のような雑多な雰囲気になった。

他にも、誰それはどうしたと、この場にいない人物の名前があがると、臼田がペラペラと答えた。臼田はこの教場会を開くにあたり、十六年前にバラバラになった仲間たちの情報をいちから洗ったようだ。この中に犯人がいると確信しているからだろう。やがて、五味が抱える事情にも気が付いたのか――。

「やあ、遅れた」

言って、ゆったりとした足取りで店に入ってきた男がいた。ノーネクタイのワイシャツ姿で、銀髪を七三分けにした男――。まるで条件反射で、いい年をした警察官たちが一斉に立ち上がり、「小倉教官！」と敬礼した。

小倉は目を細め「なんだよお前ら、老けたな～」と途端に生徒たちを冷やかした。綾乃の目の前に逆さまになってぶら下がるウィングラスが震えるほど、場がどっと沸く。小倉はみなの熱いまなざしを一身に受け、臼田の横に座った。どういう教官だったのか五味の口からきくことはなかったが、それなりに人望はあったのだろう。

「お前、臼田か」と小倉は確認すると、いきなり臼田の脇腹を摑んで「不摂生」と断罪する。反対側の生徒の二重顎《あご》を指さし「お前もだよ、マラソンペナルティいくら科したらその贅肉《ぜいにく》は取れるかな」と冗談を言い、また場が沸いた。

小倉は当時の生徒たちのことをよく覚えていた。オリンピック選手の藤岡がいない、柔道の山原がいない、元海自の高杉がいない、とレストランを見渡して言うのだが、最後まで五味の名前に触れなかった。

綾乃はそこに、五味と小倉の間に横たわる確執を見た気がした。五味と高杉は大丈夫だろうか。事件とは関係のないところで、様々な人間関係が複雑に交錯し、妙な胸騒ぎがする。

昔話に一通り花が咲き、料理も尽きてきたころ、ふいに小倉が立ち上がり、グラスを拭き続けている綾乃に声をかけた。

「お姉さん。ちょっとあいている部屋、ないかな。薬を打ちたいんだ」

と、懐から薬の袋を見せた。糖尿病を患っていると言っていた。インシュリン注射だろう。

綾乃は店長にあいている個室がないか場所を聞き、小倉を案内した。

小倉は廊下の先にある個室のテーブルにどっさりと座ると、紙袋から注射器を取り出した。

聴取のチャンスだ。実は——と懐から警察手帳を出そうとして、小倉が話しかけてきた。

「変装姿がよく似合っているよ、瀬山巡査部長」

驚いた綾乃に「うちの娘婿が世話になってます」と小倉は穏やかに頭を下げた。娘婿——五味のことだ。綾乃は改めて頭を下げ、所属と氏名、階級を名乗った。向かいに座る。

「あの、どうして私のこと……」

「どうしてって。だから、京介から聞いたに決まっている」

かつての生徒を下の名前で呼び、小倉は慣れた様子で注射器をインシュリンのアンプルに突き刺した。

「頻繁に連絡を取ってらっしゃるんですね」

「さっぱりだよ」と小倉は笑った。「こないだ、二年ぶりぐらいに呼び出された。捜査の関係で教場会が開かれると——できれば親子関係になっていることは伏せたい、とね」

「——なぜ五味さんは隠したがっているんですか」

「結衣を手放したくないからだろ。誰にも悟られたくない。秘密の存在にしておきたいんだ。いまのあいつは、結衣がいなくなったらもう死に体だろ」

わかるような、わからないような……綾乃は黙り込んだ。

「結衣は元気かな？　帳場に差し入れしてやるような健気《けなげ》なコだ」

小倉が困ったような顔をして、綾乃に尋ねてきた。

「元気ですよ。受験生らしくって、一生懸命勉強しています」

「そうか。真面目に育っているようでよかった」

ほっとしたように小倉は言う。孫娘なのだから、自分から会いにいけばいいのに――なにか、五味や結衣に対して必要以上の遠慮があるように見えた。

「広野が守村の死に絡んでいるというのは、本当か？」

唐突に、小倉は尋ねてきた。その瞳《ひとみ》に、元警察官らしい眼光の鋭さがあった。五味が捜査のことを話していた相手なら、信頼していいと綾乃は思い、正直に話した。

「私と五味さんは、今日欠席のとある二名が、守村教官の死に関わっていると見ています。その二人に照準を絞ろうとした矢先に、臼田さんの自宅に凶器が届きました。広野智樹名義で」

小倉は慣れた様子でさっと腕に注射を打つと、キャップをした。

「参ったな――。いまになって広野の名前が事件上に浮上してくるとは」

「いまになって、というのは？」

広野の自殺には不審点が多かった――と小倉は言う。

「確か、失踪《しっそう》して、実家近くの伊東の海で身を投げたと」

「そう。だが遺体はいまだに上がっていないし、遺書が変なタイミングで私のところに届いた。この奇妙な時間差はなんだろうとずっと思っていたし――」

言って小倉はジャケットの懐から、一通の封書を取り出した。手垢《てあか》がついて黄ばんだ封書。広野の遺書だ。封筒の全面に送り状が張られていた。

「宅配便で届いたんですか」

「そう。失踪から二週間後の午前中とわざわざ指定してね」

奇妙に思いながら、その字面を眺めた。府中市、警視庁警察学校、小倉隆信教官殿――。送り主の住所は、中野区中野になっていた。中野校の住所だろう。住所の最後に『一一五三期小倉教場内』と堂々と書いてあった。

「ちゃんと取っておいたんですね」

「捨てられるはずがない。トータルで十年は警察学校にいたがね。自殺されたのは彼が最初で最後だ。私が死なせたと思っている――」

小倉は疲れたように言って、眉間《みけん》に手をやった。

「これ、預からせていただいても？」

「勿論《もちろん》。ちなみに、十六年前に筆跡鑑定は済んでいる。広野本人の文字だ。それから――言い訳に聞こえるだろうが、説明させてくれ。五味から聞いているだろうが、一一五三期には娘がいた」

ついさっき、臼田の口から知らされたばかりだ。

「娘は素行不良でね、私が強引に縁故採用させて、監視下に置こうとしたんだ。そういうのを娘もわかっていたから、余計に問題ばっかり起こしていた。五味は――京介は、当時から娘のことを気に掛けてくれていた。娘に、心底惚《ほ》れていたんだろうね。だが彼と私の関係はあまりよくなかった。まぁ、いまも関係良好とは口が裂けても言えないが……。しかも」

小倉はいちど言葉を切り、ちょっと言いにくそうに言った。

「広野が自殺する少し前に、私と娘に対する嫌がらせの写真がばらまかれてね。広野の仕業だ。それもあって、広野が自殺するほど追い詰められていたと、気付けなかった。追い詰められているのはこっちだと考えていたからな。だが、思いがけず、慕われていると感じる時もあった。広野も広野で、猛烈にもがいていたんだろう……」

訥々《とつとつ》と語る小倉の目尻《めじり》に、涙が浮かんだ。「年を取ったな」と指先でそれを拭《ぬぐ》った。

「遺書は後程じっくり、精査させていただきますが、結局自殺の直接の原因はなんだったんですか？」

「広野は父親が殉職警察官だと言うことで親戚《しんせき》中から強いプレッシャーを受けていたし、教場になじんでおらず、敵も多かった。いじめの事実は出てこなかったが、広野が生徒たちから疎まれ、孤立していたのは確かだ。そういえばあの時も、五味は――京介はなにかと広野の面倒を見ていた。彼も、自殺を聞いて茫然《ぼうぜん》自失し、助けられなかったと自分を責めていたひとりだ。他の奴らは冷ややかだったな。勝手に問題を起こして、勝手に自殺したと捉《とら》えていた」

小倉は何度も、五味のことを「京介」と言い直した。小倉なりに、必死に親子になろうとしている様子が伝わってくる。

「先ほど、広野の自殺について不審点があると――」

「ああ。便箋《びんせん》の、二枚目――遺書の最後の方にある。〝自分のような人間は警察学校の十三階段で首を吊《つ》って死にます〟と」

「十三階段？」

小倉はそこで、ふっと気づいたように言った。

「そうか。君は中野校のことを知らないのか。そりゃそうだな。ちょうど広野がいなくなったころだったかなぁ、府中校に移転したのは」

「微妙な時期に移転があったんですね」

「そう。二〇〇一年の八月四日だったかな。広野が失踪したのが、三日の夜」

学校が移転する前日に生徒が失踪――当時の警察学校の混乱は察するに余りある。

「中野校は古い建物で、戦時中は旧陸軍中野学校があったところだ。その名残なのか、ゴミ捨て場として使用されていた建物に、十三階段があってな。恐らく絞首刑場として機能していた」

綾乃は急いで遺書を開けた。広野の文字を追う。自殺、という精神の迷いをひとつも感じさせない、きれいな文字だった。だが内容からは狂気が感じられ、確かに、十三階段で首を吊ると宣言している。

「――けれど実際は十三階段を使わず、海に身を投げた？」

「そう。そして遺体は永遠に揚がらず、遺書だけがなぜか、二週間後に到着した」

「わざわざ宅配便で日付指定して――。二週間後、小倉さんはもう中野にはいないとわかっていて、この府中市朝日町《あさひちよう》の住所を書いているようですね」

「ああ。これから自殺しようとする人間にしちゃ、ずいぶん冷静だなとも思う」

しかし筆跡鑑定はきちんと行われており、広野の文字であると証明されているという。

綾乃は少し考えたのち、小倉に言った。

「広野が実はまだ生きている――とは考えられませんか。殉職警察官の息子だと言う呪縛《じゆばく》から逃れたくて、自ら死んだことにして、いまは全く別の戸籍で生きているとか」

「本部の刑事はそんなばかばかしいことを考えない」

小倉はぴしゃりと言った。

「――というより、十六年前、広野は自殺じゃなく殺されたと考える。そう推理すると、守村殺害事件もしっくりくると思わないか」

確かに、と綾乃は頷《うなず》いた。

「広野は何者かに脅されて遺書を書くように強要され、殺害された。遺書が二週間遅れたのは――死体を隠蔽《いんぺい》する時間稼ぎだったのか。そして恐らく守村はその件に一枚噛《か》んでいた。十六年経ち、期せずして気を病んだ状態で警察学校の教官をやることになってしまい、封印していた過去を思い出した。守村は黙っていられなくなり、主犯に殺害された」

小倉はまるで綾乃をたきつけるように言いながら、注射器とインシュリンのアンプルを袋の中にしまった。

五味が泣く高杉を見たのは、これで二度目だった。

一度目は、府中校に移転後の個室で。退職届を書きながら、はらはらと涙を流していた。百合が退職になったと知ったその夜のことだった。いまは、百合の死を聞かされて泣いている。

その後の百合の人生について事情を説明するのに、近場の喫茶店で――と思っていたが、高杉は百合がもうこの世にいないという現実に必要以上に取り乱し、店を探しているそばから傘の下で、めそめそと泣き始めた。屈強な元海上自衛官、いまは警察官の卵を厳しく指導する助教官が、人目もはばからず泣きながら歩いている。

五味はそんな高杉を、羨《うらや》ましいと思った。五味はまだ一度も泣けていない。百合が末期がんで余命数ヵ月と宣告された日も、百合の呼吸が止まってしまった日も、火葬場で最後の別れをしたときも、涙がひとつも出なかった。

ただ、あの時まだ小さかった結衣の手を握り、途方に暮れていたのだ。

いや。いまでも途方に暮れたままだ。

五味は新宿方面まで歩いて居酒屋に入った。今日、教場会には戻れないだろう。

カウンター席に肩を並べ、座る。高杉は生ビールを注文して一口飲むと、すぐさま五味に切り込んだ。

「五味、どうして教えてくれなかったんだ、百合のことを——」

「言いにくかった。つきあってたろ、警察学校時代」

「……まあな」

ぐすっと洟《はな》をすすり、高杉はビールを飲み干した。

「そんなに泣くなよ。まさか十六年も百合を引き摺《ず》ってたわけじゃないだろ」

「そうじゃないけどよ。男っていうのは、過去の女の思い出をちゃんと心のアルバムにしまっておくだろ。そして時々蓋《ふた》を開けて、甘酸っぱい気持ちを堪能《たんのう》する。女はほら、上書き保存しちゃうらしいけどな。うちのかみさんなんかもそうだよ」

高杉はやっと涙を止め、ふと過去を辿《たど》る瞳《ひとみ》で言う。

「百合は、すっごく警察官になりたがってた。本当はずっと、警察官になりたかったんだとよく言ってた。でも、父親に反発するあまり、言えなかったと。それがあの写真をばらまかれた騒ぎであっさりクビだろ。俺こそクビになるべきだったのに——」

生ビールを呷《あお》った。豪快に上下する高杉の喉仏《のどぼとけ》がアルコールを大量に受け入れている。ぷはっとため息をつくと、話を続けた。

「俺はあの時、小倉だけじゃなく校長にも直訴したんだ。俺が退職でいいから、百合は戻してやってくれと。でも本人の意思だと言い張るんだ。本当に、そうだったのか」

高杉が五味の顔を覗《のぞ》き込み、尋ねた。

「ああ。本人の意思だ」

「まさか、俺を守ろうとしたんじゃ？〝高杉さんを辞めさせないで、私が代わりに辞めるから〟みたいな」

「それはない」

即刻否定した五味に、高杉はガクッとずっこけるそぶりを見せた。

「そうなのか……。で、俺は百合から引き離され、音信不通。五味はその後の、百合の心にぽっかり空いた穴にうまく収まったというわけかよ」

「違う。どこまでも自分を悲劇のヒーローにするな」

五味もずっと百合とは音信不通だった。再会するまで、どこで何をしていたのかも知らなかったのだ。

「六年前に偶然、再会したんだ」

「それですぐに――いや――とうとう、くっついたというわけか。いつ結婚したんだ。式、呼べよ！　一曲、歌ってやったぞ。警察学校校歌をな」

〝千代田の森の深みどり……〟酔っぱらった高杉が本気で歌い出した。

「式はあげていない」

「俺なんかこの体たらくなのに豪華絢爛《けんらん》な結婚式あげさせられたぜ、帝国《ていこく》ホテルで」

「奥さん、好きそうだもんな」

「……お前たち、子どもは？」

五味は静かに、首を横に振った。

「結婚して二年経って、百合の腹が明らかに大きくなっていったときがあった。妊娠したのかと、大喜びで夫婦そろって病院にいったら――これは腹水だと。末期の胃がんだと宣告されたんだ」

高杉は察するに余りあるという顔で、神妙に顔をこわばらせている。

「百合が亡くなったのはその三ヵ月後だ。いろいろ手を尽くした。やれることはやろうと、俺もあちこちの医者を訪ね歩いたけど、ダメだった」

「四年前なら、百合はまだ四十くらいだろ。若いと進行が早いだろうからな……。最期は、看《み》取《と》れたのか」

「ああ――。もう万策尽き果てて、帰宅していた。百合はなにも言わなかったけど、覚悟の退院だった。俺も休職して、ずっとそばに付き添っていた。最後は殆《ほとん》どなにも食べられなくなって、眠るように亡くなった」

「そうか……」と言い終わらぬうちに、高杉はまたぽろっと涙をこぼした。

「中年男の涙は美しくないぞ」

「わかってるよ。だが――なんだよお前、やけに冷静じゃないか」

「お前が冷静じゃないから、冷静なんだ。俺までここで号泣したら収拾つかなくなるだろ。いまは――帳場が立ってるんだ」

「確かにそうだが――」と言いかけ、ふと高杉は首を傾げた。

「なんでこんな話になった？　そもそも誰が百合の話を持ち出したんだ」

「臼田だよ」五味は言って、意味ありげに高杉を見返した。

「なんでここに来て急に、俺のプライバシーを調べ始めたんだろうな」

「そういや、臼田の自宅に凶器が送りつけられてきたそうだな」

「ああ。その直後に、俺のプライバシーを根掘り葉掘り」

高杉は「少々呑気《のんき》だな」と首を傾げた。

「俺なら家族に危害を加えられることを考えて対策を練る。子どもが二人に奥さんは身重なんだ。自分は守村の次に狙われていると思い込んでいるわりに、やっていることのプライオリティがちぐはぐだ」

「――まさか、臼田はお前を犯人と思い込んでいるのか」

「そうじゃないと思う」

五味ははっきりと言った。

「俺の足を引っ張りたいんだろう」

高杉はつと、押し黙った。真面目な顔で、確認した。

「――捜査の足を引っ張りたい。そういうことか」

「そう。そういうことだ」

高杉は絶句して目を見開いた。やがて考え直せと言わんばかりに、まくしたてる。

「お前、そういうことだって――臼田が犯人だと。そう言いたいのか!?」

五味は身を寄せ、声のトーンを落とした。

「覚えているか。守村は死の直前、臼田と通話をしている」

「そうだが――確かアリバイがあったろ。それに、どうして臼田の自宅に凶器が届いた？　臼田が犯人なら、そんなもの表に出さないだろう」

「あえて出したのかもしれない。犯人は十六年前に死んだ人間だと思わせるために」

「出世街道をひた走る刑事が、そんな非現実的な存在に犯行を押し付けるか？」

「忘れるな、広野の遺体は揚がっていない」

「だからって――本命は藤岡じゃないのか」

「ああ。藤岡にもアリバイがあるが、あの動揺っぷりからして、守村の首吊りロープは藤岡が準備したのかもしれない。突然、山原と親密そうにしているのも――今日、山原が教場会に来ていないことからしても、なにか役割を果たしているのかもしれない」

「それなら、山原のアリバイを調べるべきだろ」

「すでに帳場がやっている。事件当夜、外出していた。午後六時に小平を出て、八時半には戻ってきている。外出理由は買い物」

「――おい。まじか。山原が主犯か？」

「恐らく、旧都営団地の裏手にある公園から、敷地に入ったんだろう。あそこは防犯カメラ映像を回収できなかった。山原の体格なら守村の首を締めあげるのは簡単だ」

「いや、吉川線はなかったぞ。守村の腕に、拘束されたような跡もなかった」

「先に筋弛《きんし》緩《かん》剤を投与されていたのなら、守村はすでに意識がなかったのかも」

「だとしたら何のために首を絞めたんだ」

「首吊り自殺に偽装するためさ。守村は実際に心身に異常をきたしている状態だった。まさか犯人たちは、筋弛緩剤がばれるとは思ってなかったはずだ。多摩地方は監察医制度がないから、よほどの不審点が見つからない限り、司法解剖なんてされないと踏んだんだろうな」

高杉はふいに、黙り込んでしまった。五味はもう一度、高杉の記憶力を頼った。

「高杉。生前、守村が臼田や藤岡、山原の話をしていたことはなかったか。もしくは、三人のうちの誰かが、府中を訪れたとか——」

高杉は宙を睨《にら》んだまま、ぼそりと言った。

「臼田は一度、府中校に来ている」

五味は思わず叫びそうになったが、その先をぐっと堪《こら》え、高杉が記憶をたどっていくのをじっと待った。高杉は五味を見返し、言った。

「七月だったと思う。学校祭に臼田は遊びにきていた」

「学校祭なんかに？」

妙だと思った。展示されるのは白バイや警視庁の歴史の変遷、管内で起こった事件研究などで、現役刑事が見て役に立つものや、面白いと思うようなものはない。

「具体的に日付を教えてくれ」

「七月二十二日、土曜日だ」

「——古谷がシーツでぐるぐる巻きにされて放置された事件は、七月六日だったな」

言った五味の意を十分に汲《く》んで、高杉は頷《うなず》いた。

「守村があの件で何らかのトラウマを思い出した——恐らく、十六年前の広野の自殺に関する何かだ。それで、臼田と連絡を取るようになった？」

「そう考えていいと思う。確か守村教場は、警察制服の歴史を展示したんだったな」

水田が教場の帳簿を誤魔化した件をふと思い出し、五味は尋ねた。

「ああ。それで、そうだ——臼田に頼みごとをされたんだ。踏み台をもらえないかと」

高杉は視線を強くして五味を見返したが、瞳《ひとみ》に戸惑いが浮かんでいる。その事実が、事件とどう繋《つな》がるのか、わからないと言う顔。五味は慎重に尋ねた。

「踏み台というのはなんだ」

「警視庁の歴代の制服を展示するにあたってだな、その年代ごとの特徴をまとめたパネルを五枚ほど作ったんだ。だが、展示スペースは限られているから、横に並べられなかった。仕方なく、制服を後ろにしてパネルを前にしたら、パネルがでかすぎて制服が見えない。制服を手前にしたら、パネルが奥過ぎて文字が読みづらい。それで仕方なく、生徒たちが近所の廃材所から木材をもらい受けて、高さを出すための台を作ったんだ」

「大きさはどれくらいだ？」

「高さは二十センチだ。奥行きはどれくらいだったかな——。ちょうど、灰色のペンキが余ってたんで、川路広場のコンクリートの地面と同化するように色を塗った」

コンクリートと同化する灰色——。

「臼田が、その台を譲ってほしいと？」

「ああ。息子の小学校のPTAをやっているとかでね。文化祭の出し物をやる際に、あの足場を使いたいと」

「それじゃ、現物は残っていないのか？」

「いや、全く同サイズのものを二つ作ったんだ。廃材だから大きい板がなくて、二つを並べた。片方は残っているんじゃないかな、倉庫に」

五味はもう立ち上がっていた。守村が首吊り自殺した脚立に、灰色のペンキの塗料が付着していたことを思い出していた。


五味は初台まで乗りつけてきた自家用車で、高杉と共に府中の警察学校へ戻ってきた。まだ校内は点呼前の自由時間だが、教場棟には人の気配が全くなかった。高杉は副場長の水田を呼んできて、地下にある倉庫を一緒に捜索させた。

「一体どうしてあの台が必要なんですか」と水田はしつこく尋ねてきたが、やがて教えてもらえないとわかると諦《あきら》めて、ただ手を動かした。もう捜査内容を詳しく教えられないが、巻き込んでもらえるのが嬉《うれ》しいようで、その瞳は真剣そのものだ。

五味は教室二つ分ある倉庫を必死に探った。雨で湿った体に埃《ほこり》がまとわりつく。手を止めず、教場会に潜入している綾乃に電話を入れた。綾乃もなにかを摑《つか》んだようで、興奮していた。

「五味さん！　いまどこです、すぐに戻ってきて下さい」

「無理だ。瀬山こそ、府中に戻ってこい」

「えっ、なにか摑んだんですか。奥さんの話をしていたんじゃ——」

「いまは事件が最優先だ。高杉もいる。とにかく来い」

綾乃はずいぶん思い詰めた声で「五味さん」と問いかけてきた。

「きっと五味さんの顔を見たら、言えなくなっちゃう気がします。だから、いま電話で言います」

綾乃のあまりに真剣な声音に驚き、五味は思わず手を止めた。

「——どうした」

「小倉元教官は、結衣ちゃんの祖父なんですよね」

「——そうだが」

「だから五味さんは、事実が見えなくなっているんです」

「なんの話だ」

「小倉元教官は、糖尿病を患っています」

「ああ。知っている。I型で注射を欠かせない」

「今日も、慣れた調子でアンプルから薬剤を注入して、腕に注射していました。また、小倉元教官は十六年前、広野からひどい嫌がらせを受けていますね——」

「瀬山。忙しいんだ。単刀直入に言ってくれ」

「わかりました。小倉元教官には、広野を殺害する動機があります。恐らく、守村教官は小倉元教官の犯行を知っていた、もしくは手伝わされたんじゃないでしょうか。しかし、十六年経って守村教官は警察学校で過去を思い出し、その贖罪《しょくざい》に気を病んで全てを告白しそうになった。それで、小倉元教官は守村教官を――」

「瀬山」

「――はい」

「お前、警察学校からやり直せ」

五味が通話を切った途端、「あった！」と高杉が叫ぶ声がした。畳まれた野外テントをどかしながら、五味に手招きする。

野外テント五つが折り重なった下から、とうとう台が出てきた。高杉はそれを引っ張り出すと、壁に立てかけた。高杉が言っていた通り、高さは二十センチ。幅、一メートル半。奥行き一メートル。思わず五味は呟《つぶや》いた。

「――ちょうどいい大きさだ」

高杉が咳《せ》き込みながら「どういうことだ」と尋ねた。

「恐らく臼田はこれを見て、今回の計画を思いついた。そして守村を自殺に追い込むため、教官室に忍び込んで、教場の出席簿に広野智樹の名を書いた。現場に戻るぞ」

高杉が雨に濡れながら灰色の台を担ぎだす横で、五味は府中署の鑑識係に電話を入れた。守村殺害の現場から見つかった脚立や検出されたゲソ痕《こん》シートを持参するように言う。

水田は一緒に現場に行きたそうな顔をしていたが、閉まっていた校門を全身全霊の力を込めて大急ぎで開けた。傘の下、立派な敬礼で、五味と高杉の車を見送る。

二十秒で遺体発見現場に到着した。

まだ府中署の鑑識係は到着していない。すでに事件から十日経っていたが、殺人と判明した上に未解決なので、現場は封鎖されたままだ。府中署の巡査が雨合羽姿で立ち番に当たっていた。彼にも手伝ってもらい、五味と高杉は踏み台を、守村の死体がぶら下がっていた二階踊り場に設置した。雨と汗が混ざった雫が高杉の額から落ちる。

高杉が先に階段を下り、二階から階段の数を数え始めた。踊り場にいる五味を見上げる形になった。汗を拭い、強い瞳で五味に言った。十六年前にも、言った言葉だ。

「五味――。十三階段だ」

一一五三期　小倉教場　八月

まだ夜が明ける気配もない真夏の午前三時半。五味は寝不足で辛《つら》い体に鞭《むち》打って寮の部屋を出て、廊下の共同洗面所で顔を洗った。テスト勉強のため早起きしている。

壁には八月のカレンダーが貼りだされていた。東京特有の、夜中になっても気温が下がらない独特の蒸し暑さが五味の体力を予想以上に奪っていた。京都は盆地で東京よりも暑い日があるが、五味の出身地・舞鶴は日本海沿いなので夜になると海から涼しい潮風が届く。東京のど真ん中の中野区中野に深夜吹き付ける風は、熱風でしかない。

他の者を起こさぬように静かに歯を磨いていると、階段の方から人の気配を感じた。なにか作業をする物音が聞こえる。

五味は手早く口をゆすぐと、タオルで手を拭《ふ》きながらリノリウムの廊下を進んだ。階段を覗《のぞ》き込む。

広野が階段の中腹で、壁の方を向いて立っていた。チラシのようなものが大量に入った紙袋を傍らに置き、刷毛《はけ》で階段の壁になにか透明なものを塗っていた。

「——広野？　なにやってんの」

広野は顔色ひとつ変えず「掃除」とだけ答えた。

五味は関わりたくなくて、その場を離れて部屋に戻った。

広野とは六月の実務修習以来、まともに会話をしていない。五味の方が避けていた。高杉と小倉を強姦《ごうかん》犯と勘違いさせたままだが、一ヵ月経ったいまも訂正していない。今更言えないというのが本心だが、広野はその後、なにかしでかす風でもなく、淡々と日々を過ごしていた。深酒すると記憶がなくなると言っていたから、多分、覚えていないのだろう。下手に蒸し返して、高杉と百合の恋愛関係を広めるようなことはしたくない。

部屋に戻ってデスクに座ると、まだ寝静まっている守村や山原、高杉を起こさないように、そっと教科書を開けた。高杉はいびきをかいて熟睡していた。そりゃ眠たいだろう。彼は昨晩も寮を抜け出していた――。

ふと嫌な予感がした。だがそんなはずはないとかき消して、教科書を覗き込んだ。言葉が頭に入ってこない。五味はペンを置き、再び廊下に出た。広野は階段の同じ場所にいて、紙袋の中身を乱暴な手つきでぺたぺたと貼り付けていた。とんでもない光景が、そこに広がっていた。

階段の壁に、プリントアウトされた卑猥《ひわい》な画像が何十枚もずらっと貼られている。A4サイズに引き伸ばされた写真で、薄暗い。でも人の輪郭ははっきりわかる。女の、なにも下に身につけていない引き締まった太腿《ふともも》と尻《しり》。上半身はコンクリートの階段に押し付けるようにしている。ティシャツは着たままだったが、男の手がその中に伸びて、乳房を摑んでいるのがわかる。女は嫌がっているような、泣いているような、悦《よろこ》んでいるような――どうとでも取れる顔つきをしていた。

男の裸体が彼女を背後から貫いている。体は半分以上フレームから外れていたが、横顔が写っていた。奇妙な角度で。しかも、彼の顔にだけ照明があたったかのようにクリアだ——見るからに、小倉教官の顔であるとわかった。女はその娘、百合だ。

同じ写真が、何十枚も、これでもかと言わんばかりに階段の廊下に貼りだされている。

「——お前、なにやってんだよ！」

五味は貼りだされた写真を剝《は》がしながら階段を駆け下り、広野の胸倉をつかんだ。広野はどうして叱られているのかわからないという顔で、五味を見返した。

「高杉と小倉。二人揃えて制裁するには、こうするのが手っ取り早いだろ。どうせすぐに男の方は高杉だとわかる。だがなぜ小倉の顔に加工されているのか——みんな意味を悟るさ」

言って広野は五味の腕の先で、ククと妖怪《ようかい》のように笑って見せた。


五味は慌てて写真を剝がして回ったが、騒ぎはあっという間に広まった。

広野は深夜のうちに教場棟にも忍び込み、階段や廊下、教室、ありとあらゆるところに写真を貼りだしていたようだった。図書室にあるコピー機で人の目を盗んではパソコンに取り込んだ画像をカラーコピーして、千枚単位の写真をため込んでいたのだ。

授業が始まったいま、教場棟の卑猥な写真は、教官連中が手分けして剝がしている。大心寮の方は五味がひとりで片づけて回った。術科棟にも貼られていたようで、事務員までもが駆り出されて、回収にあたっていた。

小倉教官は今日、学校に来ていない。恐らく騒ぎの報告を受けた校長から、今日は出勤しないように通達されたのだろう。写真の登場人物である百合は、長嶋教官に連れられて、病院に行ったらしい。学校側は百合が強姦されたと捉《とら》えていた。

「五味！」

臼田が階段の下から叫んでいる。逮捕術の柔道着を着たままだ。

「そんなの後だ、すぐに逮捕術道場へ来い！」

「いやでも俺は、いまはコレを――」

「それどころじゃない。この騒動で担当教官がいなくって、自習なんだ。それで、高杉が広野を――」

なにが起こっているのか察しがついた。五味は手に持っていたものを全て投げ出し、階段を駆け下りた。

逮捕術道場は異様な熱気に包まれていた。教官や助教という管理者がいないだけで、生徒というのはここまでタガが外れてしまうものなのか。これまで蓄積されてきた広野への鬱憤《うっぷん》が今回の件で急激に膨張し、破裂してしまったかのようだ。

その陰で、広野にどんな葛藤《かっとう》があり、誰のどんな吹聴があったのかなんて、生徒たちは知る由もない。

「やれ、もうやっちまえ！」

「いいぞ高杉！　もうあの世送りでいい！」

プロレス会場かと言わんばかりの熱気だ。五味は生徒たちが束になって重なるのを必死にかき分け、その惨状を目の当たりにした。高杉も広野も、防具をなにひとつ身につけていなかった。高杉が小柄な広野の体をうつ伏せに床に押し付け、左足を明後日《あさって》の方向へひねり潰《つぶ》している。最初こそ防具をつけていたのかもしれない。対戦枠の赤畳の上に、逮捕術専用の白い防具と模擬警棒が二つ、落ちていた。最初は授業の延長で対戦していたのだろうが、そのうち二人とも熱くなってとうとう本気で組み合った――と言う様子だ。

だが、つい一年前まで、国家防衛のために捧《ささ》げられていた肉体と、大学の講堂で静かに鉛筆を走らせていた無防備な体がまともに組み合っていいわけがない。

床のあちこちに、血の筋が見えた。広野は左瞼《ひだりまぶた》の上を切っていて、顔の上で汗と血が混ざっていた。周囲の生徒たちがヤジを飛ばす。単細胞の山原はこめかみに青筋を立ててなにか叫び、守村が止めないと、高杉と一緒になって広野を嬲《なぶ》り殺してしまいそうだった。

なにより、高杉の目が恐ろしかった。冷静なまなざしなのに、その先に異世界を捉えているようなぎらつき。指先ひとつで広野の命を握っているという動作で、広野を投げ飛ばし、また立ち上がらせると背負い投げし、また立ち上がらせて足技で後ろへ倒す。広野はもう目に生気がない。もともと生気がなかったが、それ以上だった。

五味はラインを踏み込み、高杉と広野の間に強引に割って入った。言葉が出ないが、止めなくてはならない。高杉に吹き飛ばされても、止めなくてはならなかった。高杉は五味を見ると、広野の乱れた胴着の襟元からやっと手を放した。広野は五味の背後で、頽《くずお》れて、動かなくなった。だが、誰も介抱しない。

「――どけよ」

「どかない」

「なぜ庇《かば》う」

高杉は理解ができないという顔で、五味を睨《にら》みつけた。百合を傷つけたと――百合を辱めただろうと、共感を求めている顔だった。五味は言った。

「勿論《もちろん》、広野が悪い。だが、お前も悪いんじゃないか」

そしてきっと、最も悪いのは、自分だ――。五味がそう自覚する前で、高杉は声を高らかに言った。

「そうか。惚《ほ》れている女とセックスをしていた俺が悪い！」

道場内がざわつく。そう宣言することで暗に、あの写真の男は小倉ではなく自分だと、みなに言いたかったのかもしれない。小倉と百合は親子だ。生徒たちはそれを知らないが――高杉は、自分の恥部を晒《さら》してでも、その点をどうしてもクリアにしておきたかったのだろう。百合の心を救おうと必死なのだ。臼田が五味に加勢し、言った。

「お前、似たようなことをして海自を追われているのに、なにやってんだ」

臼田の咎《とが》めは、五味には自分に向けられたもののように感じられ、唇を噛《か》みしめる。

あの時、飲酒で気が大きくなったりしなかったら――広野の勘違いをすぐに訂正できたのに。

だが、できなかった。言えなかった。

本当にそうか？

こうなるとわかっていて、あえて言わなかったんじゃないのか——。

俺はこんなに姑息《こそく》で卑怯《ひきょう》な人間だったのか？

高杉は五味の背中の後ろで動かなくなった広野をちらりと見て、踵《きびす》を返した。周囲を取り囲んでいた生徒たちがさっと道をあける中、宣言した。

「俺は退職する。みんな、元気でな。せいぜい立派な警官になれよ」

飯田橋の駅を降りたとき、つい一ヵ月前に広野と共に、この駅のホームに降り立った日のことを思い出した。富坂署での実務修習。あの日に戻れたらと、しょうもないことを思いながら、今日は東口ではなく、西口改札を出た。

そこはお堀沿いで、神楽坂《かぐらざか》のたもとでもあった。ガード下で車が行き交う圧迫感が凄《すさ》まじい東口とは全く違う、都会のオアシスのような雰囲気だ。

五味はお堀沿いに建つ警察病院へ入った。広野が昼間、救急搬送されたのだ。彼の病室はすぐにわかったが、百合は入院していない、ということだった。

五味はロビー横の売店で広野への見舞い品を選びながら、携帯電話で百合に電話を掛けた。電源が切られていた。何度かけても繋《つな》がらない。いま、どこにいてなにをしているのだろう——。

胸が潰れそうだった。

五味は広野にアイスクリームをいくつか買って、病棟のエレベーターを待った。壁に病院からのお知らせや注意事項などが多数貼られた掲示板があった。ぼんやりと字面を眺めていると『東京警察病院移転計画について』という張り紙が見えた。施設老朽化に伴い、二〇〇八年ごろをめどに移転すること。現在の千代田区富士見《ふじみ》から中野区中野の警視庁中野警察学校跡地へ移転する、というようなことが書いてあった。

跡地──。

そうか。明後日にはもう、移転だ。中野校で学び、寝食するのはもうあと三日しかない──。五味は心をかき乱された。どうしてこんな事件が、警察学校人生の中でも特別感が強い校舎移転というイベントの直前に起こってしまうのだろう。この先、何度も思い出すことになる。府中校への移転という思い出の隙間に、いまのこの閉塞感《へいそくかん》がしっかりと染みつく。時間が経ってもきっと、五味の贖罪《しょくざい》を煽《あお》り続ける。

病室への廊下を歩く。

初めて、警察を辞めようかという思いがふっとよぎった。全て話してラクになる。だが──五味はジャケットの内側にナスカンで留められた警察手帳の重みを感じながら、泣きたくなった。これを失いたくない。これをやっと手にしたときの高揚感を、失いたくない。これを一生の職業として全《まっと》うしていきたい──。

『広野智樹』とプレートが出た病室は扉が開け放たれていて、入口から中が見えないようにカーテンが引かれていた。カーテンの奥から男性の声が聞こえた。

「いろいろある、ということはわかるよ。俺だって警察学校時代、いろいろあった」

――誰だろう。小倉でも麻生でもない。五味はつい、カーテンの脇で聞き耳を立てた。

「ここで耐えれば、見えてくる景色があるんだ。がんばれよ、智樹！」

体のどこかを叩《たた》く音がして、初めて「痛い！」という広野の声がした。それは、いまの男の言葉の全てを拒絶する強い調子があった。男は「とにかくそういうことだ。めげるなよ、折れるなよ、踏ん張れよ！」と一方的に告げ、病室を出てきた。

五味は慌てて廊下の反対側に飛びのいた。ちょうどベンチがあったので腰かけて、素知らぬふりをする。

中年太りのその男は携帯電話を出しながら、五味の隣に座った。誰かと通話し始める。

「あ、夏子《なつこ》さんか。えっ、いま静岡駅だって？　ダメだよ来ちゃ。いま母親が来たら、智樹は絶対、静岡に帰りたいって言うよ」

大丈夫、俺がちゃんと釘《くぎ》を刺しておいたから――と男は自信たっぷりに言う。

「学校を辞めて故郷に帰ってくるなんて、広野家にとってこんな恥さらしはない。しかも秋に『忘れない会』があるだろ。警視庁から当時の機動隊長とか、警察庁《サッチョウ》からは官僚も来るように手配しちゃったんだよ。だって智樹のお披露目になるんだからさ」

男は立ち上がり、電話の相手――恐らく、広野の母親に言いきかせた。

「なぁ、夏子さん。甘やかしてしまう気持ちはわかるけど、その結果がいまの智樹だよ。学生時代からなにやっても長続きしない、言い訳や嘘ばっかりで中途半端だった。ね？　いまここで耐えさせないと、学校辞めたあとの人生、どうするの」

男は通話を続けたまま、エレベーターの方へ歩き去っていった。

五味は立ち上がって病室に入ると、カーテンをそっと開けた。

広野はベッドに仰臥《ぎょうが》していて、ぼうっとテレビを見ていた。台風十一号が明日にも関東に最接近するというもので、気象予報士が注意を呼び掛けている。

広野は左瞼と口の端が切れて絆創膏《ばんそうこう》が貼ってあり、青あざで少し腫《は》れていた。左足を天井から吊《つ》っていて、左手首に巻いた包帯から固まった石膏《せっこう》が見え隠れしている。

「――アイスクリーム、買ってきた。冷凍庫に入れておくよ」

「いま一緒に食べちゃおう」

広野が言って、起き上がろうとしている。五味は手を貸し、ベッドにテーブルを取りつけた。互いにアイスクリームを選び、口に運ぶ。

「――さっき、病室から出ていった人って」

「ああ。叔父《おじ》さん。死んだ父親の弟。静岡県警のぶんざいで、さっきうちの学校長に電話してたんだぜ、ヤクザみたいな口調でさ。お前のところは殉職警察官の息子をこんな姿にさせるのかっ、て」

十月末に、死んだ父を弔う会合があるという。

「警視庁からも当時の隊員や上司がやってきて『広野を忘れない会』をやるの。毎年やるんだ。そこで本当は、晴れて警察学校を卒業した忘れ形見のお披露目をするはずだったのに、これじゃ卒業が遅れるじゃないか、だって」

「――そんな会があるんだ」

「二十年以上経ってるのに毎年やってる。それで毎年関係者が泣くんだ。お前の息子はこんなに立派に大きくなったぞ、とね。喪服姿なのに、わざわざランドセル背負って参加したときもあった。そうか、広野の息子はもう小学生になったのかぁってみんな、目を細めて僕を見て、泣くんだ」

広野はこれまで以上にふぬけた顔で、呟《つぶや》いた。

「僕はいつまで、父親を死なせた奴らの慰み者にされるのかなぁ」

表情のわりに重いその言葉は、五味の耳を右から左へ通過しただけだった。広野が今朝したことを許せない。だが自分のせいだ。怒りのやり場がない。広野が抱えるプレッシャーの大きさは理解できなくはないが、いまは慰めの言葉が全く出てこない。

「怪我の具合、どうなの」

「全治二ヵ月だって。足はそんなにひどくないんだけど、手首が長引きそうだよ。複雑骨折だから。手術しちゃおうかって話になってる。その方が治りが早いって」

一緒に卒業はできないのだなと思った。彼は恐らく三ヵ月あとに入校している一一五四期に編入される。広野にとってはそれがいいだろう。小倉教場に、彼の居場所はもうない。

「関係者はいま、どうしてる？　高杉、神崎、小倉」

無機質な調子で広野が尋ねた。

「全員姿が見えないよ。どこかで事情聴取でも受けているんじゃないの」

「そうか。まあ、恐らく僕には処分は下らないだろうね。いつも通り。〝血統書付きの広野を辞めさせるわけにはいかない〟。高杉は恐らく退職だ。海自から流れてきた厄介者をやっと追い出せると、上はほっとしてるんじゃないの。小倉は監督不行き届きで始末書か減俸。神崎百合は無傷だろう、あの写真なら被害者っぽく見えるから」

「──無傷だと」

怒りで、手に持っていたアイスの容器が潰《つぶ》れた。アイスクリームがどろっと掌《てのひら》に溢《あふ》れる。

「あんな写真をばらまかれて、無傷でいられる女がいると思うか！」

怒鳴りつけたが、なんの迫力もなかった。広野は「ねえ、五味君」と、アイスクリームでべたつく五味の手におしぼりを乱暴に投げて、言った。

「僕をうまく利用したね」

五味は投げられたおしぼりを、うまく受け止められなかった。足元に転がる。

「確かに高杉は女警と──神崎百合の上に獣のように覆いかぶさっていたよ。でも彼女はすごく悦《よろこ》んでいたよ」

やめてくれ、聞きたくない──五味は目を逸《そ》らした。

「三角関係になっていたんだね。で、君は高杉君に負けた。だから──」

「違う。違うんだ……あの時は酒に酔っていて」

「すごくむかついたよ。君とはわかり合えた、信頼できる人をやっと見つけたと思ったのに、裏切られた。君は僕を利用した。僕のあくどい部分を利用した」

五味は信じがたい思いで、広野に尋ねた。

「だからか？　だからあんな写真をばらまいたのか！」

「そうだよ。自分は正しいことしかしないと信じ込んでいる優秀なエリートが、一番参ってしまうのはどんな方法だろうと――」

「ふざけるな！」

五味は広野の入院着の襟首を思い切り摑《つか》みあげた。広野は「ああっ」と小さな悲鳴をあげて、首をすくめた。恐怖に瞳《ひとみ》を震わせ、五味を上目遣いに見る。

弱い。本当に弱い。広野も、自分も――。

五味はうなだれてしまった。手を離し、吐き捨てるように言う。

「どうして小倉教官を巻き込んだ。彼も強姦《ごうかん》なんかしてないってわかってるんだろ」

「だって。相手にしてくれないんだ。教場当番もさせてくれないし、一生懸命尽くしているのに知らんぷりだからさ。俺の父親を罵倒《ばとう》したのは、俺を救うためだと思っていた。だが違うとわかった。単に俺の父親が遺《のこ》した栄光に嫉妬《しっと》したダメな警察官だったんだ」

広野はすっかりアイスクリームを食べ終わり、ゴミ箱に放り込みながら言った。

「あーあ。つまらないね。警察官というのは。まともな警察官はこの世にいないのかな」

「――どの口が言う。お前が一番、まともじゃない」

わかってるよ、と広野は首を動かし、五味を見据えた。

「でも、君もでしょ、五味君」

五味の肩がびくりと、勝手に反応する。

「君はこちら側の人間だ」

広野が、いつものぼんやりとした瞳のまま、生気を吸い取ろうとする死神のような顔で、最後通牒《つうちょう》をつきつけた。

「君は、警察官になるべき人間じゃない」


翌日、八月三日。

写真ばらまき事件の尾を引いたまま、次の日の移転に備え、授業は全て停止となった。午前中は、府中校に持参していく各自の荷物をまとめ、寮や教場を大掃除することになった。中野校にある建物は全て移転後に取り壊されるのに、なんのための掃除だとみんな教官のいないところでブツブツと文句を言っている。

「しかも台風十一号が明日にも関東に上陸するらしいよ。明日の移転、大丈夫かなぁ」

現在、台風は西日本を直撃しているようだが、いまのところ東京は青空が広がり、晴天だ。台風の影響か気温も高く、高温注意情報が出されていた。

五味はただ無言で、熱心に、老朽化した建物を丁寧に掃除して回った。汗がぼたぼたと垂れ落ちる。それでなにか自分の穢《けが》れを祓《はら》い落とせる気がして――。

大心寮一階の廊下の掲示板から全ての掲示物を剝《は》がし、画びょうを回収していると、別の掲示物を持った事務員がやってきて、新たに通知を掲示しはじめた。

「あの、もう掲示物は府中校の方に……」

五味が声をかけると、事務員は困ったように振り返った。

「でも、貼るように校長に言われたのよ。一応規則だから、貼りださなきゃいけないし」

言ったところで、事務員は耳打ちした。

「この件を府中にまで引き摺《ず》りたくないってことなんじゃない？　取り壊される中野に置いていってしまいたい気持ちなのよ」

事務員は掲示物を貼り終えて立ち去った。今回の騒動での処分者についてその詳細がそれぞれA4用紙で貼りだされている。

『一一五三期　小倉教場　高杉哲也　停職二週間』

広野への処分は案の定なかったが、高杉の処分もあまりに軽い。そして次の掲示物を見て、五味は胸が潰れる思いがした。

『一一五三期　長嶋教場　神崎百合　退職』

五味は全速力で通路を抜け、本館に入った。

教官室は学生寮以上に混乱しているように見えた。開校以来の〝蓄積物〟がある教官室は書類の山で、シュレッダーの音があちこちから聞こえてくる。

飛び込んできた五味に小倉はすぐに気が付いた。小倉は今日から何事もなかったかのように出勤してきている。すぐ横で段ボール箱を作っている長嶋と目を合わせた。小倉は長嶋に俺が話すという風に目配せした後、タバコをつかんで五味を本館裏の喫煙所に促した。喫煙所まで待てない。

「――どうして高杉がただの停職で、神崎さんが」

「まあ待て」

「待てません！」

小倉はため息をついた後、早足で歩きながら言った。

「神崎は自主退職だ。こちらから懲戒処分にしたわけじゃない」

「そんなはずはないです。彼女は気持ちを入れ替えてよく頑張っていたし――」

「だが諦《あきら》めた。彼女は警察官になる道を自ら諦めた」

「信じられません！　それに、高杉の処分が軽すぎます。広野に続いて高杉もですか。防衛庁からなにか横やりが入ったんですか」

「防衛庁があんな小物のためにいちいち横やりを入れてくるかよ」

やっと喫煙所に到着して、小倉はタバコに火をつけた。

「高杉はもちろん、退職覚悟だったと思う。事実、俺に退職届を出したからな。だが目の前で破り捨ててやった」

「どうして……！」

「学校に残るということが奴にとっては一番の罰だ」

小倉の瞳に、暗い陰が浮かぶ。

「娘を汚した奴を、あっさり辞めさせてたまるか」

吐き捨てるように言うと、煙草を思い切り吸った。

「海自じゃ、あいつの方が追われた身だった。それでまた同じ過ちを繰り返した。だから今度は、あいつを残す。残される身の罪悪感で押し潰されるはずだ。ひとりの志ある女警の人生を潰したと一生後悔する警察人生を歩む。高杉にとってこれ以上の罰則は、他にない」

五味はなぜか立っていられなくなり、ふらついた。くわえ煙草の小倉が驚いて「おい、どうした」と五味の腕を摑みあげた。

学校に残るという、罰。女警の人生を潰したと一生後悔する警察人生を歩む。それは、自分のことだ。

小倉はまとう空気をふっと緩ませ、同情するように言った。

「五味。お前、知ってたんだろ。高杉と神崎――娘が、あそこで……」

小倉はそれ以上は口ごもり、ただ目で必死に過去を指さすような顔つきになった。あの日――五味が東門練習交番の宿直で、模擬爆弾を見つけられず、南京錠を紛失した日のことを言っているようだった。小倉は突然、五味の正面に向き直り、頭を下げた。

「済まなかった。南京錠をどっかにやったのは高杉か娘の仕業だろ。お前が模擬爆弾を見つけられなかったのも当然だ、そりゃあ動揺するな――惚《ほ》れた女がクラスメイトに突っ込まれてたら」

その表現は全く笑えないと、五味はため息をついた。小倉はタバコをしつこいほどにすりつぶし、続ける。

「それに、女の方が教官の娘ときた。チクるにチクれないだろうしな」

タバコを水の中に捨て、小倉は五味を見据えた。

「お前という奴は完全無欠の合理主義者だと思っていたが——違ったようだな」

「え……？」

「女の趣味が悪い」

額を指先でつつかれた。バカにされている感じはしなかった。親しみのあるまなざしで、小倉は自分を見ていた。泣きたくなった。小倉と初めてなにか通じ合えた気がしたのに……。

「五味、今日から場長に復帰だ」

五味は無言で固まってしまった。小倉が不思議そうに見る。

「遅すぎたくらいだろう。お前は悪くなかったんだ。中野校最後の夜の点呼は、お前がやれ」

夜。警視庁中野警察学校における最後の点呼の時間になった。学生棟から次々とジャージ姿の生徒が出てくる。整列し、順次、川路広場へ進む。台風が予想より早く関東に近づいているようで、空が落ちてきそうなほどの曇天だ。しかもサウナの中にいるような湿気がある。時折、突風が吹いて砂埃《すなぼこり》を舞い上げ、生徒たちの目を直撃する。

いつもは宿直の教官が二、三人いるのみだが、今日は教場を持つ教官が全員、揃っていた。中野校最後の夜ということもあり、教官たちもこの学校でひと晩明かすらしい。

右手のグラウンドには、これまでとは全く違う光景が広がっていた。いつもがらんどうだったそこに、山ほどの廃棄物が積み重なるようにして並んでいる。百個近くあるキャビネット、千個以上ある椅子、机、学習デスク——。台風由来の突風が吹くたびに、椅子や机を積みあげた山の一部が崩れたり、キャビネットが倒れたりする。

転居後、直ちにこの敷地は封鎖され、校舎はそのまま取り壊される。そのため、校舎や寮の中にあった器具備品を全て校庭に出すように言われたのだ。高温注意情報が出ている真昼間の引っ越し屋さながらの作業に、熱中症で倒れるものが続出したらしい。

臼田はついいま、小倉から副場長専属に戻ると聞かされたようで、ちょっと変な顔をしていた。これまで場長と勤怠管理副場長を兼任して多忙そうだったが、いきいきとしていた。もしかしたらこのまま場長でいたかったのかもしれない。点呼が始まると、納得しかねる表情のまま、最後尾に立って「38！」と叫んだ。

五味は小倉に報告した。

「一一五三期小倉教場、全三十八名。他、入院一、停職一。合計四十名！　点呼、完了しました！」

自分の点呼報告がいちいち胸に突き刺さる。入院も停職も、元凶は自分だ——。

五味はなにもかもを受け入れられないまま、寮に戻った。どうしていいのかわからない、と思いながら、五味は部屋に戻ってスポーツバッグに突っ込んでいた携帯電話を出した。就寝前には電源を切らなくてはならない。

百合から長いメールが届いていた。

『京介君。突然ですが、警察学校を辞めることになりました。そして、あんな写真を京介君に見られてすごく恥ずかしいし、京介君が一生懸命剝がして回ったと聞いて、泣いてしまいました。本当にごめんね。ごめんねって言って済むことじゃないと、あいつに怒られたよ（O教官）。真面目で将来あるひとりの警察官をひどく傷つけたと。本当にごめんなさい。別に、さみしかったから利用したとか、そんなつもりはなかったの。いまでも京介君は私の中ではとても尊敬すべき存在で、特別だよ。でも私はずっと高杉君が好きでした。もう会えないけど……。高杉君を責めないで。高杉君も私に振り回されていただけなの。全部、私が悪いから。悪いのは私。元気でね。いい警察官になって』

「おい、五味！　いい加減にしろ！」

どんっと肩を突かれて、我に返った。麻生助教の鬼の形相が目の前に迫っていた。

「消灯だ！　いますぐ布団に入れ！　さもないと携帯を没収して二度と使用できないようにへし折ってやるぞ」

「──す、すいません！」

五味は電源を切ると、慌てて部屋の中に入った。部屋は全ての備品を持ち出した後なので、がらんどうだった。アコーディオンカーテンも取っ払ってしまっている。この部屋はこんなにも広かったのかと、不思議な気持ちになった。

ベッドも外に出してしまったので、リノリウムの床に直接、布団を敷いて眠らなくてはならない。山原が「なんだか落ち着かねぇなァ」とブツブツ文句を言っている。

五味はジャージと教場ティシャツを脱ぎ、U首シャツにステテコ姿になった。規定通りのやり方でジャージとティシャツを畳むと、布団に横たわった。

「それにしても明日《あした》から個室でベッドかぁ〜。楽しみだけど、ちょっと寂しいなァ」

言って守村は体を反転させ、枕を胸の下にして身を乗り出した。仕切りもなく、布団を三つ並べているので、なんだか修学旅行の夜みたいな雰囲気になった。

「まだ完全消灯まで八分あるよ。なんか暴露話でもしない？」

守村の言葉に山原は、「なに女子高生みたいなこと言ってんだ」と失笑する。

「高杉君がいたらなぁ。海自時代のエッチな話をいっぱい聞ける、最後の夜だったのに」

「それは確かに、もっと聞きたかったかも。なぁ、五味」

五味はタオルケットを頭からかぶり、携帯電話を見た。ばれたら没収される。でも、もう一度、読まずにはいられなかった。

「──なんだよ、もう寝るのか」

山原の舌打ちが聞こえた。守村が「そういえば午後さ、学生棟の図書室の荷物を搬出していた生徒たちがバタバタ熱中症で倒れたじゃん」と言う声も流れてきた。五味はなんとなくそれを聞きながらも、百合に返信をしようと、新規メール画面を開いた。だが、言葉が出てこない。

タオルケットの隙間から光が漏れ、守村と山原の会話が聞こえてくる。

「なんか図書室でやばいもん見つけた直後らしいよ」

守村がさも恐ろしそうに言って山原をあおり、続ける。

「壁の書架を取り外したら、開かずの間が出てきたんだって。封印されていたんだ、お札で」

山原が「こえー！」と半分ふざけて恐怖に悶《もだ》えるような声をあげた。

「『書庫』っていう古い木札がついてて、お札が扉と枠にもうびっしり十枚以上開けるかどうかで迷い、そこで呼ばれたのが校長と古株の小倉だという。

「〝そういえば、首の頸動脈《けいどうみゃく》を切って血まみれで自殺した生徒がいて、その部屋は封印されたという話を聞いた覚えがある〟だって、小倉教官が……！」

「怖ぇー！　まじか！　で、開けたのかよ」

「開けるわけないじゃん。もう後は解体業者にお任せだよ」

「だよな。でも開けなかったのに、その直後に五人倒れるって……」

「すでに呪われてるよ。怖すぎるんだけど。図書室はここの真下だよ。ふわーって幽霊上がってきたらどうしよう」

タイミングよく、突風が寮の窓ガラスを揺さぶる音がした。まるで幽霊が外から窓を叩《たた》いているように聞こえたのか、守村と山原が声を裏返して怖がっている。

呪いなんてないと五味は思う。猛暑の中でそんな騒ぎがあり、生徒たちは水分補給を忘れてしまったのだろう。それで、いざ搬出作業を再開したら水分不足であっという間に熱中症になり、バタバタ倒れた——。

廊下の先から消灯の号令が聞こえた。室長の守村が「怖いなあ電気消すの……」と言いつつ、灯《あか》りを消した。

五味はタオルケットにすっぽりと包《くる》まり、ずっと携帯電話のメール画面とにらめっこしていた。入力しては消し、また入力しては消す、を繰り返しているうちに、守村と山原から寝息が聞こえてきた。みな昼の作業で疲れて、眠りにつくのが早い。

午前〇時に当直教官が近づいてくる足音がした。

五味は足音のたびに携帯電話を切り、寝息を立てた。巡回時間はだいたい十二時、三時の二回だからさほど気にすることはない。とにかく、百合に返信をしたい。

だが、なにを言えばいいのかわからない。完膚なきまでに振られたも同然の内容だが、高杉とはもう会わないと言っている——。

再会を期待し、百合を気遣う文面を連ねていった。

送信ボタンを押そうとして、思いがけず、ぱっと着信画面に切り替わってしまった。バイブレーションも着信音も切っているので慌てることはないが、表示された名前を見て、五味は改めて自分が犯した罪をつきつけられた気がした。

広野智樹——。入院先の警察病院からかけてきているのだろうか。

まるで、メールの文面を見られているような気になった。百合は五味のせいで退職になったも同然なのに、それを隠してかっこつけていることを、咎《とが》められている気がした。

五味は電話に出られるはずもなく、ただ着信が終わるのを待った。やっと携帯電話が鎮まると、百合への返信メールの文面を削除した。

そして気持ちを新たに、メールをしたためた。

五味は、あの写真ばらまき事件は自分のせいで起こった出来事だと、真実をメールに記し、率直に謝罪した。そしてそんな嘘をついたのも、高杉への嫉妬《しっと》と百合への愛情ゆえだったと——。

広野から二度目の着信があった。今度、その『広野智樹』という名前は、五味の別の感情を引き出した。

〝君はこちら側の人間だ〟

まるでその罪を白日の下に照らし出すかのように、室内がパッと明るくなった。雷だ。少し遅れて、ゴゴゴ……と雷鳴が大心寮を揺るがした。リノリウムの床に布団を敷いていることもあり、雷鳴が直接、体に響き渡ってくる。

あれを百合に知られたら、きっと、嫌われる。永遠に会えなくなる。

五味は広野の着信がおさまるのを待って、再びメールの全文を全て消した。

なにを書いていいのか、わからない。

あーでもないこーでもないを繰り返しているうちに、誰かが部屋にそっと侵入してくる気配を感じた。慌てて画面を切り、携帯電話を体の下に隠して目を閉じる。リノリウムの床を進む人の気配は、五味の枕元でぴたりと止まった。五味の肩を摑《つか》んだ。揺り起こされる。

「五味。五味……ちょっと起きてくれ」

臼田の声だった。五味はあたかも眠たそうなそぶりで呻《うめ》く。

「ちょっと来てくれないか。広野から電話がかかってきてるんだ」

「電話って……」

「いや、ちょっと友人とやり取りしててさ、ケータイの電源入れっぱなしにしてたら、しつこく電話がかかってきて」

「無理だよ、疲れているんだ」

五味はそのまま寝たふりをした。

臼田は「なんだよ、大事なところで役に立たねぇ」と結構な捨て台詞《ぜりふ》を吐くと、立ち上がった。山原を揺すり起こす声が聞こえてくる。

熟睡中だった山原が怒る声がした。「またアイツか」というため息の後、ズドンとかなり大きな雷鳴がして、一瞬、室内が明るくなった。雷鳴で臼田と山原の会話がとぎれとぎれにしか聞こえないが、「俺の出番か」と納得するような声が最後、聞こえてきた。山原に強く促され、守村も一緒に連れて行かれたようで、気が付くと部屋は五味ひとりだけになっていた。五味は再び、メールに集中した。

『神崎。退職は本当に残念だし、寂しいよ。でもいまはゆっくり体を休ませる時期なのかもしれないね。僕は高杉とここに残って、立派な警察官になれるよう頑張るよ。卒配後、自由な時間ができるから、改めて神崎の元気な顔を見せて。話しておかなくてはならないことがあって』

送信。返信は明日以降だろうと思ってはいたが、即、返信がきた。

『返信きてびっくり！　いまは消灯じゃないの⁉　っていうか話さなきゃいけないことってなに！　気になって寝れない。雷、怖いし』

絵文字満載のかわいらしい返信だった。案外元気そうだ。雷を怖がっている様子もかわいい。いますぐ抱きしめてやりたい——五味はすぐに返信しようとして、また人が入ってくる気配を感じた。すぐに携帯電話の画面を落とし、タオルケットのむこうの様子を窺う。

隣の守村の布団で、がさがさと音がする。布団を引っ張っているような音だ。さっきの臼田の騒ぎの続きだろうが、なぜか誰かが小便でも漏らしたような臭いがした。声をかけるとなにか厄介ごとに巻き込まれると考えて、五味はひたすら沈黙した。瞼《まぶた》が勝手に落ちてきて、一瞬、意識が遠のく。眠い。

やがてまた、人の気配が消えた。

五味は再び、携帯電話を出した。睡魔が猛烈に押し寄せてきた。百合が元気そうで安心したからだろうか。高杉も二週間の処分で戻ってくる。広野も怪我が治ったら、警察学校に戻ってくるはずだ。親戚《しんせき》中があんな状況で、学校を辞められるはずがない。いま臼田を巻き込んでなにか騒いでいるのも、戻ってくる布石だろう……。

結局、五味は百合と卒配後に会うという約束を取り付けたところで、急激な睡魔に呑《の》まれるようにして、眠ってしまった。

午前六時、五味はぱちりと目が覚めた。すでに日が昇り、カーテンの隙間から太陽の日差しが射し込む。目が覚めた数秒後に、枕もとの目覚まし時計が鳴った。すぐに止める。他、廊下の向こうの各部屋から目覚ましの音が一斉になり響いた。

昨晩おそらく就寝できたのは二時すぎだ。完全な寝不足だったが、今日は移転の日だという高揚感もあって、さほど眠気を感じなかった。カーテンを開けて、その冴《さ》えるような青空に驚く。台風一過か。

窓を開けて校舎の外を見て、結構な台風だったのだと気が付いた。地面はまだ濡《ぬ》れたままで水たまりがあちこちにできている。折れ曲がったトタン屋根の一部や、繁華街から飛んできたと思《おぼ》しき店ののぼり旗、そして吹き飛ばされた木の葉や太い木の枝も、散乱している。

仕切りがなくなったがらんどうの室内を振り返り、五味は異変に気が付いた。

守村が布団から大きく外れたリノリウムの床の上で、寝ていた。タオルケットを寝袋のように体に巻いて、まるで気を失ったように熟睡している。

守村の布団のシーツには、血の跡が無数、残っていた。夜中に鼻血でも出したのか、昨晩抜け出したとき、どこか怪我をしたのだろうか。

「守村。大丈夫か」

守村はなかなか目覚めなかった。こんなに寝起きが悪いのも珍しい。やっと目を開けると、きょとんと五味を見た。

「――あれ。ここは？」

どれだけ深い眠りについていたのかと、苦笑する。

「なに記憶喪失者みたいな顔してるんだ。大丈夫か。シーツに血が」

守村は起き上がると、びっくりしてシーツの血を見た。

「えっ。なにこれ。誰の血？　てか俺、なんでこんなところで寝てるの。ベッドは？」

「ベッドは昨日グラウンドに出したろ。今日、府中に引っ越しだ」

振り返ると、いつの間に目覚めたのか、山原が布団の上であぐらをかいていた。じろじろと様子を窺《うかが》うように守村を見ている。五味と目が合うと、慌てて目を逸《そ》らした。ステテコの下、右のふくらはぎに、血まみれのタオルを巻いていた。

「山原――。足、どうしたの」

「夜、トイレでコケちゃって。守村のシーツの血は、俺のだ」

「そういえば昨日、揃って出かけたよね」

「えっ」と二人の声が揃い、同時に視線を浴びた。山原は朝だというのに、もう額に汗を浮かべていた。守村は相変わらず、きょとんとしている。

「臼田が来なかったか？　広野がどうのって」

「――夢でも見てたんじゃないの」

山原は冷たく言って、立ち上がった。守村は「ところで今日って何月何日だっけ」と本当に記憶喪失みたいなことを言って、洗面所へ出ていってしまった。

六時半の点呼で川路広場へ行った。臼田に声をかけ、昨晩の話をしたが、途端に臼田は眉《まゆ》をひそめた。

「なんの話だよ。久々の場長で疲れたんじゃないの」

臼田が昨晩とは打って変わって朗らかな顔で言うので、五味は自分がおかしいのかと思い始めた。

点呼終了後、中野校での最後の朝食の前に、五味は携帯電話を見た。

百合とのメールのやり取りを見返したが、五味が記憶しているものとちょっと違った。とにかく卒配後に会おう――その約束をしたと思っていたが、そんな文面はどこにもなく『話さなきゃいけないことってなに！　気になって寝れない』という百合のメールが最後で、五味は返信していなかった。このころから睡魔が来ていて、夢うつつだった。うっかり返信したつもりで、ちゃんとできていなかったようだ。

――昨日、臼田が五味を呼びにきたことも、山原と守村がどこかへ抜け出したことも、夢だったのだろうか。五味は、着信履歴を見た。確かに広野から着信があったが、合計で四度もあった。深夜に二度、早朝にも二度、かかってきている。

五味は改めて広野の携帯電話に掛け直したが、電話は繋《つな》がらなかった。

中野校の食堂で最後の朝食をとると、すぐさま各自、部屋に戻ってジャージを着替えた。夏場なのでジャケットは着ないで、ワイシャツに黒のスラックスのみだ。

みな、スーツケースに肩掛けの旅行バッグ、ビジネスバッグに紙袋など、大量の荷物を抱えて正門の前に並んだ。初めてここに来たときよりも荷物が一・五倍ぐらいに増えている。購入したジャージや配布された教科書などが嵩《かさ》むからだ。

五味は誰よりも早く正門に到着した。正門の外が騒がしい。野方《のがた》署の警察官が早稲田通りの一角に黄色い規制線を張っており、交通整理していた。どうやら昨晩の台風による強風で、街路樹の枝が折れたようだった。根こそぎ折れた訳ではないが、豊かに茂るケヤキの枝葉が道路を塞《ふさ》いでいて、あちこちに裂けた木片が散らばっている。

教官の「忘れ物はないかー」という声が、台風一過の熱風に乗って五味の耳に届いた。

忘れものばかりだ、という気がする。

警察官として最も大事なものを、ここに置いていってしまうような気がしてならなかった。広野が犯したトラブルの本質について口をつぐむとは、そういうことだ。

悶々《もんもん》としたまま、点呼してよいか人数を軽く数えた。近代五種の藤岡がいない。昨晩、東門練習交番の宿直だったことを思い出し、五味は様子を見に東門へ向かった。

練交前で警察制服姿の藤岡が、不穏な顔で小倉に訴えている。

「あれは確かに、広野だと思います。ここから声をかけてみたら、逃げてしまって」

「広野は足を骨折してんだぞ、あの荒天でどうやって飯田橋からここまで来るんだよ」

「いや、でも確かにあれは広野だと——」

大人しい藤岡が珍しく熱心に訴えている。よほど広野の存在を不気味に思っているようだ。

小倉は面倒くさそうに藤岡の報告を聞くと「早く着替えて来い」と手でしっしとあしらった。

その仕草のうちに五味の存在に気が付く。

「五味、なにやってんだ。早く正門へ行け」

五味は念のため、小倉に昨晩、広野から携帯電話に着信があったことを報告した。

さすがに小倉も思案顔になった。ふいに、本館の出入口から教養部長が小倉を呼んだ。

「小倉教官……！　ちょっとすぐ戻って！」

物凄《ものすご》く慌てた調子で、つっかけたサンダルで転びそうになりながら、また叫ぶ。

「警察病院から緊急の連絡が入ってるんだ……！」

――なにか悪いことが起こっている、という直感があった。

五味が強く小倉を見る。小倉は、心配するな、という調子で五味の肩を叩《たた》いたのみで、「先に点呼してろ」と教官室へ走って戻っていった。

広野が病院を抜け出し、行方がわからないという知らせが飛び込んできたのは、その日の昼前――五味ら一一五三期小倉教場の面々が、警視庁府中警察学校の校門をくぐった直後のことだった。

一二八一期　守村教場　V

守村は筋弛緩剤《きんしかん》の投与で死亡、自殺を偽装されたのではなく、十三階段の再現による自殺教唆により自ら首を吊《つ》った可能性が出てきた。

綾乃は少々混乱しつつ、警視庁本部庁舎に隣接する警察総合庁舎の地下駐車場に入った。刑事部鑑識課はこの建物の中にある。運転席の五味は慣れた様子で開けた窓から警察手帳を突き出し、バーが上がるのを待った。

〝お前、警察学校からやり直せ〟

五味が昨晩電話越しに放った言葉が、体の芯《しん》をジンジンと痛めつけたままだった。

五味と高杉が昨晩のうちに突き止めた、殺人現場に出来上がった〝十三階段〟。この報告を受けて、鑑識は早急に、踏み台の灰色のペンキと、脚立の足についていた灰色の微物の成分を照合。結果、一致した。

これで、五味が事件当初から訴えていた守村のゲソ痕《こん》の不自然さが解明された。踊り場に十三段目があったのだ。守村は十二段目に左足を、十三段目に右足を乗せ、左足を脚立の一段目についた後、脚立のてっぺんに立つと、首を吊った。だがその後、何者かが踏み台を撤去したので、右足のゲソ痕だけ消えるという特異な状況になったのだ。

五味が同時に指摘した、脚立の位置が低すぎるという矛盾も、そこに二十センチの踏み台があったとなれば解消される。

踏み台は臼田が準備したのだろう。それを現場から持ち去ったのは恐らく、自殺時刻のアリバイがない山原だ。藤岡は彼らに協力するため、首を吊るロープを準備した。臼田が死の直前、守村と通話したのは、あの廃墟《はいきょ》へ守村を誘導するためだったのではないか。

十三階段と首吊《くびつ》り。おのずと、『十三階段で首を吊って自殺する』という遺書を残した広野智樹の存在が浮かぶ。広野の死の真相に、守村は絡んでいる。恐らくはトラウマになっている。古谷のいじめが引き金となり、当時の記憶が蘇《よみがえ》ったのか。

震災派遣で疲弊していた上、更なるトラウマに苦しみ、臼田たちがセッティングした十三階段という処刑台で、自ら首を吊った——。

五味の見解はこうだが、もちろん、これでは説明がつかない厄介な問題があった。

守村は筋弛緩剤を投与されているということだ。

とにかく、裏を取らなくてはならない。総合庁舎に管内のNシステムの過去データにアクセスできる鑑識部屋がある。店舗や駅などに設置された防犯カメラは一週間から十日で上書きされてしまうが、警視庁が管理する監視カメラ及びNシステムは過去数年にさかのぼり、確認することが可能だ。

足早に鑑識課へ向かう五味の背中を、綾乃は必死に追いながら、改めて謝罪した。

「五味さん。お義父《とう》さんを疑うようなことを言って、本当にすいませんでした」

五味は振り返り「お父さん？」と目を白黒させた。

「義父と書いて、お父さんです。小倉元教官のことです」

「——ああ。びっくりした。誰のことかと」

普段から小倉を「お義父さん」と呼ぶことなど殆《ほとん》どないのだろう。

「いいよ、まあ疑いたくなる気持ちはわからなくもない。インシュリン注射しているところを目の前で見たんだろ。あの人も報道で筋弛緩剤の件を知っているくせに、趣味が悪い。若い女性刑事をからかうつもりがあったんじゃないの」

「——でも、結構他の生徒たちからは好かれているようでした」

「俺もまぁ、教官としては好きだったよ。卒業式は感極まってあの人の胸で泣いた。妻との入籍も喜んでくれたし」

「でも、いまは——？」

なんの確執があるのかと、綾乃は気になってつい、先を促すような話し方になる。

「妻が急逝して——親権を取られそうになった。二年近く裁判で争ったんだ」

五味と結衣は血縁がない。血縁のある小倉が結衣を引き取る——それは、ある意味当たり前のことのようにも思えたが、現在の様子を見ると、五味が結衣の親権を勝ち取ったようだ。

小倉は血縁であるという事実以外に、有利な点は少ない。もう退職しており、年金生活者だ。先を考えるとやはり、若く体力があり、公務員で生活が安定している五味の方が有利だろう。

それに、結衣はもう自分の意思表示ができる年齢だ。五味と一緒にいる道を選んだのは、結衣自身なのかもしれない。

鑑識課に到着した。

五味と綾乃はNシステム担当の鑑識課員と共に、学校祭のあった七月二十二日の臼田の自家用車のナンバーを洗った。条件を指定しただけで、ものの数秒で、モニター上の東京都の地図上に、青いラインが出来上がった。主要幹線道路の各Nシステム設置のポイントを、何時何分に通過したか表示される。そのデータを元に、おおよその道筋をコンピューターが自動計算してくれるのだ。

臼田は昼過ぎに自家用車で警察学校に到着、夕方の学校祭終了後に高杉から踏み台を譲ってもらっている。府中校を出ると、自宅には帰らず小平市に立ち寄っている。だが管区警察学校までは行かず、その手前に位置する五日市《いつかいち》街道付近を通過後、一時間ほどして、引き返していた。その後は自宅のある千葉県市川市方面に直帰していた。

「山原のナンバーも調べてみよう」

五味は免許証情報から山原の自家用車のナンバーを調べ、Nシステムの蓄積データにかけた。日付は同じ、七月二十二日だ。

山原は練馬《ねりま》区光《ひかり》が丘《おか》に住んでいるが、自家用車で乗り付けてきているようで、車は管区警察学校の駐車場に停めっぱなしのようだ。

学校祭があった日、山原の車は夕刻に管区警察学校を出ると、その南にある五日市街道を往復していた。臼田と同じく、一時間後に同じ地点を引き返している。

「恐らく、この界隈《かいわい》で臼田と落ち合い、あの踏み台を受け取ったんだろう」

山原はその後、週末ごとに毎日のように府中界隈を車でうろついていた。恐らく、十三階段を設置できる手っ取り早い場所を探していたのだろう。そしてそれを警察学校近くの旧都営団地の廃墟に見つけ、踏み台を設置した。

守村が自殺を図った当日。臼田が守村と通話した直後の午後五時半、山原は管区警察学校内の駐車場から車を出し、一路、府中方面に向かっている。旧都営団地から二百メートル離れた甲州街道のNシステムが、山原の車が午後六時半に通過し、午後七時半に戻ってきているのを確認している。

「踏み台を回収しに、また現場へ戻ったようだな」

五味が確信顔で言う。

その週末、山原は奥多摩方面まで足を延ばしていた。踏み台を遺棄する場所を探し求めているように見えた。最後、東大和市《ひがしやまと》にある多摩湖の南を走る青梅《おうめ》街道のNシステムが、引き返す彼の車を捉《とら》えていた。時間差は一時間半。この界隈に踏み台を遺棄したのだろう。

「これで事件の全貌《ぜんぼう》が見えてきましたね。主犯は山原でしょうか。事件当夜に現場を訪れているのはほぼ間違いないです。恐らく守村は自殺を決意して十三階段を上ったんでしょうが、躊《ちゅう》躇《ちょ》してしまったのかもしれません。そんな守村を見て、山原が筋弛緩剤を投与。意識を失った守村の首を吊った——。けれど私の印象からして、柔道一筋の山原さんにこんな手の込んだ自殺教唆ができたとは思えないんですが」

「ああ。事件の全体像を描いたのは、臼田だろうな――。山原や藤岡を巻き込んだのは、恐らくその両名もまた、十六年前の広野の自殺に関わっているからだ」

思い出したんだが――と五味は前置きし、説明した。

「広野の失踪《しっそう》は、府中校移転前日の八月三日深夜だった。あの晩、俺は広野からケータイで呼び出しを受けている」

「えっ。夜間、ケータイ使用禁止ですよね」

五味は「もう時効だろ」と肩をすくめ、話を続けた。

「だが、俺は出なかった。広野はその後、副場長の臼田に電話を掛けたようだ。それで深夜に臼田が俺の部屋を訪ねてきた。当日部屋にいたのは守村と山原だ。高杉は停職中でいなかった」

広野を病院送りにした暴力事件で停職になっていたらしい。

「臼田は広野の件で俺を外に連れ出そうとしたが、俺は断った。それで仕方なく、山原と守村を連れて出て行ったのを記憶している」

綾乃は苦い顔で五味を見返した。

「そんな簡単に寮を抜け出せたんですか、当時は」

「府中校移転日の前日だった。宿直教官がかなりの数揃っていたが、中野校最後の夜を宴会でもして過ごしていたんじゃないかな」

そういった特別な条件が重なり、臼田は守村と山原を連れて寮を出られた——。

「登場人物がひとり少ないですね」

「藤岡か？　あいつは当夜、練交の宿直だった」

「なるほど。それで、巻き込まれた形でしょうか」

「だろうな——あの夜、きっと何かがあったんだ。翌朝、目が覚めると守村と山原は戻っていたが、守村の様子がおかしかった。床の上で寝ているんだ。布団のシーツには血の痕があったし、山原は足に怪我をしていた」

「守村を死に誘《いざな》おうとした方法から見るに、広野は中野校にあった十三階段で首を吊《つ》って自殺した——もしくは、臼田らに自殺を強要されたとみて間違いないですよね」

「ああ。だが問題は、広野の遺体が見つかっていないことだ」

自殺をしたにしろ、強要したにしろ、首を吊ったのなら遺体を隠す理由がない。

誰かが発見するのを待てばいいだけだ。それに後から届いた遺書にははっきり『十三階段で自殺する』とあった。わざわざ遺体を隠す必要がないのだ。

誰が、なんのために広野の遺体を隠し、海に捨てたのか——。

五味は神妙に目を細め、宙に向かって言う。

「海になんて、捨ててないのかもしれないな」

中野校はその後、周囲にバリケードが張られて立入禁止になった。校舎の取り壊しはその半年後。その間、廃墟《はいきょ》はそのまま放置されていたのだ。夏場だから白骨化は早い上、中野校は警察大学校跡地も含めると東京ドーム五、六個分はあった。広大な敷地の片隅で、たったひとつの死体が放つ腐臭が、人であふれる中野の街に漏れだすことはなかったのかもしれない。

「すると、空っぽの校舎のどこかに、広野の死体が隠されていた？」

「ああ。そしてそのまま、工事が始まるころには骨になって、誰にも発見されぬまま、コンクリの瓦礫《がれき》に潰《つぶ》されてしまったのか……」


中野区中野。早稲田通り沿いにあった警視庁中野警察学校跡地には現在、東京警察病院の立派な建物がそびえたっていた。拘束中の被疑者などを受診させることもあるが、一般市民も利用可能だ。

十六年経ったいま、この地に戻ってきても、なにもわからない――わかってはいたが、綾乃は五味と共に、その地に降り立つ。また、雨が降ってきた。

整備された駐車場と正門脇の庭には緑豊かな樹木が茂っていた。立派な病院施設の向こうには職員寮がある。警察大学校があった南側は二つの大学のキャンパスが入り、東側は中野四季《しき》の森《もり》公園が整備されて、区民の憩いの場になっていた。

警察病院の駐車場に出た五味は、ビニール傘の下から周囲を眺め、この地の変化に驚いている様子だった。

「卒業以来ですか？」

「――いや。卒業後、一度戻ったことはあるが。あの時はまだバリケードだった。それきりだ。

それきり……」

言って五味は口を閉ざした。記憶をたどるような、遠い目だ。正門わきの庭先に、石碑が二つ残っている。陸軍中野学校趾と記されたものと、大正十二年の日付が入った、皇族が行啓したことを記念する碑だった。陸軍中野学校跡地の碑は日付が入っておらず、いつ建てられたものなのかはっきりしない。雨に打たれながら、ただ沈黙している。

五味は、中野校在学中にこの石碑を見たような見ていないような……と記憶が曖昧《あいまい》なようだったが、なにかを思い出したような顔つきでもあった。

「一度、戻ってきたとき、バリケードが開いていた。ふらっと入ってしまって……」

綾乃は少し驚いて、「何のために？」と尋ねた。立入禁止のはずのバリケードの中に、開いていたからといって入っていいはずがない。五味は口ごもったが、確かに記憶をたどる先で何かを見つけたように、ちょっと興奮して話した。

「いたんだ。中に。ああそうだ。ばったりと出くわして――」

「いた？　誰がですか」

「臼田と山原、藤岡だ。だが守村はいなかったはず」

「――三人はここで何をしていたんです？」

「わからない。互いに立入禁止の場所に入っていたということで、気まずくて――俺は先に出てしまった。ただ、彼らはなんだか登山にでも行くような雰囲気だった」

臼田は登山リュックを背負っており、そこからなにか棒状の物が突き出ていたらしい。

「確か、黄色い旗がはためいていて……旅行団体の引率みたいな雰囲気で」

「これから死体遺棄を行うのに、旗なんて掲げます？」

「だよな……ただ、リュックから細長い棒が突き出ていたのは確かだ」

「それ、登山用のトレッキングポールとか、スコップとかじゃないですか。もしかしたら遺体を回収後、どこかの山に遺棄したのかもしれませんね」

だとすると、旧中野校跡地を探っても無駄だ。

「他になにか、ヒントはありませんか」

五味はこめかみを押さえ、必死に記憶を手繰るのだが――思い出せないようだ。「あの時、ちょっと普通の精神状態じゃなくて」と、心細そうに言う。

綾乃は石碑の前にしゃがみ込み、ため息をついた。十六年前なにがあったのかはっきりさせないと、臼田らの自殺教唆を証明できない。

「とりあえず、物証が出ている筋弛《きんし》緩《かん》剤の方から追及していくのが早いでしょうか」

綾乃は五味を見上げた。五味はどこかぼんやりしていて、いまを見ていない目つきだ。この地に戻り、十六年前ここに確かにあったものを、取り戻したような顔――。

「ここで、同じ班で同部屋だったんだ。俺と高杉、守村と山原」

五味が静かに言った。

「守村と山原は仲が良かった――。というより、山原が守村を子分のように扱っているところがあって、守村は腰ぎんちゃくみたいだったかな。時々仲違《なかたが》いはしていたけれど、絆《きずな》は深かったと思うんだ」

五味の真意が、同じ警察官の綾乃は痛いほどにわかる。

かつての教場仲間をそう簡単に殺せるものではない、と言いたいのだ。

警察学校の同期同士というのは、ただの友情ではない深い絆で結ばれる。入校した途端に教官連中から徹底的に存在そのものを否定されるような指導を受ける。毎日怒鳴られ、ペナルティを科される。多忙すぎて睡眠時間は殆《ほとん》どない。

みんな入校して五、六キロは痩《や》せるし、入校から卒業まで精神的な壁にぶちあたることもある。涙ひとつ流すことなく卒業できる生徒なんてひとりもいない。そういうところだ。どうやって乗り越えるのか——本人の気力と熱意だけではない。同じ痛みや感情を共感できる仲間が周囲にいるから、卒業できるのだ。

だからこそ——なのだろう。

「五味さんの気持ちはわかります。彼らが守村を殺したなんて、信じたくない」

「いまとなっては奴らの仕業でしかありえない。だが自殺教唆までが精いっぱいだったんじゃないかと思うんだ。直接、その生身の肌に触れて、かつての仲間に手をかけるということができたのか——それは臼田も藤岡も同じだ」

やっぱり、おかしい——五味は強い瞳《ひとみ》で宙を睨《にら》んだ。

「筋弛緩剤の件だけがどうも浮いて見えるんだ」

広野の件を外に漏らさないためにも、守村の口を封じるしかない。だが、直接手を下すことだけはしたくない――それで苦し紛れに十三階段を再現し自殺教唆したんじゃないかと、五味は推理した。

「そんな奴らが、筋弛緩剤を守村に投与できるか？」

「――まさか、まだ別の犯人がいる、ということですか？」

守村を恨んでいた人物がまだいるのか。だが、五味は首を横に振った。

「というより、守村に自殺されては困る人物、ということなのかもしれない」

原点に戻って考えよう、と五味は言った。

「そもそも第一容疑者は高杉だったが、それはなぜだ？」

「妻・奈保子との証言が完全に食い違っていたからです」

「だが高杉は嘘をついていないことがわかった。妻の証言は印象の違いだったのかもしれないが、もし仮にあれが偽証だったと仮定すると――」

「ちょっと待って下さい。奈保子さんは何のために偽証をする必要が？」

「だから、自殺では困るからだよ」

綾乃はやっと、気が付いた。

「――まさか、保険金ですか」

「ああ。死亡一時金は、自殺だとおりないことが多い」

守村の死から二週間が経った。

八月最後の今日も朝から雨が降り、肌寒い。夕刻、五味と綾乃は面パトで府中署を出た。ハンドルを握るのは五味で、「ちょっと警察学校の周りをぐるっと回っていくか」と、甲州街道を逸《そ》れた。

警察学校周辺には立派なケヤキや桜が植樹され、豊かな緑に雨粒が残る。雨上がりの川路広場を蹴る制靴の音と、教練の掛け声が聞こえてくる。

一二八一期守村教場は結局、助教の高杉が卒業までひとりで生徒たちを面倒見ることになり、新しい教官の赴任はなかった。生徒たちから、最後まで『守村教場』の生徒でありたい、その名を冠して卒業したいという強い要望があったらしい。

「守村の教官っぷりを見てみたかったな。俺は、十六年前のちょっと気が弱かった彼のことしか知らない」

「心の病と闘いながら、立派にやっていたはずです。それを生徒たちが証明しています」

教官の「警笛、吹け！」という号令が聞こえてくる。生徒たちが胸ポケットから一斉に笛を出し、構えるザザッという音、ひとりずつ警笛を「ピー！」と吹く音が、夏の夕暮れの風に乗って聞こえてくる。九月中旬には卒業査閲があり、この教練の成果が学校長の前で披露される。これを乗り越えるともう二週間後には卒業式で、その日のうちに卒配先の所轄署が手配した車に乗り、彼らは学校を去る。

都心を経由し、赤羽に到着した。

守村の妻・奈保子は、葬式の日に見かけたよりもずっと落ち着いた様子で、五味と綾乃を迎え入れた。3LDKの部屋のあちこちに引っ越しの段ボール箱が積み重なっている。警察官の夫が死亡したいま、官舎を出なくてはならないのだろう。

守村の血を引く幼子の涼斗は、リビングのクッションマットが敷かれた一角でごろんと転がり、おもちゃで遊んでいた。ずりばいで器用に動き回る。小さな息子を優しく見守るように、守村の骨箱が置かれた祭壇があった。綾乃が切り出す。

「引っ越しされるのですね」

「ええ。実家のある山梨に戻ろうと思います」

「官舎はせせこましいですし、ルールが厳しいですからね」

「はい。犬とか猫とか動物のひとつでも飼えたらまだ癒《いや》しになるんですが。ここはそういうのも厳しく禁じられていますから」

五味が、ふと口を挟んだ。

「動物、お好きなんですね」

「ええ。大好きです。実家では常に犬を三匹飼っていましたし、猫もいました」

「お父さま、甲府で獣医をなさっていたとか」

奈保子の表情にふっと影が射し込む。なぜ知っているの、と五味を見る。

「守村奈保子さん」

五味の口調が変わったのを、隣の綾乃ははっきりと感じ取った。いよいよ切り込むのだという緊張感が漂う。

「今日は、事件の真相をお話ししに来たんです」

「──犯人が、わかったんですか」

「教えるまでもないですよね。全てを知っていて、全てを説明できるのは、この世であなたしかいない」

奈保子は瞬《まばた》きをひとつ、しただけだった。大人たちが醸し出すピリピリとした雰囲気を敏感に感じたのか、赤ん坊がグズり出した。「おむつかしら」と奈保子は逃げるように立ち上がった。

五味はため息をつき、ペットボトルの水を飲んだ。「準備して」と言われ、綾乃はトートバッグの中から次々と資料を取り出した。その手が緊張で震える。今日、五味は奈保子を落とすつもりで来ている。令状は出ていない。現役警察官が三人も守村の死に絡んでいるとわかったいま、帳場が二の足を踏んでいるのだ。

とにかく奈保子の自白を引き出してしまえば帳場も対応せざるを得ないと、五味は読んだのだろう。彼はいつも捜査の流れの最先端にいて、帳場を動かしている。すごい人だなと思う。

「あら、おむつは濡《ぬ》れてないのね」

独り言なのか赤ん坊に話しかけているのか、奈保子がこちらに背を向けたまま言う。それでもグズる赤ん坊を抱き上げ、テーブルに戻ってきた。

五味は淡々とした調子で、切り出した。

「お父様が動物病院を経営してらしたそうですね。お父様の急死で廃業した後、医院は建物がそのまま残り、荒れ放題となっているようです」

綾乃は実際に現地に行って撮影した写真を、次々とテーブルの上に並べて、言った。

「薬品庫には、いくつかの劇薬が残ったままでした」

「母も病気がちで、誰もあそこに手をつけられない状態が続いているんです。私も妊娠、出産したと思ったら、夫がこんなことに」

「ご主人の遺体に投与された筋弛緩《きんしかん》剤のロットナンバーの前後にあたるものが、まだこの廃病院に残ったままでした。地元の保健所で調べたところ、確かに守村の体内から出た筋弛緩剤は、あなたの父親が経営していた病院が購入したものだとわかりました」

綾乃は写真を並べ終えた後、保健所の書類のコピーを示してみた。

「保健所が数字を間違えて記入したんじゃないですか」

さらりと言いのけた奈保子の表情に、一ミリの緊張もなかった。肝が据わっている。五味はこういう態度を予想していたのか、困惑することなく続ける。

「臼田警部の自宅に広野智樹名義で、筋弛緩剤のアンプルと注射器が送りつけられた。消印は小平喜平郵便局。郵便局内の防犯カメラ映像を確認したところ、この郵便物を出したのは女性ということがわかっています」

五味に促され、綾乃は防犯カメラ映像を切り出した写真を五枚ほど、並べてみせた。ジーンズにティシャツ姿で、帽子の中に髪を詰め込んでいる。必死に男性を装っているようにも見えるが、サングラスをかけたままで、顔はよくわからない。

「警視庁には顔認証システムというのがあります。精度は九十九・九九パーセント。サングラスもマスクも見破れます。恐れながら照合させてもらったところ、あなたの免許証写真と一致しました」

平気な顔で奈保子は否定した。

「九十九・九九パーセント正解でも、〇・〇一パーセントは間違えるんですよね。私はその類まれなる〇・〇一パーセントに含まれているんだろうと思います」

なんという強引な否定かと、綾乃は呆《あき》れ果てた。

五味はあっさりと引き下がると、また別の追及を始めた。不思議と威圧感は全くないが、真綿で首を絞めていくような執拗《しつよう》さが垣間《かいま》見える。

「守村が死亡するほぼ半年前、巨額の生命保険に加入していますね。震災派遣から戻ったころ——PTSDの症状が出ていたころの話です」

綾乃は、保険会社から手に入れた保険証書のコピーを突き出した。

「ええ。確かに、加入しています」

「死亡保険金は三億円。但し、自殺はのぞく」

奈保子は一切の動揺を見せず、膝《ひざ》の上の涼斗を穏やかにあやしている。

「万が一守村が死んだとしても、あなたは自殺では困る。だが、自殺じゃないと困ると策略した連中もいた。双方の相反する思惑が絡み合って、今回の事件は起こったんです」

涎《よだれ》が垂れる涼斗の口元を、奈保子がガーゼハンカチで拭《ぬぐ》う。だが、瞳《ひとみ》はしっかり五味を捉《とら》えている。決してなにかを誤魔化そうとはしていない。

「守村が自殺では困ると考え、策略を練ったあなたが最初にした行動が、実に興味深い。七月に、世田谷区内の動物病院の薬品庫に押し入り、何も盗《と》らずに逃走している。盗れなかったのではなく、あえて盗らなかったのでしょう。そもそも手元にお父上が遺《のこ》した筋弛緩剤がありますから、実際に盗む必要はないし、本当に盗んでしまうと警察の捜査が厳しくなりますからね。藤岡の関係先である獣医の下でそういった騒ぎを起こすこと自体が、目的だった。この事実だけで、わかることがたくさんある」

　奈保子は、五味の言葉をいちいち頷《うなず》いて受け止めている。その慇懃《いんぎん》さに刑事の追及をのらくらりとかわそうとする余裕が垣間見えた。綾乃の腋下《えきか》に嫌な汗がにじむ。

　五味は淡々と続ける。

「七月の時点で、あなたは守村が自殺を思うほどに追い詰められていることを把握していた。そしてその原因が臼田と藤岡、山原の三人による策略にあると、知っていたんですね。つまりあなたは、十六年前になにがあったのかも知っている。ご主人から、打ち明けられていたんじゃないですか？」

　奈保子はそこでぷっと噴き出した。失礼にもほどがあると、綾乃は感情を逆撫《さかな》でされる。だがぐっとこらえた。五味のペースを乱してはいけない。隣の五味は、奈保子の挑発的な態度になんのダメージも食らっていないような顔をしている。

「かいかぶりすぎですよ、刑事さん。私、そんなに頭よくないですから。慣れない子育てに追われる、ただの専業主婦です。私はなにも知りません」

五味は何度か細かく頷くと、隣の綾乃に言った。

「今日はここまでにしようか」

これで引き下がるのかと綾乃は驚いた。五味は自らテーブルの上に広げられた数々の証拠資料を片付け始めた。やがて立ち上がると、にこやかに奈保子に尋ねた。

「涼斗君、抱っこさせてもらっても？」

奈保子の表情に一瞬、警戒の色が滲《にじ》んだ。だが取り繕うように無理な笑顔で頷く。

五味は不器用な手つきで涼斗を受け取った。生後八ヵ月の涼斗は居心地が悪いと感じたのか、途端に奈保子の方に体をのけぞらせ、泣いて抵抗した。五味はあわてふためき、奈保子に涼斗を託した。

「すいません、慣れてなくて――。うちにも娘がひとり、いるんですけど」

奈保子が涼斗をあやしながら、ちょっと意地悪な表情で言った。

「あまり子育てに参加しなかったんですね」

「いえ――妻の連れ子なので、このくらいの時のことを知らないんです」

奈保子はちょっとびっくりした顔をして、遠慮がちに「そうですか」と頷いた。

「妻は、ひとりで娘を産んでひとりで育ててたんです。頼りは子育てに全く関知してこなかった警察一筋のダメな父親だけで、全くの戦力外だったと苦笑いしていました」

「戦力外――」と奈保子は初めて、少し笑って見せた。五味は雑談を続ける。

「よく、ひとりで出産に臨んだ日の孤独を話していました。覚悟してシングルマザーの道を歩もうとしていたはずなのに、本当に辛《つら》く寂しかったと。隣の分娩室《ぶんべん》では、父親となる人や親族ががやがやと集まって、陣痛に耐える奥さんを励ます声が漏れ聞こえてきたそうです。なにか飲むか、とか。腰をさすってやろう、汗を拭《ふ》いてやろう——。妻は、ひとりで分娩台に上る際に、痛みと孤独で泣き狂ったらしいです」

なぜこんな雑談をするのか不思議に思った綾乃だが、奈保子の表情の変化に気が付いた。これまで頑《かたく》なに刑事の前で感情のシャッターを閉じていた奈保子が、揺らいでいる。明らかに、動揺——というよりも、悔しさの滲む顔で唇を噛《か》みしめている。

五味の聴取は、まだ続いていたのだ。

「でも、そんなのは序の口だったと妻は言っていました。産後、妻は慣れない授乳や疲労でたったひとりの親族だった父親にだいぶ当たり散らしたようで……父親も父親で〝せっかく手伝ってやってんのに〟と激昂《げっこう》して、ぱったり病院に来なくなった。退院の日の強烈な孤独感は、いまでも時々悪夢になって蘇《よみがえ》ると、言っていました」

奈保子の唇が震えている。動揺を見せまいと、慌てて唇を噛みしめた。

「退院の日の最後の食事って、物凄《ものすご》く豪華な御膳《ごぜん》が出るらしいですね。とてもひとりで食べきれない量の食事が、誰も訪ねてこない病室に次々と運びこまれてくる。鯛《たい》のおかしら付き、ステーキ、寿司《すし》、赤飯……。隣では、同日に出産した女性の親族や友人がたくさん訪ねてきていて、わいわいがやがや——」

奈保子の瞳からぽろりと、一粒の涙が零《こぼ》れた。

五味は、この二週間、涼斗の出産時の様子を事細かく調べていた。奈保子の弱点を、調べ尽くしていたのだ。

「最初から夫がいなくて、ひとりで産む覚悟を決めていた妻ですらそれですから――あなたが産後、抱えていた孤独は計り知れない」

なんで知っているの、という顔で、奈保子は五味を愕然《がくぜん》と見上げた。五味は静かに、向かいのテーブルに座った。前のめりになり、彼女を気遣うように言う。

「涼斗君の誕生日は去年の十二月十三日ですね。あなたは区内の病院で出産していますが、実家のお母さんはご病気で来られないでしょうし、守村は震災派遣で福島にいた。守村の当日の様子をちょっと調べたのですが、その日は原発被害者の会と県議会議員の会合があったようですね。東京に戻ってこられなかった」

奈保子は悲しみ――というよりも、湧き上がる怒りを堪《こら》えるような瞳になった。

「翌日には東京に戻ったようですが、病院に顔をだしたのは産後三日目の一度だけのようですね。あなたが出産した総合病院の神経内科で睡眠薬をついでにもらって、福島にトンボ返りしている」

「――違いますよ」

奈保子がやっと口を開いた。これまでとは打って変わった、低い声で。

「お見舞いついでに薬をもらいに来たわけじゃない。薬をもらうついでに、涼斗の顔を見に来ただけです。病室にいたのはたったの三分でした」

五味はただ重々しく頷き、続ける。

「これは、守村教場の助教・高杉巡査部長から聞いた話なのですが――。今年の四月十日の入校式の日。奈保子さん、インフルエンザに感染してしまったそうですね」

奈保子は、首が外れるほどに頷いた。涙がとめどなくこぼれ落ちて、赤ん坊の薄くやわらかな頭髪を次々と打つ。

「まだ生後四ヵ月のこの子に感染したら大変なことになるからと、何度もあの人に育児を代ってくれるように頼んだのに――」

「高杉も、さすがに他に頼れる人がいないのなら、帰った方がいいと進言したらしいですが……〝今日は入校式だから休めるはずがない〟と守村は答えたそうですね」

奈保子はぼろぼろとこぼれる涙をぬぐうことも忘れ、必死に怒りを押し殺して言う。まるで、体の内側に叫んでいるようだった。

「あの人はいつもそう……！　〝いま、福島のひとたちを見捨てることはできない〟やっと帰京したと思ったら、二言目には〝生徒たちを見捨てられない〟ってそればかり。それで勝手に心を病んで家に帰ると寝てばかりで、しまいには、〝俺は十六年前に犯罪行為を犯していたかもしれない、どうしよう〟ですよ……!!」

綾乃は驚愕《きょうがく》と興奮で気持ちが昂《たかぶ》るのを必死に抑えた。奈保子は五味の同情的で紳士的な聴取に、見事にからめとられたのだ。五味は微塵《みじん》も感情を見せず、ただ何度も丁寧に頷いて、奈保子に共感を示す。

「──守村の遺体に筋弛緩剤《きんしかん》を投与したのは、あなたですね？」

奈保子は沈黙するも、いまにも頷きそうで、口から自供がこぼれ落ちそうだ。

「あの行為は、他殺に見せかけて保険金を得る以上の意味があった。あれは、妻子を顧みない夫に対する、制裁だったんじゃないですか？」

奈保子は涼斗をぎゅっと抱きしめ、首が外れるほどに頷いて、泣きじゃくった。もう完落ちは時間の問題だった。

「ひとりで家事育児を担う上、精神病を患っているのに医者にかかろうとしない夫の世話が重なるだけでも激務なのに──その上、守村はあなたに十六年前の罪を告白した。あなたのパニックと怒りは察するに余りあります」

「その通りです。突然、十六年前の贖罪《しょくざい》がどうのこうのと。でも言ってどうなるんです？　死体遺棄罪なんて三年で時効ですよ。言わなくていいし背負わなくていいのに、あの人は〝広野を探し出してやらないと〟ってそればっかり。だいたい、いまそんなことを世間に公表したら、それって本当に自殺だったのかと疑われる。自殺だったのにわざわざ死体遺棄した理由が意味不明なんですもの」

細かく頷きながら奈保子の話に耳を傾けていた綾乃だが、そこではたと顔をあげ、戸惑って五味を見た。五味も予想外のことだったようで、愕然と尋ねた。

「──広野は、自殺だった？」

走る面パトの車内は沈痛な空気に包まれていた。四人の男たちが久々の再会を喜びながら酒を飲んでいる談笑の音声が、綾乃の膝《ひざ》の上に載せたタブレット端末から流れる。

〝よお、守村かよ。おいちょっと痩《や》せたか、どうした〟

〝他の連中はどうしてんのかな。元海自の高杉とか、場長の五味とか。会いたいな〟

やがて再会を懐かしむ談笑は、守村の言葉で、一変する。

〝みんな――俺たちが十六年前、広野にしたこと。覚えているか〟

五味がハンドルを握る面パト内で、綾乃は手にいれた音声データをタブレット端末で再生させていた。これは守村が隠蔽《いんぺい》を恐れて秘密裏に会話を録音していたデータで、妻の奈保子に託していたものだ。他に、どのようにして自殺した広野の死体を隠蔽したのか、詳細が二十枚以上の便箋《びんせん》にしたためられていた。

〝実は七月に、教場内でいじめがあった。生徒がシーツに包まれて身動きが取れない状態で、ゴミ捨て場に閉じ込められて――。なぁ、俺たち、中野でとんでもないことをしたよな？〟

五味は南東方面に車を走らせていた。帳場のある西へ向かうそぶりがない。

「五味さん、どこへ――」

「本富士警察署だよ。臼田に会いにいく」

「まさか。いきなりリーダー格と対決ですか。まずは帳場に」

「違う。かつての教場仲間に会いに行くだけだ」

真意を測りかねて、ただ五味の横顔を見る。

「臼田は、俺たちが逮捕できないことをよく知っている。自殺教唆なんて立証が困難だし、犯人が現役警察官や東京オリンピックでの活躍が期待される選手だったとしたら、上はこの件を隠蔽するとわかっている。だからこそだ。あいつの口からすべてを聞くのはいましかない」

本富士警察署に到着した。いまにも空が泣き出しそうなほど、低い雲が垂れている。

刑事課は四階にあった。フロアに到着する。四つある係のデスクのシマを全て統括する上座に、臼田は堂々と鎮座していた。綾乃はふと、彼の自宅の様子や家族のことを思い出した。立派なタワーマンションの上層階の部屋と、小学生の子ども二人、身重の妻。それらを全てひとりの肩に背負い、現場では五十人以上の部下を束ねる警部。

十六年前とは比べ物にならないほどのものを手に入れ、だが同時にそれを背負い、潰《つぶ》れまいと必死に堪《こら》えている姿だった。

五味と綾乃が揃って現れたのを見て、臼田はなにかを予感したように、立ち上がった。

一一五三期　小倉教場　八月Ⅱ

警視庁中野警察学校の学生寮三〇一号室で、臼田友則はなかなか寝付けずにいた。接近している台風十一号の強風のせいで窓ガラスがガタガタとうるさいのもあるし、明日の移転を控えて気分が高揚しているせいだ。だが、本当は、気持ちがくさくさしているからだろう。場長の座をまたしても降ろされた——。

正確には降格ではない。ただ単に五味が場長に復帰しただけで、ペナルティを食らったわけではないのだが、素直に「よかったな、五味」と言ってやれない自分がいた。

五味のことは好きで、三役の一員として頼りにしている。だが、自分は彼より下なのだろうかという疑問、劣等感は、一一五三期小倉教場に編入されてから絶えずつきまとっていた。再び副場長専属に戻ったことで、更にその想いに拍車がかかった。

十五度目の寝返りの後、耐え切れずに布団から出た。同じ班の仲間たちはもうすっかり寝静まっている。臼田は暇つぶしに荷物から携帯電話を取りだすと、電源を入れた。もう深夜〇時をまわろうとしていた。

元同僚の女性から結構長いメールがきていた。舌打ちする。五月に別れた恋人の親友を自称していて、なにかあるといちいち口出ししてくるお節介な女だった。

『確かに、抜き打ちで親と会わせるとか、彼女がしたことはあり得ないけど、反省しているし、いまでも毎日泣いてるよ。もう二度としないって謝罪してるのに、どうして臼田君はその言葉を信じてあげないの？　七年もつきあっててそれはない』

腹が立って仕方がない。ついむきになってメールを返信する。

『俺はいま転職して新たな道を歩もうと必死なの。どれだけ警察学校の日々が多忙で苦しいか、毎日九時五時の定時で勤務を終えて呑気《のんき》に遊び歩いている君たちにはわからない。そしてそういう呑気な女が、人生を立て直そうと必死になっている男との結婚を焦って、そのイニシアチブを強引に取ろうとした。許せるはずがない。彼女はまたやる。今後の人生の転機でまた同じことをする。そういう女は二度とごめんだ』

人を信用することはリスクでしかないのだ——返信メールを怒り任せに打っていると、急に画面が着信に変わった。広野の携帯電話だ。出るつもりはなかったのに、メールを高速で打っていたはずみで、通話になってしまった。仕方なく、タオルケットの中に丸まり、小さな声で電話に出た。

「もしもし」

「臼田君？　ミラクルだね、携帯が繋《つな》がった。五味君はシカトだったのに」

「なんだよ。切るぞ」

「切らないで、ちょっと出てきてほしいんだ。話したいことがあって」

「出られるわけないだろ、宿直がいる」

「いや、ゴミ捨て場に来てくれればいいんだ」

「ゴミ捨て場？」

「僕、これから十三階段で自殺するからさ。見に来てほしい。絶対だよ！」

まるで自分が出演する舞台でも宣伝するような陽気さで広野は言うと、電話を切ってしまった。ツーツーツーという音が、無情に臼田の耳を刺激する。

――自殺⁉

臼田は慌てて携帯電話の電源を切り、知らないふりをした。ごろんと仰向《あおむ》けに寝転がり、強く目を閉じる。眠れ、眠らなきゃ……。

眠れるはずがない。

とにかく五味に相談だ。ステテコを脱いでジャージを穿《は》き、U首の肌着のまま、スニーカーを履いて部屋を出た。宿直教官に報告したいが、なぜ携帯電話に出られたのか、そこを追及されてしまう。就寝後に携帯電話を使用していたことがばれたら始末書だ。

ったくと悪態をつきながら、五味の寝る部屋を訪ねた。山原は大の字に眠り、守村は律儀に仰向けになって、寝息を立てている。五味は頭からすっぽりタオルケットをかぶって寝ていた。揺り起こしたが、取り合おうとしない。広野の名前をちらっと出したが、見向きもしなかった。

模擬爆弾の発見に失敗して以降、五味が場長として自信を失っているのはわかっていた。それなのにもう場長に復帰してしまった。

小倉は人を見る目がない。五味はまだ場長ができる精神状態ではない。そもそもむいていなかったのだ。だが教官の寵愛《ちょうあい》を受けて、教場のトップに返り咲いた——臼田は無性に腹が立った。

「なんだよ、大事なところで役に立たねぇ」

ひどい捨て台詞《ぜりふ》を吐いてしまったが、五味から反応はない。もう、ひとりでゴミ捨て場に行くことにした。だがやはり、心細い。万が一のときのため、ボディガードのような感じで山原がいてくれたら心強い。広野になにか危害をくわえられそうになっても、山原がいれば大丈夫だろう。雷鳴がとどろき、何度も室内が明るくなった。

山原を揺り起こした。山原はずいぶん眠たそうでぶうぶうと文句を言ったが、広野の件と聞くと「またアイツか」とため息をつく。「ていうか、もう退院したのか」

「それがよくわからないんだ。とにかく行こう」

山原はしばらく辛《つら》そうに布団の上で唸《うな》った後、自身を奮い立たせるように顔を叩《たた》く。

「全く、高杉があそこまでやってもダメなら、俺の出番か」

山原は立ち上がると、隣の守村を揺り起こした。

「別に守村はいいだろ」

「いっぱいいた方がいいだろ。広野の奴、なにしでかすかわかんないもん」

守村の方が目覚めは良かったが、トラブルに巻き込まれるのを予感してか、「え、それって無視しちゃだめなの」と気弱に言う。結局、山原に引っ張られて立ち上がった。

三人で部屋を出た。足音を忍ばせて、階段を下りていく。

「自殺なんて──放っておけばいいんじゃないの。台風来てるし」

守村が再び、突き放したように言った。

「だって、広野でしょ……他の誰かなら、全力で止めるけど」

「まあな。でも広野の奴のことだぜ。いまごろ爆弾でも仕掛けてるかも」

山原の言葉に、臼田は飛び上がった。「そこまでするか？」

言ったそばから、しそうだと思った。臼田は緊張で身を硬くしながらも、寮を出てゴミ捨て場に向かう。雷はひどかったが、まだ雨は降っていない。だが、いまにも黒い雲が落ちてきそうなほどに分厚く重く垂れこめていた。

途中で、自転車を漕《こ》いで川路広場からやってきた藤岡と行き合った。東門練交の宿直当番で、いつ雨が降ってもいいようにすでに合羽《カッパ》を着こんでいる。

「どうしたの、こんな深夜に。見つかったらまずいよ」

「お前、何時から見回りを？」

「もう一時間もだよ。小倉教官って、こういう日こそ模擬爆弾を仕掛けてそうじゃん」

「バーカ、東門を一時間も空っぽにすんなよ。だから広野が侵入してきたんだ、きっと」

「えっ、広野が戻ってきてるの」

藤岡は真っ青になった。正規の生徒なのに深夜に忍び込む──なにか企《たくら》んでいるに違いないと彼も思ったのだろう。

「とにかく、藤岡も来てくれ。装備がちゃんとしている奴がいてくれるとありがたい」

藤岡が腰に巻いた帯革を見る。警棒とけん銃がしっかり収まっている。

「僕が最前線とか、やめてよね」

「チッ、それで警察官かよ」

「警察官だけど、僕の仕事は近代五種でメダルを取ることだから」

そんなマイナーな競技知らんと思いながら、四人でゴミ捨て場に向かった。

いつもは南京錠がかかっていたが、五味が紛失して以来、そのままになっている。

扉を開けた。灯《あか》りはついていた。いつもと景色が違う。引っ越しを前日に控え、相当なゴミの量だった。燃えるゴミ、燃えないゴミがうずたかく、臼田たちの腰のあたりまで積み上がっている。

「よかった。来てくれた。たくさん連れてきたね」

広野の声が頭上からした。広野は、十三階段の頂点にちんまりと体育座りをしていた。天井のフックに、先端が輪になったロープが垂れ下がり、座る広野の首にもう引っ掛けられていた。

進行が早すぎると、臼田は慌てて叫んだ。

「広野、早まるな！」

広野は座ったままだが手にナイフを持っていた。なにを考えているのか、腕の裏側をナイフで切った。すでに右腕の裏側に五か所くらい傷ができていた。ぱっくりと開いた傷口が赤くぬめぬめと光っている。石膏《せっこう》の左腕にもナイフの跡がついていた。広野は左足と左手首を骨折し、石膏で固めたままだ。その左手で持ちにくそうに鏡を掲げ、今度は自分の顔をナイフで切り始めた。

山原と臼田が「なに考えているんだ、本当にやめろ！」と叫ぶ。だが、ゴミの山が邪魔して容易に前に進めない。藤岡は茫然《ぼうぜん》自失、守村は震えあがり、踵《きびす》を返した。

「教官を呼んでくる……！」

「ダメ！」

広野が血のついたナイフを振りかざし、守村の背中にぴしゃりと言った。

「とにかく見ててほしいんだ。守村君、そこを閉めてよ。閉めてくれなきゃ、僕はいますぐここから飛び降りるよ」

飛び降りたら即、首吊《くびつ》りだ。守村は恐々と広野を見ると、仕方なく、鉄の扉を閉めた。臼田は一歩前に出た。

「広野。なあ、話をしよう。とにかく降りてきてくれ」

「降りないよ。ここまで上ってくるのがどれだけ大変だったと思ってるの。僕はいま満身創痍《そうい》だろ」

「──そうだよ。どうして病院で休んでいなかったんだ」

「だから、死ぬためだよ」

「広野──」

「僕、やっぱり気が付いた。警察官になんかなりたくないって」

臼田は腹が立った。だったら勝手に辞めちまえと叫んでしまいたい。だが、下手に刺激するとすぐ首を吊られる。

「だけど故郷には戻れない。つまり、僕はもうこの世に居場所がない。死ぬよ」

「広野、待て。警察官になるだけが全てじゃないだろ。俺は一度社会に出ていたから、わかるよ。他にも社会にはたくさんの仕事が――」

「僕には警察官になる以外の道は、用意されてこなかった、許されていないんだ！」

広野が突然、感情的に叫んだ。その絶叫がコンクリートの壁に反響し、不気味に臼田の耳朶《じだ》に響く。広野はナイフを捨てた。

「警察官にならないのなら、死ぬしかない。でも、僕を追い詰めた小倉教場の面々も、道連れだ。君たちもまた、警察官にはなれないよ」

山原が「意味わかんねぇ」と吐き捨てる横で、臼田は続けた。

「とにかく広野、一度降りて来い。話を聞くから。な？」

「僕はこれから死ぬけど、死なせたのは君たちだから」

広野の唐突で一方的な物言いに、臼田は言葉を失った。

「この両腕や顔の傷は、教科書に載っていた防御創そっくりに切ってみた。警察は検視できっとこれを防御創とみる。それから、首に垂直の索条痕《こん》もつけておいた。ほら」

無邪気に言って、広野は自分の首を指差した。確かに、誰かが首を絞めたような赤紫色の痣《あざ》が首と垂直に走っている。

「君たちを告発する文書はすでに投函《とうかん》してあるよ。君たちは殺人者として捜査され、二度と学校に戻れない。退職処分になるんだよ！　君たちこそ、警察官になる以外の道を模索しておくんだな。君たちは、こちら側の人間になるんだ……！」

広野は一方的にそう言うと、十三階段のてっぺんから飛び降りた。首のロープがぎゅっと締まる。自分の意思であるはずなのに——殺人を装うため、猛烈に喉《のど》を掻《か》きむしって吉川線をつけている。その充血していた目は確かに、臼田たちを捉《とら》え、笑っている。

やめさせようと、臼田と山原はほぼ同時にゴミ袋の海に飛び込んだ。守村は目の前で繰り広げられる狂気の沙汰《さた》に、失禁している。藤岡は悲鳴を噛《か》み殺し、後ずさるばかりだ。首にロープが食い込む広野の顔は真っ赤に膨れ、やがて赤紫色に膨張していった。骨折した足を振り上げて、口の端から泡を吹き酸欠に苦しんでいる。かっと見開いた目玉は笑っていて、いまにも飛び出そうだ。

ぶら下がる広野の体を支えようとした山原だが、あと一歩のところで悲鳴を上げて転んだ。十三階段の手前に車止めがずらりと並んでいた。鋭利な切っ先が山原のジャージと脹脛《ふくらはぎ》の肉をスパッと裂き、おびただしく出血している。

臼田はそれ以上進むのをやめた。なにが仕掛けてあるかわからない。

ただ茫然《ぼうぜん》と、死へと向かう広野がぶら下がり、悶絶《もんぜつ》するのを見た。

中野校は呪われていると思った。戦中に弾圧された人々を死に追いやった階段を、平成の世になったいまになっても残しておくから、最後の最後で、こんなことが起こるのだと——妙に怪談じみた非現実的なことを考えていた。

広野が死ぬまで、どれだけ時間がかかったのか、よくわからない。十秒くらいだった気もするし、五分かかったような気もする。こんな非日常的なことが起こると、時間の感覚が完全に狂ってしまう。

臼田は、皆を振り返った。山原は首にかけていたタオルで膝下《ひざした》を止血しながら、痛みに苦悶している。藤岡は座り込んでしまい、守村は失禁したままぼけっとしている。

「——死んだよ」

ずいぶんと冷めた声がした。自分の体から発せられたものとは思えない、単調な声だった。頭の中で、今後のことをどうするのか冷静に考えている自分がいた。まずは自分の身を守る。こんな頭の狂った奴のために人生を台無しにしたくない。

だが状況は非常にまずかった。広野の体は防御創だらけだし、そもそも左手と左足を骨折している。その状態で、ひとり飯田橋からここまでたどり着くことが困難ならば、十三階段を上がったこともまた難しいと、警察は判断するはずだ。

広野にとっては、それも計算済ということなのだろう。もしかしたら、あんなビラを撒《ま》いて高杉の怒りを買ったのも、わざとだったのかもしれない。大怪我をしていれば、この状況を独自に作り出すことは困難だと警察に思ってもらえる。

なんて奴だ——。

臼田もまた、足が震え出した。

「教官を――」

藤岡が踵を返し、ゴミ捨て場を出ようとした。

「行くな！」臼田は慌てて止めた。「お前、犯罪者になりたいのか」

「なりたくないよ、だから……！」

「バカか、この状況を教官どもや警察に晒《さら》して、誰が信じる？　誰が、俺たちが殺していないと信じてくれるっていうんだ！　いまのこの死体の状況だけじゃない。広野のことだからきっとまだまだ、小倉教場の連中を陥れる罠《わな》を仕掛けているに違いない。もうなにか文書みたいなのを小倉教場宛に送ったと言ったろ？　聞いてなかったのか！」

「――だからと言って、どうしろってんだよ」

守村が下半身をぐらつかせながら言った。膝《ひざ》が完全に笑っていて、つんとアンモニアの臭いが鼻をつく。

どうすれば、警察に自分たちの疑いが向かずに済むか。このリスクを回避できるか。臼田は脳みそをフル回転して考えた。体を駆け巡る血がざあっと脳に集結し、様々なアイデアが浮かんでは、厳しいジャッジの末、消えていく。いまここで境界線を越えたら真に警察官ではいられなくなるぞという至極まっとうな反論が、繰り返し、思考回路を妨害する。

だが、真に警察官であろうとした結果、身に覚えのない罪で警察手帳を奪われる現実の方が、臼田にはリアルに感じられた。

臼田はもう一度、仲間たちを順繰りに見た。

山原と藤岡はもはや思考停止中といったところだ。なにが起こったのか現状を理解し、咀嚼《そしやく》できていない。運動しかやってこなかった単細胞めと、心の中で罵倒《ばとう》したくなる。守村は失禁しているから問題外だ。

だが、みんな大事な仲間だ。守らなくてはならない。いまここでは、臼田が場長なのだ。たとえ小倉教場という世界の中で五味がトップだとしても、社会に出てしまえば臼田の方がずっと先輩だ。真の場長は自分だという自負がある。

「——死体を一旦《いったん》、どこかへ隠そう」

臼田は決意し言った。山原は思考停止が継続中で返事がない。藤岡は「え!?」と、とても受け入れられないとぶんぶん首を横に振った。

「ちょっと待って。遺体を動かしたら死体遺棄罪になっちゃうよ。なにか別の方法はないか、もうちょっと考えよう」

「あるなら早く代替案を出せよ。台風が来てるんだぞ。土砂降りになったら死体を運び出すのに手まどう。雨が降り出す前にやるべきだ。三十秒で代替案を出せ!」

藤岡は制帽を取り、激しく頭を掻いた。湿気もあってすでに相当な汗をかいていて、刈り上げの隙間から見える肌色の頭皮にびっちりと玉の汗が張り付いていた。

山原はたったの三十秒も待てず、十五秒でそわそわと言った。

「時間切れだ。早く死体を隠そう。雨が降ってきたら厄介だ」

臼田が頷《うなず》くと、守村が失禁したまま、ぼそっと言った。

「学生棟の書架のうしろに、開かずの部屋があったなぁ」

臼田はその他人《ひと》ごとのような言い方に、広野の死に様とはまた別の畏怖《いふ》を抱いた。壊れている、と思った。守村は極限をとっく超えてしまっているのだろう。

「――昼間、倒れた奴が続出したところか」

「呪われちゃうかもね」

守村がふっと壊れた瞳《ひとみ》のまま、笑った。山原が「もう呪われてるぜ、俺たち」と独り言のように言う。みんなまるで必死さがなかった。藤岡だけがなんとか正常を保っているように見えたが――正常だからこそ、臼田や山原、守村がいましようとしている危険な決断に、動けなくなっているようだった。

「山原。死体を一旦、下ろそう。立てるか」

「――おお」

山原はのっそりと起き上がった。右足を引きずって歩く。

「守村、着替えてこいよ」

臼田が言うと「えっ……でも」と、いまにも逃げ出しそうな顔で、上目遣いをする。

「それから、死体を包むものが欲しい。被服係だろ、予備のシーツとか、持って来い」

「予備はもう府中に送っちゃったよ」

「なんでもいいから持って来い！」

守村は臼田の剣幕に押され、足をもつれさせてゴミ捨て場を出ようとした。「守村」と呼び止める。充血した目が臼田を捉える。冷や汗で顔中濡《ぬ》れている。まるで恐怖マンガの一ページに出てくるような顔だった。

「――逃げるなよ。裏切るなよ」

守村は「う、うん」と小学生のような返事をして、駆けだしていった。

「藤岡」

「俺はなにもできないよ！」

藤岡が両手を突き出し、ぶんぶんと首を横に振った。

「だろうな。見張りはできるか」

「……それ、くらい、なら」

臼田は山原の肩を叩《たた》き、車止めを脇へどかした。目の前にぶら下がる広野を見る。力を失った革靴のつま先から床まで、三十センチもない。山原に言う。

「足、大丈夫か。下で広野の体を持ち上げるのと、十三階段を上がってロープを外すの、どっちがいい」

山原は「究極の選択じゃねぇか」と変な顔で笑った後、「俺が広野の体を持ち上げるよ」と前に出た。

臼田は十三階段を上がった。まさに死刑台だと思った。真の警察官であることをいま、断たれる階段を、一歩、二歩と進んでいく。頂上は非常に狭い。下を見ると、高さも結構ある。臼田は横の壁に手をつきながら身を乗りだし、ピンと張ったロープを摑《つか》んだ。山原が背中から広野を抱え、持ち上げる。ロープをフックから外し、落とした。

十三階段を下りる。

罪を背負った人間が上る階段を、臼田は罪を背負いながら下りた。うつぶせに倒れた広野の首からロープを外す。足になにかが当たった。広野の血が掠《かす》れてついたナイフだった。臼田はそれを拾い上げ、広野のシャツで血を拭《ぬぐ》う。扉の前に立ち、隙間から外を窺《うかが》っている藤岡の足元へ、ロープとナイフを投げた。藤岡が悲鳴をあげて飛びのいた。

「お前、それ、どこかへ処分してくれ」

「――い、遺体と一緒に隠せばいいんじゃないの」

「俺の指紋やDNAがついちまってんだよ！」

臼田の勢いに圧倒され、藤岡は慌ててロープを摑み、燃えるゴミの袋が積み上がったエリアに入った。ゴミに混ぜる作戦のようだ。ナイフは燃えないゴミの奥底に突き刺している。悪くない。すぐに収集されるだろう。

守村が戻ってきた。着替えてこいと言ったのに、まだジャージが濡れたままだった。そばに寄るとぷんっと小便の匂いがした。守村は丸めたシーツを一枚小脇に抱えていた。無言で、それを臼田につき出す。受け取った臼田は山原とシーツを広げ、床にうつぶせている広野の遺体の上にかぶせた。白い布の上から遺体をゴロゴロと転がし、それを包む。どちらが足でどちらが頭になったのかわからなくなった。わからない方がいい。ただ白いものに包まれた細長い物体としてこれを扱ったほうが、気分はずっと楽だ。

シーツの端を山原と臼田の二人で摑みあげる。ゴミ捨て場を出た。

猛烈な湿気が全身に絡みつく。

藤岡が前に出て、懐中電灯であたりを照らす。遠くの方から、わっと大人が盛り上がる声が聞こえてきた。みんなびくっと肩が震える。本館の方からだ。見ると一階の教官室の電気がまだついていた。教官連中が中野校最後の夜を祝って、酒盛りをしているのだろう。大の大人たちが呑気《のんき》でいいなと思ってしまう。

「誰もいない。行こう」

当直当番の藤岡の陰に隠れるようにして、臼田と山原は後に続いた。幸い、雨はまだ降っていないが、湿気と突風がひどい。汗が滝のように流れる。死体を包む白いシーツがパタパタと突風ではためき、臼田は体が持っていかれそうになった。

学生棟に到着する直前、バリバリとなにかが炸裂《さくれつ》する音がどこからか聞こえてきた。びっくりしてみな立ち止まってしまう。

「街路樹が折れたんだ」

山原が、正門の向こうの早稲田通りに並ぶ街路樹を指さした。闇夜にこげ茶色の幹が溶け込んでいるが、枝が裂けた部分は肌色がむき出しになっていて、痛々しい。

学生棟に入った途端、大粒の雨がコンクリを叩きつける音が聞こえてきた。ゴーッと地鳴りのような音が響き渡る。ガラス扉の外は豪雨で水のカーテンができあがり、一メートル先も見えないほどになった。

みなで靴を脱ぎ、裸足《はだし》で一階を進んだ。リノリウムの床が裸足の足の裏にひやりと冷たい。予想以上に汗をかいていたようで、ぺたぺたと皮膚がはりついては離れる音がする。それが四人にもなると結構な音がしているようだが、外の豪雨の音にかき消された。臼田は思わず呟《つぶや》く。

「すげえ。天が味方してくれてる」

守村の案内で図書室にあるらしい開かずの間へ向かう。

ひとつひとつ違法行為を積み重ねていくことで、不思議なことに少しずつ罪悪感が剝《は》がれ落ちていくようだった。全て終わったらこの罪は全て剝がれ落ちてくれるのか。そしてすっきりした状態で府中校の新校舎の敷居を跨《また》げるのか。もしくはいま剝がれ落ちている物が何十倍もの重量を持って、わっと全身に絡みつくのだろうか──。

図書室に到着した。

そっと扉を開ける。人はいない。書籍は全て段ボール箱に詰められ、後日、業者が府中校へ運ぶという。入口手前にあったテーブルやイスはもうなく、部屋の半分以上を占めていた書架も全て取り外されてグラウンドに搬出されたあとだった。

残っているのは、図書係が座っていた受付カウンターと、埃《ほこり》と、リノリウムの床にある書架の脚の凹《へこ》み跡だけだった。守村が下に向けていた懐中電灯を先へ向ける。藤岡が「外から見える、カーテンを引こう」と言ったが、もう取り外された後だった。

「豪雨がカーテンがわりになってくれるだろ。大丈夫だ」

臼田は一旦死体を下ろし、藤岡から預かった懐中電灯で、書庫の扉を照らした。心細い灯《あか》りに照らし出されたそれを見て、臼田は背筋をぞっとさせた。

「――なんだよこれ。お札か？」

思わず叫んだ臼田を、山原が「しー！」と諌《いさ》める。

「――お札ってお前、どういうことだ」

「だから開かずの間だと言ったでしょ。どうやらその昔、自殺者があった部屋らしいよ。それきり封印されたままだったんだ」

「なんでお前、よりによってそんな曰《いわ》く付きの部屋を選ぶんだよ！」

ここにきて臼田が動揺を見せると、次のリーダーは俺だと言わんばかりに、山原が前に出た。

「できたてほやほやの死体以上に怖いもんなんてあるかよ」

山原は平気な顔で、お札を剥がし始めた。

「――お前、すげえ度胸だな。呪われるかもしれないぞ」

「俺たちはとっくに呪われている。何度も言わせるな」

山原の勇気に触発され、臼田はその横に立ち、ドアノブを見た。鍵穴《かぎあな》はない。扉には「書庫」という木札が貼ってあった。もともと鍵をかけておくような場所でもない、倉庫のようなところだったのだろう。臼田はドアノブをひねった。扉をそっと、開けた。すえたような砂《すな》埃《ぼこり》のような匂いがふわっと顔面を覆う。異様に冷たい。冷凍庫かと思うほどだ。扉を更に開ける。中は真っ暗でなにも見えない。まだ剥がし終わっていないお札が、臼田が扉を開けたことでべりっと破れる音がした。

藤岡が床に置いた懐中電灯を取り、ぐるっと室内を照らし出した。なにもない、コンクリートがむき出しの部屋だった。一歩前に出ると埃が舞う。埃と冷気だけの部屋。

「よし。ここに隠そう。お札をちゃんと貼り直しておけば、解体業者もびびって中に入ろうとしないだろ」

「──その前に、臭いでバレるんじゃないか？」

「この暑さだ、腐敗は早い。一ヵ月耐えてくれたら、あとは骨だよ」

「一ヵ月、誰にも気づかれずにいけるかな」

「いけるさ。解体が始まるのは半年後だ」

藤岡が「お札を張り直す糊《のり》が必要だよね」と言って、図書室を出て行った。

守村と山原で広野の死体を運び入れた。臼田は懐中電灯を灯《とも》して彼らの足元を照らしてやった。スニーカーが血だまりを踏んだように見えて、思わず飛びのく。黒い水たまりのような跡と、点々と続く血痕《けっこん》のようなものがあちこちにあった。壁をもう一度照らしてみる。扉のある壁いっぱいに、飛沫《ひまつ》跡が残っていた。背筋に幾重も悪寒が走る。

「──なにがあったんだ、この部屋で」

「頸動脈《けいどうみゃく》を切った自殺らしいよ。とにかくもう出よう」

三人はこぞって書庫を出た。臼田が扉を閉めようとした。なにもない暗闇に、白い布に包まれた広野の死体がぽつりと残される。それは絵画のような美しさで、臼田の脳裏に強く焼き付いたが──「そうだ、シーツを回収しなきゃ」と慌てて中に戻った。思い切りシーツの裾《すそ》を引っ張る。ゴロゴロと死体が転がり、広野が仰向《あおむ》け状態になって、その姿を晒《さら》す。

「いらないよ、シーツなんて！」

守村が悲鳴にも似た声をあげる。

「馬鹿野郎、なんでお前のシーツが紛失しているんだということになるだろ！」

「そうだけど……」

臼田はもう一度、広野の死体に近づいた。両手両足をへんな方向に投げ出して、踊っているみたいに見えた。胸ポケットにはなにも入っていなかったが、スラックスのポケットに財布と携帯電話が入っていた。まだ二つとも、広野の体温で生温かい。財布からタクシーの領収書が出てきた。つい一時間前の時刻が印字されている。

病院から直接、タクシーで中野まで来たのだろう。警察がタクシー会社に聴取したら、中野に来ていたことがすぐにばれてしまう。

藤岡が自室のデスクから糊を持って戻ってきた。

「藤岡。明日、当直報告の時に、広野が中野に来たと証言しろ」

「え！　なんのために」

臼田はタクシーの領収書を突き出し、言った。

「タクシー運転手の証言はどうやっても消せない。広野は手足を怪我している、印象に残っているはずだ。中野に来たけど、お前が咎《とが》めたらすぐに引き返したとか、そんな風に教官に報告しておけ」

藤岡は大きく頷《うなず》いた。臼田は広野の靴を脱がし、財布と携帯電話と靴を胸の前に抱えて扉を閉めた。もう、広野を振り返らなかった。だが、胸に抱いた革靴の存在感が凄《すさ》まじい。広野はもう死んだのに、革靴はまだ温かく、中に湿った彼の命が留《とど》まっているようだった。

守村はシーツを床に落とし、他人事《ひとごと》のように見下ろしていた。臼田が咎めると「やだよ。臼田君がなんとかしてよ」と駄々をこねる。

「だからシーツは処分できない！　おい、しっかりしてくれ。お前の班には五味がいるんだぞ！　あいつに感づかれたら最後だ、あいつは絶対にお前を怪しむことになる。あとは芋づる式で俺たちもコレだ」

言って臼田は、両手首をくっつけて、逮捕のジェスチャーをして見せた。

「何事もなかったように振る舞えよ。シーツを敷き直して――」

「このシーツの上で今晩、寝ろというの！」

「しょうがないだろ、そうしないと五味が怪しむ！　いいか、俺は幸い、再来週に見学・旅行係と一緒に卒業旅行の下見で熱海《あたみ》に行くことになっている。途中で抜け出して、どっかの断崖《だんがい》絶壁にこの靴と財布を置いていく。あたかも広野がそこから身を投げたように細工してくる」

「携帯電話はどうする？」

「しばらくは手元に残しておいて、適当にあちこちメールや発信を入れて、広野が生きているように偽装する」

山原が「すげえ。冷静だな」と思わず呟いた。

「守村、俺はやり遂げる。だからお前も頼むから、やり遂げてくれ」

守村ははらはらと涙を流し、床に落ちたシーツを拾い上げた。広野の血があちこちに滲《にじ》んでいる。死体をくるんだシーツで眠るというとんでもない苦行を、よりによって一番気が弱い守村に課さねばならぬことに、臼田は舌打ちした。

自分のシーツと取り換えてやりたいが、シーツの端に部屋番号とベッド番号が記されている。守村の場合は303－4、臼田のシーツは301－1だ。三〇三号室には五味がいる。臼田はついさっきまで五味への優越感に浸っていたのに、いまはその優秀な五味が怖くてたまらない。

守村はぶつぶつとひとりで何か言っている。表情がまた、壊れ始めた。もっと壊れればいい。脳が耐えられなくなり、その辛《つら》すぎる記憶を封印してくれるはずだ。犯罪者の中には、罪悪感に押しつぶされて実際に犯罪を実行中の記憶がすっぽり抜け落ちてしまう者がいると、授業で習った。忘れろ。そのまま忘れてしまえ。

守村以外の三人で、剝がし取ったお札に糊を塗り、もう一度、扉にべたべたと貼り付けていった。

「よし——」

一歩二歩下がり、開かずの扉の再現を見て、そんな言葉が漏れる。山原や藤岡は憑《つ》き物が落ちたようなすっきりした顔をしていた。やった後よりやる前の方がビビッていた。案ずるより産むがやすしという奴だ。

問題は、守村だ——。

臼田は、シーツを持ってぼけっとしている守村を見て、強く言った。

「いいか。卒業して秋にもう一度、ここに戻るぞ」

藤岡が「ええ⁉」と咎める声をあげる。「もうこれで十分だよ」と山原も言う。

「十分なことがあるか。半年後に解体業者が入るんだぞ。コンクリに混ざって白骨遺体が見つかったなんてなったら、とんでもない」

「コンクリートと一緒に粉砕されるんじゃないか？」

山原が楽観視する。

「粉砕されたとしても、骨と服は残ってしまう。解体業者が気付かなくても、その後にゴミを取っ払っていく産業廃棄物処理業者が気付く。奴らはコンクリの塊やそのほかの配線なんかの産廃を仕分ける作業をやるんだぞ」

そうか――と藤岡がうなだれた。

「本当は土に埋めちゃえば早いんだが、こんな天気だし、とてもその時間がない。あと一時間で宿直教官が見回りに来る」

山原が頷いた。

「そうだな。もう戻らなきゃ。五味に気づかれるかもしれないし」

「それに、秋にここに来るころには、死体はもう骨になっている。今日ほど運ぶのに苦労しないさ。骨になった死体を敷地内のどこかに埋めるだけだ」

移転後、この辺りは警察大学校のあたりまでバリケードが張り巡らされると聞いた。人目が遮られるからこの場所に埋めてしまった方が都合がいい。

「都会のど真ん中にいながら、穴を掘るのも容易だし、上から建物が建ってしまえば死体は永遠にあがることはない」

もう、『広野』という固有名詞を使いたくなかった。

「最後に、もう一度言う。今日俺たちがしたことは、小倉教場の仲間と名誉を守るための行動だ」

山原と藤岡が強い瞳《ひとみ》で臼田を見返し、大きく頷く。

「俺は今日、お前たちとしたことを心から誇りに思っている。みんなも同じ気持ちでいて欲しい。俺たちは、小倉教場を守ったんだ……！ 罪悪感なんて、持たなくていい」

守村以外の二人が、なにかに魅せられたように大きく頷いた。

「よし。卒配後の最初の日曜日に、もう一度ここに集まろう。時刻は——下手に深夜ではない方がいいかな」

中野は繁華街があるため、深夜になっても早稲田通りは車やひと通りが完全に絶えることはない。

「却《かえ》って昼間の方がいいんじゃないの。中に侵入したのがばれても、僕たち中野出身者なら、つい懐かしくて入っちゃった的な言い訳ができる」

藤岡がまともなことを言った。臼田は口角を上げ、いいこと言う、と藤岡のアスリートらしく筋肉で張った胸を軽くパンチした。

「よし。卒配後、最初の日曜日の午後三時。中野校の正門前に集合だ」

臼田は言いながら、気持ちが舞い上がっていくのを感じた。いまここで臼田は真のリーダーになったという気がした。

ふと、編入前の面談で小倉と話した時のことを思い出した。なぜ自分ではなく、新卒の五味が場長なのか尋ねると、小倉は、前期の担当教官が記した臼田評を元に、こう言った。

「お前は人を根本的に信用しないところがある」

臼田は即座に言い返した。

「刑事はなんでも疑ってかかるべきじゃないんですか。信用することは、リスクです」

すると、小倉は静謐《せいひつ》なまなざしでこう返したのだ。

「それもある意味正しいが、そういう人間は人の上に立つべきではない」

臼田はいま、自信を持って言える。小倉は間違っていると――。

一二八一期　守村教場　Ⅵ

府中警察署の大会議室に設置された『警視庁警察学校教官殺害事件』の垂れ幕が下がる帳場は、異様なまでの沈黙に晒《さら》されていた。

ひな壇に座る捜査一課長の本村、管理官、府中署長、副署長の顔は完全に青ざめている。管理官はこの捜査の流れについていこうと必死で、綾乃が徹夜で綴《と》じた守村の遺書のコピーに目を走らせている。そこに、十六年前に広野の死体遺棄を行った詳細が書かれていた。本村は大仏のように目を閉じてしまっているが、意識は音声に集中しているようだ。

五味はひな壇横のパソコンの傍らに立ち、パソコンのスピーカー部分にマイクを近づけていた。パソコンにはＵＳＢが差し込まれ、過去の罪を告白し広野を遺棄場所から出してやりたいと言う守村と、そんな彼を懐柔しようと慌てている臼田や山原、藤岡の音声が流れている。

背後のホワイトボードには、この事件の登場人物の名前が記されていた。すでに高杉の名前は消されており、代わりに臼田・山原・藤岡の氏名・階級・所属がずらりと並ぶ。

全ての再生が終わると、五味は「以上です」と静かに言い、綾乃の横の座席に戻った。

「バカな奴らだ」

開口一番、吐き捨てるように本村一課長が言った。

「たかだが死体遺棄なんかしちまったために、十六年後に殺人をするハメになる」

管理官が言う。

「いや、殺人ではなく、自殺関与罪です」

本村が、どうする、という顔で管理官を見た。この件を公表するのか。公表したらおのずと、十六年前の死体遺棄事件も公表せねばならない。だが死体はないし、証拠はこの音声データのみだ。それも臼田らが広野の遺体遺棄を「あのこと」「あの件」と言いまわしているので、完全な証拠とはなりえない。

守村の遺書にその詳細が記されてはいるが、元々心身を患っていたとなれば証拠能力がないと判断される。送検できたとしても、検事は裁判に耐えられないと判断し、不起訴とする可能性が高かった。

分は上層部にあると綾乃は思った。上層部の判断ひとつで、簡単に握りつぶせる事件だった。

本村がしれっと、独り言のように言った。

「ここで公表する前に、ひとこと相談してほしかったなァ、五味」

五味は無反応だった。上層部に先に報告などしたらすぐに握りつぶされるとわかっていたから、百人規模の捜査員が集う帳場で公表したのだ。

この中に、真の警察官は何人いるか。

管理官がやっと顔を上げ、本村になにか耳打ちした。本村はそれでいいという顔をして、さっさと立ち上がった。府中署長と副署長の出番はなく、管理官はマイクを取った。

「一旦《いったん》休憩とする。捜査会議の再開時間は未定だ。以上！」

本村捜査一課長はもう出て行き、管理官も書類をまとめて立ち上がった。

「管理官！」綾乃は思わず手を挙げて、立ち上がった。「やめておけよ」という五味の小声が聞こえたが、無視した。

「この一件を握りつぶすおつもりなら、一度、警察学校の守村教場の生徒たちと会ってはいかがでしょうか」

管理官は黙り込んだ。

「守村教場の副場長を務める水田巡査だけでもいいです。彼の守村教官への想いを――」

「君、所属は」

「――府中署刑事課強行犯係、瀬山綾乃巡査部長です」

「そう。覚えておくよ」

管理官は出て行った。綾乃はついうなだれて、座り込んでしまう。

「やっちゃったなー。あれでもう、捜査一課へは呼ばれないぞ」

五味が苦笑しつつも、優し気な視線を向ける。だが、すぐにその表情が強張《こわば》った。

帳場の、よりによってひな壇に近い出入口に、臼田が立っていたのだ。捜査員たちも気が付き、一瞬、帳場内に沈黙が舞い降りた。窓の外の雨の音が濃くなっていく。

容疑者自ら帳場に来るなど、前代未聞だ。

昨日、本富士警察署を訪ねたとき、五味が何を問い詰めても臼田はだんまりを決め込んでいた。

臼田は今日、ほっとしたような顔つきだ。上が守ってくれると言質《げんち》を取ってきたのか。だが、この三多摩地区に立ち上がった帳場の捜査員たちの非難の視線を一身に浴び、それを甘受するような態度だった。

五味は素早く立ち上がり、臼田に迫った。「何しにきた」

「お前に会いにきたに決まってるだろ」

五味と臼田は屋上に出た。綾乃も慌てて追いかけて、二人の旧友の会話を聞いた。

臼田は雨空に舌打ちし、扉の軒下でタバコに火をつけた。五味のご機嫌を伺うように言う。

「悔しい気持ちはわかるけどさ、納得してくれよ。俺だってもう、都心の所轄署の刑事課長の身分じゃいられなくなっちまうんだ」

今回の件を表沙汰《おもてざた》にしない代わりに、降格人事が内々に言い渡されたようだ。すでに上層部は隠蔽《いんぺい》に動いている。なんと素早い動きなのか。守村の遺体が発見された当時は、重い腰をあげず、帳場の発足が一週間も遅れたというのに。

「瑞穂町《みずほまち》役場の防犯係長だとよ。よりによって奥多摩の役場に出向とはな。とても市川から通えない。俺だけ官舎ということになりそうだ。ったく、三カ月後には三人目が生まれるっていうのにさ」

山原は警部補に昇任したにも拘わらず、福生署《ふっさ》の柔道指導係長に異動予定だという。現場に出ることはかなわなくなる、ということだ。

「結局、割りを食うのは末端の俺らなんだ。藤岡はお咎《とが》めナシ。ま、降格人事は東京オリンピックが終わってからだろうな」

「だからどうした」

五味は決して挑発的にはならず、臼田に問いかけた。

「それでもお前たちは生きている。だが、守村は死んだ」

五味の言葉を受け取めるように、臼田はタバコを吸う。五味が続ける。

「臼田。守村と最後、なにを話した？　相談を受けるはずだったというのは嘘だったんだろ」

臼田はタバコを味わうように口の中で煙を溜《た》めた後、いっきに吐いて言った。

「──広野の遺体は、府中校近くの廃墟《はいきょ》の旧都営団地にあると言った。あいつは、広野の幻覚が見えているようだった。早く遺体を掘り返してやらないと、呪い殺されてしまうとずっと怯《おび》えていた」

「守村教場の出席簿に広野智樹の名を記したのは、お前か」

「ああ。俺だよ。守村は言ったんだ、これ以上広野の件を胸に仕舞っておいたら、罪悪感で頭がおかしくなって死んでしまうと。そうか、死んでくれと思った。俺も、山原も藤岡も──」

それで自殺教唆を思いついたようだ。中野校の十三階段を再現した場所に誘導する。

「現場じゃ山原が裏手の公園で待機していた。守村が到着して、廃墟の中に入って遺体を探し始めたと俺に報告があった。俺はもう一度、守村に電話をした」

五味や綾乃には「心配になって電話した」と偽っていた、二度目の電話──。

「なんて言ったんだ。守村に」

「──お前は、こちら側の人間になるんだ、と。広野が最期、俺たちに放った言葉だ」

五味は何かを堪《こら》えるように、強く目を閉じた。まるで、自分に言われた言葉を苦々しく受け止めているようだった。臼田がはんっと笑って言う。

「広野の死体を隠した夜はすがすがしかったんだがな。だが守村の時は……山原から、首を吊《つ》ったと報告を受けて、あの晩は……」

臼田はそこでぷつりと、口を閉ざしてしまった。五味までもが黙り込んでいるので、臼田はまた自分を奮い立たせるように笑って言った。

「十六年前のときは、やり遂げたと思った。翌日になって、急に不安になったがな。広野は遺書を残していると言っていた。それがどんな内容で、どんな形態で届くのかが全くわからなかったからな」

「内容次第では、死体の隠蔽が仇《あだ》になる可能性だってなきにしもあらずだ」

「そういうこと。だから俺は焦って、広野の携帯電話を使ってお前に電話をかけた」

「移転当日と──その翌週末にもあった」

「そう。俺が卒業旅行の下見で熱海に入ったとき、伊東まで足を延ばした。広野の携帯電波が伊豆《いず》方面でキャッチされたってことで、県警の人間が後日、捜索に来た」

「それで、その崖《がけ》っぷちに広野の靴と財布、警察手帳を置いたんだな」

恐らく移転の際、広野の私物をどさくさ紛れに探ったのだろう。広野はデスクの鍵《かぎ》付き引き出しの中に警察手帳を保管していたはずだから、同部屋の臼田はそれを容易に持ちだせた。

「その数日後だったか？　宅配便で小倉教官の下に遺書が届いたのは」

「そう。フッツーの遺書がね」

臼田が吐き捨てるように笑う。煙草の濃い煙がわっと出て、その表情をぼやけさせる。

「なんだったんだよ、あの自傷行為や俺たちへの言葉は」

臼田は独り言のように言った。綾乃も確認したが、広野の遺書には、誰かを貶《おとし》めるような文言は全くなかった。広野は警察学校で孤立し、居場所を失い、故郷に帰る道も絶たれ、死を選んだ。それだけ。教場の誰も責めていない、誰の個人名も出てこなかった。小倉教場の生徒たちに殺されたとするような遺書を予想していた臼田は、それを聞いたとき、全身の力が抜けたという。

「俺は広野が謀った最後の陥穽《かんせい》にはまったというわけだよ……！」

恐らく広野は、ああいう死にざまを見せることで、臼田たちが死体隠蔽を図ると読んだのだろう。彼らに死体遺棄罪を犯させ、警察官ではいられなくさせることが、広野の言う〝道連れ〟だったのだ。

寒いほどの涼風が、三人の間を通り過ぎて行く。ジャケットの肩にぱらぱらと注ぐ雨を気にも留めず、五味が静かに尋ねた。

「――その後、遺骨を移動させるため、戻ったんだな、中野に。覚えている」

「ああ。覚えているよ」と臼田は口角を上げた。

「卒配後の最初の日曜日の、秋晴れの午後だった。お前、なにやってたんだ、あそこで」

五味はふっと口をつぐんだ。

「俺たちとばったり出くわして、慌てて出て行ったな。お前の方こそが犯罪者みたいな顔をしていたが――」

臼田はどうでもよさそうに笑い、言葉を続けた。

「あの日、約束通り山原と藤岡が旧校門に集まった。守村は来なかった。あまりのことに、広野の死体を隠した記憶を失っているようだった。だが、あいつにとっても俺たちにとってもその方が都合がいい。あんな気の小さい奴が罪の意識に耐えられるはずがないからな。守村があのことを記憶しているのは俺たちにとってリスクでしかない。結局、三人で集まってバリケードの隙間を潜り抜けて、中に入った。再び、図書室の開かずの間を開けたというわけだ」

五味は相槌《あいづち》すら打たなかった。

「広野はきれいに骨になってたよ。不思議なもんだな、土の中じゃあるまいし、死体を分解してくれる微生物がいるわけでもないのに、冷たい石棺のような部屋の中で、勝手に腐っていた。運び出すのは本当に、容易だった。運び入れるのは大変だったが――」

「どこに埋めた？」

「言ってどうなる。警察病院をぶち壊してコンクリートの下を浚《さら》うのか。なあ、五味」

挑むように臼田は五味を見据えた。

「広野が本当に道連れにしたかったのは、お前だと思うんだがな」

「——ああ。最初に俺を呼び出そうとしていた。覚えているよ」

「つまり、俺や山原、守村、藤岡は、お前の身代わりになってやったということだ」

「それは違う」

臼田の眉間《みけん》がぴくりと動いた。

「俺は死体遺棄などしない。広野がどんな狂態を見せて死んでいったか知らないが、まずは広野の死体を下ろして心肺蘇生《そせい》をする。教官に報告して一一九番通報だ」

「いくらでも言える。その場にいたらお前だって——」

「違う！　臼田。お前は極限の状態で結局、警察を信じなかった。それがお前のそもそもの間違いだろう！」

五味は珍しく語気を荒らげ、臼田の肩を摑《つか》んで激しく揺すった。これまで犯人や聴取対象を、敬服と共感という態度でうまくからめとってきた五味だが、かつて青春時代を共に過ごし信頼しあった臼田に対しては、冷静ではいられないのだろう。

「なぜ広野の狂言よりも、警察の捜査能力を信じなかったんだ！　どれだけ広野が偽装していようが、俺も、他の仲間たちも絶対にお前たちを信じた。いじめなんかなかったと小倉は知っているし、広野が勝手に死んだんだと、警察は冷静に判断したはずだ。なぜお前は、教場仲間やお前が所属する組織を信用しなかったんだ……！」

臼田は愕然《がくぜん》と、五味を見つめた。その瞳《ひとみ》が震える。

「お前はなぜ、信用できない組織の人間になろうとしていたんだ？　この組織に飛び込むのなら、まずお前自身が警察を信じるべきだったんじゃないのか！　信じることすらできない人間が、俺は教場やその仲間たちを守ったなんて偉そうに言えるのか⁉」

臼田は愕然と、唇を震わせ、目を逸《そ》らした。

「同じことを言うんだな、お前。小倉教官と……」

臼田の煙草の灰がぽたりと、コンクリートの床に落ちた。


九月三日。

いつになっても帳場が再開する報告がない。五味は毎日のように白紙に向かい、記憶をたどりながら中野校の見取り図を描いていた。

臼田たちは広野をどこに埋めたのか。臼田の〝警察病院の土地を浚うのか〟という挑発から、やはり当時のバリケード内に死体を遺棄したとみていいだろう。あの時——三人はバリケードの中のどの位置に立っていたのか。だが、どれだけ脳みそを振り絞っても、十六年前の曖昧《あいまい》な記憶が鮮明に蘇《よみがえ》ってくれることはない。

——百合に会いに行こうか。

五味は、百合の墓参りに行くことで何か思い出せるかもしれないと、藁《わら》にもすがる思いだった。準備をしていると、日曜日で図書館の自習室に行くはずだった結衣が目を丸くした。

「なに。なんで急に墓参りなんて行くの。今日、月命日じゃないよ」

「だって俺、捜査が忙しくてお盆に行けなかったしさ」

ひとりでいいと言ったのに、結衣は「もう、自習室行く予定だったのに」とぶうぶう言いながらも余所《よそ》行きのワンピースに着替えはじめた。一緒に行くつもりのようだ。和室の、百合の仏壇があった場所に置かれているろうそくや線香、数珠《じゅず》を準備し始めた。

五味はポロシャツにジーンズで車に乗り込み、先に車の冷房を入れて結衣が来るのを待った。スマートフォンに着信があった。捜査一課長の本村だ。電話に出る。

「五味か。いまどこだ」

「自宅で出かけるところですが――呼び出しですか」

「いや。休んでいていい。府中署の帳場だが、今日正式に散会だ」

黙り込んだ五味に、本村は「聞いているか」と尋ねてくる。

「まだ誰も逮捕してませんし、送検していませんよ」

「誰を逮捕する必要がある。守村教官は自殺だった」

五味は反論せず、ただ無言を貫いた。ふと脳裏をよぎったのは、十六年前の守村の、入校した際の屈託のない笑顔だ。そして、最後まで『守村教場』の名を守りたいと話していた水田副場長の純粋な瞳だった。

「――本村一課長。課長は警察学校の何期生です？」

「なんでそんなことを尋ねる」

「いや――本村一課長には、純粋な警察官だったころはなかったのかなと」

「五味。いまの無礼はなかったことにしてやる」

電話は一方的に切れた。結衣が紺色のワンピースを翻し、助手席に乗り込んできた。もう身長が一六〇センチ以上あるから、ふっと見た瞬間に女子高生くらいに見えるときがあって、戸惑う。

「あつーい」と文句を垂れながら結衣は車に乗り込んできた。シートベルトをするとサンダルをさっさと脱いで裸足《はだし》の足をシートの上に乗せ、体育座りみたいな座り方をする。いつもこのスタイルで、スマホをいじくっている。

今日はスカートだろうにと、五味は後部座席からフリースのひざ掛けを引っ張り出した。結衣の足元にかけてやると「暑い！　ありえない」と結衣は平気でそれを蹴散《けち》らしてしまった。そういう年頃かとため息をつき、車を発進させた。

急な坂道やカーブをいくつか過ぎ、三十分で多摩丘陵にある霊園に到着した。五味が桶《おけ》二つに水を入れている間、結衣はさっさと母親の墓へ向かい、古い花や供え物を処分した。墓の作法に慣れている子供はなんだか悲しい。

百合の名が横に刻まれた墓石の前に立つ。

いつか結衣が巣立ったら、早く骨になって百合の横にいきたいなと思う。そうして二人きり、東京の多摩丘陵に優しく吹き付ける風に身を委《ゆだ》ねていたい。

結衣は墓石の水分を布でふき取ると、ろうそくの火をともし、線香を付けた。細く頼りない煙が天に昇っていく。結衣と揃ってしゃがみ、目を閉じて、手を合わせた。

いつもここに来て静かに目を閉じると、再会した日のことを鮮明に思い出す。

二〇一一年三月一一日の夜だった。

十四時四十六分に起きた東日本大震災で、都心はまだ激しい余震が続き、グラグラしていた。五味は原宿《はらじゆく》署刑事課強行犯係の係長で、非番で官舎にいた。特に応援要請はなかったが知らんぷりできず、署に出た。まだまだ余震が続いていた上、明治通りは車と人がひしめき合い、壮絶な交通渋滞が起きていた。電車が全て運休になっていたので、官舎から徒歩で一時間かけて原宿署にたどり着いた。

一階の受付付近で、五味は聞き覚えのある声を聞いた。

「お願いします！　長靴でも落とし物でも、サイズ違いでもなんでもいいです！　お願いだから、一足靴を貸してください！」

必死の訴えをしているスプリングコートを着用したＯＬ風の女性に、五味は一瞬で目を奪われた。甘くほろ苦い感情がわっと腹の底からこみ上げる。

丸い大きな瞳は今日も猫のようにつり上がっている。ボリューム感のある体つき。柔らかそうな、厚ぼったい唇――。

奇跡みたいだと思った。十年ぶりに再会した奇跡もあるが、百合は殆《ほとん》ど年齢を重ねているように見えず、若々しかった。髪は伸びて、バレッタでアップにまとめていた。うなじにかかるおくれ毛が色っぽいと思ってしまう。自分はもう三十三歳、百合は三つ年上だったから、三十六歳くらいだろうか。

「長靴配備してありますよね！　私、昔警察学校に通ってたことがあるんです。途中でやめちゃいましたけど、実務修習で行った所轄署に予備の長靴がずらっと……！」

「神崎、さん……？」

五味は受付に近づきながら百合に声をかけた。百合は振り返って五味を認めると、はたと口を閉ざした。あ、と救われたような顔をして、目を涙で潤ませた。京介君――と音にはならなかったが、口元でそう言ったようだ。

五味は「僕が対応するよ」と受付の女性に言い、百合の前に立った。

「どうしたの」

「歩いて自宅に帰ろうと思ったんだけど、ヒールが折れちゃって」

と、右足を上げて見せた。五味はカウンター越しに彼女の足を見た。黒のパンプスがぽっきりとヒールを失《な》くしている。

「自宅はどこ？」

「川崎市麻生区――小田急線の新百合ヶ丘駅の近くよ」

五味は首を横に振った。遠すぎる。都心から二十キロ以上はある。

「今日は帰るのをあきらめたら？　もしよかったら刑事課のフロアにソファがあるし」

百合は絶対に帰る、と首をぶんぶんと振った。

「いますぐに帰らないと――娘がひとりで自宅にいるの。電話は繋《つな》がらないし。まだ小学生なの」

「それなら、恐らく学校で保護しているから大丈夫だ。震災があったのは三時前だから、ほとんどの学校で保護者の迎えのない生徒は――」

「違うの、違うの……！」

わかってと言わんばかりに、百合は五味の手を握った。

「娘はインフルエンザにかかってて、ずっと学校を休んでいるの。今日はひとりで自宅にいるのよ。なんとかして帰ってあげなくちゃ。家がどうなっているのかもわからないし、まだ揺れ続けていて危ない。すぐに帰らなくちゃ……！」

「ご主人とは連絡がついている？」

「シングルマザーなの。近所の人とも連絡がつかなくて」

「それなら、近所の交番に俺から連絡を入れるから。交番の名前はわかる？」

「駅前に交番が。新百合ヶ丘交番」

五味は踵《きびす》を返し、空きデスクのパソコンを勝手に借りて、神奈川県警の情報ページを開いた。新百合ヶ丘交番の電話番号を確認し、非常線で電話をかけたが、誰も応答がない。みなこの騒ぎで出払ってしまっているのだろう。

五味は考えた。確かに、母親が帰るしかなさそうだ。だがあの靴では歩けないだろうし、いま靴を呑気《のんき》に販売している店などない。五味は「ちょっと待ってて」と百合に声をかけ、地下の備品倉庫に下りた。庶務に声をかけて、女性警察官用の長靴を一足、借り受ける。官品だが、いまは非常事態だ。

長靴を持って現れた五味を見て、百合はほっとした顔をした。駆け足で近づいてくるが、足を引きずっている。ヒールがないためだろうと思ったが、長靴を履いて「ありがとう、京介君！　会えてよかった」とだけ言い残し署を出た百合は、やはり右足を引きずっていた。五味は慌てて止めた。

「神崎、足を怪我しているのか」

「大丈夫、ヒールが取れたときにひねっただけだから」

「いやでも、その足で新百合ヶ丘まで歩くのは無理だ」

「無理でも帰る。絶対帰る！」

百合は五味を振り払い、がんとした調子で歩き出した。

驚いた——警察学校時代の百合からは想像もつかない、強くたくましい母の背中があった。母になるということは、すごいことだなと思う。情緒不安定で周りを振り回してばかりだった女性が、あんなふうに毅然《きぜん》とした態度で子どもを守ろうとする。会うたびにいろんな表情が出てくる女性だと思ったが、十年たってもそんなところだけは変わらず——五味の心をかき乱す。

五味は署の裏手に引き返し、移動用に置いてある自転車を引っ張り出した。都心では、ちょっと隣の署までというとき、車よりも自転車の方が早いことがある。五味は自転車にまたがると、歩道を列をなして歩いていく人の間を抜き、車がぎっしりとつまった国道３０５号へ出た。完全に立ち往生した車の横をすり抜けていくと、やがて足を引き摺《ず》って必死に歩く百合の背中が見えた。

「神崎！」

振り返った百合は額にびっしりと玉の汗をかいていた。足の痛みを堪《こら》えているのか、顔は真っ青だった。だがあの調子では、娘の無事が確認できるまで、絶対に病院に行かないだろう。

「乗って！　送っていくから」

百合はびっくりした顔をしていたが、すぐに車道へ出ると、自転車の荷台に大胆にまたがった。五味は漕《こ》ぎ出した。予想以上に重い……。ふくらはぎに力をこめる。

「ありがとう、京介君。勤務抜け出して大丈夫だったの」

「今日は非番だから、まあ大丈夫だと思う」

よかった、と百合は五味の背中でため息をついた。サドルの下に手をやり、そこを必死に摑《つか》んで体を支えている。

原宿駅前で、明治通りに入った。代々木《よよぎ》公園の緑に囲まれた道を、ひたすら漕いでいく。渋滞の車中でため息をついている運転手や、行列を進む徒歩の人々が、すいすいと自転車で進む五味を羨《うらや》ましそうに見ている。車でなら一時間ぐらいだろうが、恐らく自転車だと二、三時間はかかるだろう。

「疲れたら途中で代わるから、言ってね」

と百合が気遣う。

「とんでもない。怪我人に自転車を漕がせるなんて」

「なんだかすっかり精悍《せいかん》になったね、京介君」

「もう三十三歳だよ」

「若いよ！　私なんかもうアラフォー。年取った。最近忘れっぽいし」

「仕事、なにしてるの」

「保険の外交員よ。ねえ、今度お礼させてね、ついでにうちで貯金しない？」

急に百合は営業口調になった。五味は笑ってしまう。

「保険は警察の団体窓口で加入しているし。貯蓄型の保険もやってるよ」

「しっかりしてるね、相変わらず。結婚してないの？」

「まだまだ」

「警察官の三十三歳は遅いくらいじゃないの。彼女は？」

五味は「――まあ、いるけど」低い声で答えながら、三年越しの恋人の顔を思い出そうとした。五つ年下で、スレンダー美人と評判の、千代田区役所に勤務する公務員だ。区役所の防犯係に出向していた三年前に、知り合った。決して五味を振り回すようなことはしない、控えめな女性だ。だがいまは彼女の顔がうまく思い出せなかった。

「そりゃそうよね。こんないい男。ほっとく女はいないんじゃない」

自分は放っておいたじゃないかと思ったが、確かに、十年前の警察学校時代の自分はまだまだなにも見えていない子供だった。なんでもそつなくこなして失敗したことがなかったからこそ見えないこと、理解できないことが山ほどあった。小倉から学んだこと、そして百合に指摘されたことはやはり大きかったと、ふと思う。

「最後に会った日のこと、覚えてる？」

五味はふと、後ろの彼女に問いかけた。少し百合が緊張したのがわかった。

「卒配後の最初の日曜日、中野で待ち合わせしたでしょ」

「覚えてるよ——私、京介君を罵倒《ばとう》した」

「でも、ありがたい罵倒だったよ。あの時、神崎に言われたことはいまでもちゃんと胸に刻んで、警察官やってる」

沈黙の後、百合は恐々とした様子で尋ねてきた。

「私、なんて言ったっけ？」

本当に忘れたのかと、五味は思わず急ブレーキをかけた。百合を振り返る。

「嘘でしょ。覚えてないの⁉」

百合は大きな瞳《ひとみ》を見開き、困ったように五味を上目遣いに見た。そんな表情されると、ぐっときてしまう。まあいいやと、自転車を再び、漕ぎ出した。

「神崎、バツイチなの？」

百合はあっさり答えた。

「ううん、一度も結婚してない」

未婚の母なのか——。小倉はどうしているのだろう。ふざけ半分に尋ねた。

「O教官はどうしてる？」

「孫娘に首ったけよ。ばっかみたい」

五味はクスクス笑った。もう定年しているはずだ。卒業後三年ほどして教場会を開こうと思わないでもなかったが、その時にはすでに教場の誰とも音信不通になっていた。他に号令をかけそうなのは臼田だが、臼田も教場会を開こうと声をかけてこない。自殺者が出たこともあり、みな小倉教場時代のことを思い出したくないのだ。

そしてふと、へらへらしながらも圧倒的な存在感を放って五味の前に立ちはだかっていた男を思い出した。

「神崎――。高杉とは会っている？」

「まさか」と百合は即答した。「連絡取ってないよ、退職して以来」

「そうなの。私は高杉君が好きです――ってメールで熱烈に宣言したのに」

「そうだった？　全然覚えてない」

なんてあっさりしているのか思うが、女が昔の男を語るときなんてそんなものか。

「あの頃は本当に子どもだった。どうしてか、ああいうちょっとワルみたいな男に惹《ひ》かれちゃうところがあって」

いまは違う、現実を知っているから、と百合は断言する。

「とにかくいまは自力で娘を養って、全力で娘を守らなきゃいけないでしょ。そう考えたとき、やっぱりああいう下半身が軽い男はダメよ」

五味は後ろに百合を乗せていることもあり、代々木公園を抜けないうちにすでに息切れしていた。暑い。自転車を漕ぎながら、ジャケットを脱ぐ。百合が後ろから手伝い、ジャケットをきれいに折りたたんで持っていてくれた。井《い》の頭《かしら》通りを抜け、時々スマホで近道を探しながら、小田急線沿線に向けて自転車を南東方向に走らせる。井の頭線の池《いけ》ノ上《うえ》駅を縦断したところでネクタイを取り、ワイシャツのボタンを開けた。もう汗びっしょりで、会話もままならない。

小田急線の世田谷代田《だいた》駅までたどり着いた。電車が動いていないかと外から駅のホームを見たが、人の気配が皆無だった。今日は一日、運休だろう。

その後、殆《ほとん》ど会話もなく、五味はひたすら小田急線の高架沿いを西へ向けて自転車を走らせた。途中、何度かコンビニに立ち寄ったが、飲み物は殆ど売り切れており、自動販売機も全滅だった。

「ねえ、脱水してない？」

「大丈夫。がんばるよ」

「これ、嫌じゃなければ」と百合はトートバッグの中から飲みかけのホットミルクティのペットボトルを取り出した。もうすっかりホットではなくなっていたが、その方が五味はありがたい。その場で一気に飲み干した。間接キスだなぁと思ったが、そういうことで騒ぐ年齢でもないので、五味も百合も黙っていた。

百合が住む新百合ヶ丘のマンションは、駅のすぐ近くにある四階建て賃貸マンションだった。五味は到着するとそのまま自転車ごと入口の前に倒れ込んでしまった。百合は痛む足に鞭《むち》を打ち、「ちょっと待っててね」と言って階段を駆け上がっていく。三階あたりで「結衣、結衣！大丈夫？」と鍵《かぎ》を開けながら玄関に駆け込む声が聞こえた。ばたんと扉が閉まり、それきり、百合が戻ってくる様子はない。

——いまは娘以外、眼中にないというわけか。

五味はマンション入口のタイル張りの床に寝転がり、思わず大の字になった。

——なにやってんだろうなぁ、俺。

三十を過ぎて、高校生の青春じゃあるまいし。目を閉じた。もう少し休憩したら、署に戻らなくてはならない。また自転車であの距離を戻るのかとうんざりする。

目を開けた。誰かが自分の顔を覗《のぞ》き込んでいた。驚いて飛び上がった。

「——ねえ、嘘でしょ？」

百合とよく似た声の、小学校高学年くらいの少女が、そこに立っていた。いかにもインフルエンザで休んでいたという恰好《かっこう》だ。パジャマ姿でマスクを顎《あご》まで下げている。おかっぱの髪はひどい寝癖がついていて、かわいらしかった。肩の上からドーナツ屋のロゴが入ったひざ掛けをかぶっている。

「ねえ、お巡りさん、まじで原宿からチャリで来たの？」

「う、うん……」

「信じらんない！　だってママいま体重、五十七キロもあるんだよ！」

「——そ、そうなんだ」

階段を下りてくる百合の声がした。「結衣、変なこと言わないで！」

五味は戸惑ったまま、改めて、百合のひとり娘を見た。百合とあまり似ていない。小学生にしては顔立ちが出来上がっている。人目をひく独特の華やかさがあった――。

五味は一目見て、百合が誰の子供を産んだのか、気が付いた。

――長い追憶から醒《さ》め、五味はゆっくりと目を開けた。

紺色のワンピースを着て百合の墓前に手を合わせていた結衣は、もう隣にいなかった。霊園の木陰下のベンチに座り、スマホをいじっている。こちらを見る目が「長い」と咎《とが》めている。

五味はやり過ごし、改めて墓石を眺めた。百合に問いかける。

守村が死んだ。彼のことを覚えているか。ひどい策略で死んだよ。故郷の海に身を投げたと思っていた広野は、さみしく警察学校の跡地にひとり、眠っている――あまりに無念ではないか？

五味はただ無言で佇《たたず》む、百合の墓石を眺めた。

いま、すべきことは何か。立ち上がり、ろうそくの火を消す。空っぽの桶《おけ》を持って結衣の方に歩いていった。スマホを出し、警視庁記者クラブに出入りしている知り合いの記者の番号を表示させた。「結衣」と呼びかける。

「しばらく周囲がゴタゴタするかもしれない」

え、と結衣が顔を上げた。

「ちょっと俺、正しいことをしようと思う」

「それって当たり前のことじゃん。京介君、サツカンなんだから」

サツカンなんて言い方――どこで知ったのだろう。五味はそんな言い方をしない。高杉みたいだなぁと思った。

「だよな」と五味は笑って、スマートフォンの呼び出し音に耳を傾けた。

一一五三期　小倉教場　卒業

ＪＲ中野駅に降り立った途端、心細くなるような冷たい風がふっと顔に吹き付けた。

二〇〇一年、十月十四日。日曜日。

夏にこの地を後にしてから、初めて中野に戻ってきた。五味はすでに丸《まる》の内《うち》署地域課に配属され、いまは署の上にある独身寮に住んでいる。

すでに交番勤務が始まっていた。卒配後、最初の日曜日の午後。外出報告は必要だが、私服で外を歩ける身分になり、少しの解放感がある。だが、心は閉塞感《へいそくかん》に苛《さいな》まれていた。

銀色の礼肩章を下げ、厳粛なムードの中で卒業式を迎えた数日前を思い出す。式典にやってきた警視総監は「君たち一一五三期生は、警視庁府中警察学校開校後、初めての卒業生だ」と言った。この新たなる土地の名を汚さぬよう、あとに続く生徒たちの見本となるような警察官となれ――。

警視総監の仰々しい式辞は、卒業証書を手に持つ五味の心を塞《ふさ》いだ。

〝君はこちら側の人間だ〟

という呪いの言葉を残し、海に散った広野のことを思う。自分はここに立っていていい人間なのだろうか。

今日、五味はジーンズにネルシャツという恰好だった。胸ポケットに、退職願を忍ばせている。百合にすべてを話さなくてはならない。彼女が許してくれなかったら、これを丸の内署長に出すつもりだった。

午後二時半に、百合と旧中野校近くの喫茶店で待ち合わせをしていた。すでに警察学校と警察大学校跡地は三メートル近い高さのバリケードが張られ、中の様子を見ることはできない。

「わあ、久しぶり」

百合がふわっと現れて、なんだかしみじみとした様子で、五味の前に座った。初めて私服姿を見た。紺色のひざ丈のワンピースに黄色のカーディガンを羽織っていた。

「――元気だった？　どう、丸の内署は」

ウェイターが注文を取りに来たが、百合はずいぶん長い間、なにを飲もうか迷っていた。結局、ホットココアを頼むと、改めて五味を見つめて、優しくほほ笑んだ。

あれ、っと思った。改めて見ると、ぐっと雰囲気が落ち着いていた。前に見せたような浮ついた様子が全くない。もう別の仕事に就いているのかもしれないが、独身ＯＬが身にまとうような華やかさも軽々しい感じもない。なんだろう、この、彼女の腹の据わった感じ。

「神崎は、いまなにしてるの」

「え、別に何もしてない。無職だよ」

百合は堂々とそう言った。なんで働かなきゃいけないのという顔をしている。

「で、なに？　話したいことって」

百合は飲み物がこないうちにもうそわそわした様子で、語り掛けてきた。二ヵ月前に退職してから体型はそんなに変わっていないようだったが、顔がちょっとむくんでいるように見えた。髪はベリーショートからちょっと伸びていて、マッシュルームみたいでかわいらしい。

真実を話したら激怒されて、もう二度と会えないかもしれない。今日が、こんなに風に親気な瞳《ひとみ》で自分を見てくれる最後になるかもしれない。

でも俺は、あちら側の人間に戻りたい。

百合の許しがなければ、戻れない。

五味は決心して、感情を言葉に乗せていった。

「──実は。ごめんね、神崎には、あまり思い出したくない話かもしれないんだけど」

百合の顔色がちょっと曇った。

「夏にばらまかれた、あの写真のことで……」

今度は完全に、百合の顔色が不愉快なものに変わった。

「ごめん──嫌だよね」

「ねえ、早く言って」

「うん……。もちろん、あの写真をばらまいたのは広野だ。広野なんだけど──」

ウェイターが飲み物を持ってきた。話が中断する。百合はあからさまに舌打ちした。さっきは丸くなったなと思ったが、ちょっと性格が短気になったようにも見えた。

五味がコーヒーに砂糖とミルクを入れている間、百合はココアに口をつけず、じっと五味を見据えている。無言で早く話せと促してくる。五味は慌ててコーヒーを飲み込んだ。喉《のど》に軽いやけどを負ってしまった。必死に説明する。

「実は――えっとその、広野が写真をばらまくようなきっかけを作ったのは、実は、俺で」

百合の反応が怖くて、いっきに話してしまおうと思った「具体的に言うと――」

「ねえ」

いきなり遮られた。百合が放ったたった二文字の単語が、槍《やり》が貫くように五味の胸を抉《えぐ》った。

そういう、乱暴な言い方だった。

「なんでいまになってその話をするの。警察学校を無事卒業して、身分が安定したから？」

「いや、そういうわけじゃ」

「卒業前に口にしたら退職処分になるかもしれなかったから？」

否定しようとしたが、できない。そう思われても仕方がない。五味はただ、俯《うつむ》いた。

長い沈黙があった。百合のホットココアの上に浮かんだ生クリームが溶けて、白い泡になっていた。それでも百合は飲み物に口をつけようとしなかった。五味は頭頂部に百合の鋭い視線が突き刺さり続けているのを痛いほどに感じていた。

「――広野に言われたんだ。五味は、こちら側の人間だと」

「こちら側？」

「警察官になるべき人間じゃない、ということだよ。広野を変な風に勘違いさせることを言ってしまって、結果的にあんなビラがまかれて――君や高杉を傷つけた」

「私の父親もね」

「そう、小倉教官も――」

「そうとわかってて、どのツラ下げて卒業証書を受け取ったわけ」

吐き捨てるような言い方だった。麻生助教に殴られるよりも、痛い。自分で自分を受け止めかねるほどに、しどろもどろになった。こんなことは生まれて初めてだった。

「わかっているよ。だ、だから、神崎にはちゃんと正直に話そうと。あの……正直に。警察官らしく、実直でいたいと。ちゃ、ちゃんと覚悟は決めてきてる」

やっと顔を上げて、五味は懐から退職願を出した。宛名は丸の内署長殿になっている。

「――俺がいまから話すこと。もし許せないと思ったら、言って。俺はすぐ署に戻って、これを出すから。本気だよ」

百合は静かに、退職願に視線を落とした。

「俺は、正しい人間に戻りたいんだ。警察官という職業にふさわしい――」

百合は退職願にさっと手を伸ばすと、あっという間にそれをびりびりに破いてしまった。一瞬、こちらを睨《にら》むその顔が、小倉教官と見まがうほどだった。似ていると思ったことは一度もないのに。静かな店内に、紙が裂ける音が響く。

「嘘。なにが覚悟よ。全部話して、ただ自分がラクになりたいだけでしょ」

「えっ……」

「ずるい。京介君は本当にずるい……!!」

百合は乱暴にテーブルを叩《たた》いた。他の客の注目が集まるのも気にせず、百合はヒステリックにまくし立てた。

「京介君がなにかそそのかして広野君にあの写真をばらまかせたということでしょ。人を陥れておいて、二カ月も経ってごめんなさいって謝って、許してもらって罪の意識から解放されるってこと……?」

百合の目に、涙が浮かんだ。五味の目尻《めじり》にも、涙がたまっていく。

「きっと些細《ささい》なことだったんでしょうね、お酒の席でつい口が滑ったとかそういうことでしょ。私は、そうだったの、仕方ないわねって言うしかないじゃない。あなたはそれで、あーよかったすっきりした、明日から勤務がんばろう、ってなるでしょうね。でも私は家に帰ってきっと悶絶《もんぜつ》するわ。あなたを許せないいって。そして今度は私が罪悪感に苛まれるのよ。京介君は正直に話して謝ってくれたのに、私はどうしても許してあげることができないって。だって私は、あのせいで大好きな人との仲を裂かれてしまったんだもの……! 人生が、変わってしまった!! あれがなければ――」

百合は一方的にまくしたてながら、ボロボロと涙を流して訴えた。溢《あふ》れる涙を拭《ふ》こうとせず、なぜだかずっとお腹のあたりを触っている。返す言葉もなく、罵声《ばせい》を浴びるだけの五味に、百合は容赦がなかった。

「私はあなたをきっと許せない。そして、今度は私があなたを許してやれない罪悪感を抱えて生きていくことになるの。だから私はあなたの言い訳も謝罪も一切、聞きたくない！　全部、あなたが抱えて生きていきなさい！」

ぴしゃりと百合は言い切った。啖呵《たんか》を切るような潔さだった。言葉のひとつひとつが五味の心を粉々に打ち砕いていく。

「自分は卑怯《ひきょう》なことをした人間だと自覚して、その罪悪感を抱えた警察官になればいい。ずっとずっと苦しんで、気負って、もう二度と同じ間違いは犯さないと心に刻みつけながら、警察の職務を全《まっと》うしなさい！」

そう五味を糾弾する百合の表情は鮮烈で、清冽《せいれつ》だった。まるでなにかの女神のように、五味の目に映った。圧倒的に美しく慈愛に満ち溢れているのに、背信者には残酷な牙《きば》を剝《む》いて地獄の炎で焼き尽くす――。

「もう二度と連絡してこないで」

百合は言って立ち上がると、ひとくちもココアを口にしないまま、店を出て行った。

五味はすぐに勘定を済ませると、慌てて百合を追いかけた。百合は、ついさっき放った言葉のわりに、ゆったりとした足取りで、早稲田通りを歩いていた。神崎、と叫んで呼び止めたいのに、追いかけたいのに、体が言うことをきかない。

五味はバリケードの前で射竦《いすく》められたように、動けなくなっていた。

視界にふと、冥《くら》い穴が見えた。

バリケードの隙間を、誰かが強引に通過したような、隙間。よく見れば穴でもないし、昼間だから暗くもない。ただ、草木がぼうぼうに生えるかつてのグラウンドの地面が見えた。

五味はなにかに吸い込まれるように、隙間を潜り抜けて旧警察学校跡地に入った。罪を心に刻みつけて生きていく。自分がしたことを決して忘れてはならない。忘れてしまわないためにも、いま、ここに入らなくてはいけないような気がしたのだ。

まだ解体工事前なので、旧警察学校は当時のままの姿で、そこに鎮座していた。黒いシミに覆われた校舎に「どうして戻ってきたんだ」と咎《とが》められているような気がした。

人がいなくなったことで、虫と草の楽園になりつつあるグラウンドを横切る。移転前日にグラウンドに出した器具備品はすでに撤去された後だった。

大心寮の横を突っ切って、川路広場へ向かう。赤い石板でできた『大心寮』の看板はすでに取り外され、いまは府中校の学生棟の入口に掲げられている。川路広場の川路利良像も、すでに府中校に運び出されて、立ち台だけがぽつりと残っていた。

師を失《な》くしたその広場にひとり、佇《たたず》む。秋の冷たい風が寒々と五味の体を通り過ぎていったとき「ここにするか」という、ため息混じりの男の声が聞こえた気がした。顔を上げた五味は、遠く敷地の片隅に三人の男がいるのを見た。

臼田と山原、そして藤岡の三人だった。

三人とも、五味が初めて見る私服姿だった。山原は上下、黒のウィンドブレーカー姿で、藤岡はジャージ。臼田はなぜか、登山するような雰囲気だった。大きなザックを背負い、そこからスコップの柄のようなものが突き出ている。しかしよく見るとそれは旗のように見えた。不自然に長い棒の先端で、黄色い旗が秋の風にはためている。

臼田がこちらに気が付いた。体の向きをこちらに変えた途端、リュックから突き出ていた棒が折れたように見えた。だが、黄色の旗はまだ風にはためいている。

何が何だか、わからなかった。

いま自分がここにいる意味も。警察官でいることも――。

なぜかそこでふと、視界が開けたような気がした。

目の前の光景にある矛盾ごと、抱えて生きていく。

誰かを陥れた罪を呑《の》みこんだまま、警察官を続ける。

小倉が五味を「落ちこぼれ」呼ばわりした本当の意味がいま、自分の皮膚や内臓にすっと沁《し》みこんでいくのを感じた。

これまで、自分は正しいことしかしないと思っていた。正しい行いができない人間と自分自身を、きっちりと線引きしていた。自分はいまその境界線に立っている。どちらにも行けず、ずっとここに留《とど》まらなくてはならない。百合がそうしろと言っている。

そういう警察官になれと。

「――五味か？　何してるんだ」

咎めるようでいて、怯《おび》えたような臼田の声が聞こえ、二人の男が五味を一斉に振り返った。

五味は返事をせず、静かに踵《きびす》を返した。

背後から呼び止められた気がした。それはなぜか、広野の声のように聞こえた。

エピローグ

五味は監察官聴取が始まる直前まで、綾乃と話をしていた。

「いや、ステッキでもスコップでもなく、旗のように見えたんだ――」

まだ守村の件を諦《あきら》めていない。広野の遺骨が一片でも見つかればと、五味は当時の記憶を必死に呼び起こしていた。あの十月上旬の午後、臼田ら三人は広野の遺体を別の場所に移すためにバリケードを破り、中に入った。五味がその隙間を見つけ、入ってしまって、鉢合わせしたのだ。

「あの時、俺は川路広場に立っていたと思うんだ。だけど東を向いていたのか西を向いていたのか――とにかく、臼田が黄色の旗をザックに突っ込んでいるように見えた。だが動いても旗の位置が変わらなかった。恐らく、バリケードの外に黄色の旗のようなものがあって、それがスコップの柄と直線で重なって、旗をしょっているように見えたんだと思う。なんとかそれを手がかりに――」

監察官執務室の扉が開き、聴取担当の監察官がうんざりしたように五味を見た。

「五味警部補。そろそろ始めさせてください」

五味は「また掛け直す」とだけ言い、通話を切った。

守村教官殺害事件の真相についてスクープが打たれるとの一報を、上層部はいち早くつかんでいた。驚くべき身の速さで警務部監察室を動かしたようだ。

壁に背をむける形でデスクに座る監察官――五味はその目の前にある、学校の机のような小さなデスクに座らされた。監察官の執務デスクの上には、全国紙の一面に掲載予定らしいゲラ刷りのコピーがあった。階級では五味の二つ上、警視にあたる監察官が、のっけから残念そうに五味を上から下まで舐《な》め回すと、淡々と尋ねた。

「まずは氏名と階級、所属、生年月日からお願いします」

「知っているでしょ。なぜいちいち言わなくちゃならないんです」

こちらもしょっぱなから挑発をかます。監察官は驚いて目を剝《む》いた。

「警察作法を知らないのかね、君は。警察学校からやり直すつもりか」

なにかの布石のような言い方で監察官は言う。五味は鼻で笑い、ぶっきらぼうに氏名と階級、所属、生年月日を答えた。

監察官は「刑事部捜査一課六係――」とあえて繰り返すと、わざと間を置き、含みを持たせたのちに言った。

「花の捜査一課刑事、しかも主任。警部補四級。次の昇任試験では警部昇進の候補だったようだ。本村捜査一課長の推薦状が、人事の方に回っていたらしいですよ」

昇進で釣って、五味をいたぶろうという魂胆だろう。もう処分は下っているはずなのに。五味は無言を貫いた。監察官は咳払《せきばら》いの後、聴取を始めた。まず、明日の朝刊で打ちたいと新聞社から打診のあったというゲラ刷りのコピーを突き出された。

「この内容に心当たりは？」

婉曲《えんきょく》なやり方にいら立っていた。「ありますよ」とはっきりと答えた。監察官は五味が言い訳も弁明も謝罪もするつもりがないことを、悟ったようだ。

「警視庁記者クラブ所属の毎朝新聞の記者に情報を流したのは、五味警部補、あなた自身だと。認めるんですね」

「最初からそう言っています」

「すでに捜査が終結している事案に対してこれは、組織に対する裏切り行為です」

「組織を裏切っているのはあなた方上層部でしょう。監察も相変わらず、上となあなあのお飾り部署だ。監察官を経験したあとは次、どこかの所轄署の副署長がお決まりの出世コースでしたっけ？」

「君！　階級は私が上だぞ、慎み給え」

「警察官の質としてはどちらが上でしょう。それで？　私は捜査一課から外される。甘んじて受け入れますよ。でもこの件が世間に漏れた以上、再捜査しないわけにはいかなくなる。もうあんたたちは、臼田、山原、藤岡、そして守村の妻を守れない」

監察官に、奇妙な沈黙があった。

「――守り抜くさ。守り抜いて見せる」

理知的な瞳《ひとみ》を光らせ、監察官ははっきりとそう挑発した。

「君、血の繋《つな》がらない娘を養育しているようだね」

唐突な物言いに、五味はふと、黙り込んだ。

「五味結衣。いま、何年生だって？」

なぜ結衣の話を出されるのかと、五味は初めて狼狽《ろうばい》した。なにか大きな渦が目の前に迫りつつあるような強い危機感を覚える。結衣をそこに巻き込むわけにはいかない。五味は黙した。

「わからないかね。娘がいま、何歳で、何年生なのか」

わかっている。知らないはずがない。だが、言いたくない――。

「我々は全て把握している。君が亡き妻、五味百合――旧姓・神崎――の娘を育てていることも。妻の死後、君にとって義父にあたる元警察官の小倉氏と親権を巡って裁判で二年近く争ったことも」

五味はきつく、口を閉ざした。何も言ってはいけない、一歩踏み出したらそこに罠《わな》が仕掛けてある――そんな直感が働いている。

「妻は二〇〇一年夏に警視庁警察学校を依願退職している。公にはされていないが、妊娠が発覚したからだ」

知っている。だからなんだ。この男は何が言いたい。

「五味結衣の生年月日は二〇〇二年四月だ。まあ計算上はそうなるな。その前年の夏に妊娠が発覚していたのなら。間違いないね、五味警部補」

五味は反応しなかった――監察官、いや警察上層部の筋書きが見えてきた。

「で、いま君の娘は何歳だ？」

答えようとした途端、あちらが遮った。

「十五歳だね。高校受験の真っ最中。君はなぜ、娘の年齢を偽り続けているんだ？」

何かに足を搦《から》めとられた、という感触があった。

「実父である人物から娘の存在を隠したい、それはわかる。取られるのが怖いんだろ。だが本村捜査一課長や峰岸係長にまで偽るのはなぜだ？　捜査中の相棒にまで、娘のことを小6だと言い張り続けているのはなぜだ？」

体に悪寒が走った。勝手に体が震え、制御が利かなくなっていく。寒いのに、わっと全身の毛穴が開き、汗を噴出させる。自分が搦めとられているものの正体は、自分自身だということを、この監察官が容赦なく突きつけてくる。

監察官は急に優しい顔つきになり、わかるよ、とひとつ頷《うなず》いた。

「娘が小6。四年前か。奥さんが亡くなった年だな」

百合が息を引き取るその瞬間が、ふと脳裏に蘇《よみがえ》った。結衣を、とだけ言って、力尽きた。五味は自分の心が頽《くずお》れていくのを感じた。ただ拳《こぶし》をぎゅっと握り、体がぐらつかないように堪《こら》える。

「君は、まだ妻の死を受け入れられていない。だから時間軸がただひとり、おかしくなっている。娘が成長していることを受け入れられないんだ。妻の死が、その生が時間経過と共に薄まっていくのを、どうしても、受け入れられないんだろう？」

五味は震える唇に鞭打つように、やっと答えた。

「――わかっています」

「本当にわかっているのか」

「結衣は中学三年生です。わかっています。もう十五歳だ、わかっています……！」

喘《あえ》ぐようにそう断言した五味を見て、監察官はしばし、言葉を失った。

「――なるほど。本当に小６と思い込んでいた訳ではないんだね。ただ周囲にそう偽って自身の精神を保とうとしていたのか」

五味はすでに、敗者だった。ただ唇を嚙みしめ、うなだれる。

「周囲に娘の年齢を偽り、娘を小学生扱いする。娘の学校行事を、その時間経過を、記憶できない。みな君の精神状態を心配している。小倉元警部補も。本村捜査一課長も峰岸係長も。そして、結衣ちゃん本人もな」

こみ上げるものがある――。五味が百合の墓参りに行こうとすると、予定を変えてでも結衣はついてくる。いつだったか、墓前で手を合わせる五味を見つめ、結衣は震えるように呟《つぶや》いたのだ、「京介君が自殺しちゃいそうで怖い」と――。

「うちの父は大丈夫でしょうかと、結衣ちゃんは何度も峰岸係長と話していたらしい。だから差し入れだと称してしょっちゅう帳場に来ていた。それから、祖父の小倉元警部補にも、心配を漏らしていた」

──またなのか。

また結衣を奪おうとする輩《やから》が出現したのか？

五味はふらふらと立ち上がり、監察官に迫った。

「あんた、何をするつもりだ。俺に圧力をかけているのか？　結衣と引き換えに、記事を引っこめるように記者に掛け合えと。そう言いたいのか⁉」

監察官は目を見開いて、迫りくる五味を見つめている。

「やめてくれ、それ以上言わないでくれ……！　俺から結衣を引き離さないでくれ、頼む……！　俺から親権を、奪わないでくれ‼」

監察官のネクタイを摑《つか》みあげていた。騒ぎに気づいた秘書官二人が入ってきて、五味を羽交い絞めにする。

「結衣を、結衣を奪わないでくれ、頼む……！」

監察官は呆気《あっけ》にとられながら、衣類を正した。想像以上の反応だったと満足しているというより、妻を喪《うしな》って壊れた男に、真に同情を寄せている顔だった。やがて咳払いして取り繕うと、強引に座らされた五味の傍に近寄った。五味の肩を、興奮する子どもをいなすように叩《たた》いて、言う。

「五味君。君は心を病んでいる」

「…………」

「君のいまの精神状態で、激務の捜査一課刑事が務まるとは思えない。どうだろう。のどかな府中の方にでもいって、警察学校の教官にならないか」

――高杉のような〝塩漬け〟は覚悟していた。教官になるのも悪くないと思って積極的に受け入れるつもりだった。だが、こんな理由づけで処されるとは思ってもおらず、五味は混乱した。

「正式な内示は今月中に出る。十月には、教官になるための講習を受けてもらうため、警察大学校に入ってもらうよ」

ただ黙す五味に、監察官は返事を促した。

「警察学校教官への内示を、受け入れるね？」

五味はごくりと生唾《なまつば》を呑《の》みこみ、細かく、頷いた。

「自分が精神を病んでいると認めているということで、いいかな」

五味は返事をせず、監察官を見据えた。監察官は口角を上げて、嫌な笑い方をした。

「まあ、君が認めようが認めまいが――周囲がそう証言しているからね。で、そんな精神を病んでいる刑事が記者に垂れ込んだネタに、信ぴょう性はあるのか、ということだ」


府中の警視庁警察学校の食堂は今日、がらんどうだった。

窓辺の席で綾乃は小倉とコーヒーを飲んでいた。小倉が今朝の毎夕新聞朝刊記事を見て、慌てた様子で綾乃に連絡をしてきたのだ。五味にではなく、綾乃に。

五味と親しい毎朝新聞の記者が守村教官殺害事件の一報をすっぱ抜いたのは昨日のことだ。

そして今朝にはライバル紙の毎夕新聞が、この報道を疑問視する報道を打った。五味の実名こそ挙げなかったが、ネタを垂れ込んだ刑事が精神を病んでおり、それが理由で秋には警察学校へ移動になるということまで触れられていた。

今日から一二八一期は一泊二日で伊豆へ卒業旅行に出かける。ガラス張りの食堂から、駐車場にずらっと並ぶ貸し切りバスと、そこに乗り込むスーツ姿の生徒たちが見える。高杉は「守村の分まで酒を飲んでくる」と感慨深い顔つきだが、五味のことを非常に心配している様子で、綾乃に様子をあれこれ尋ねてきた。

その後、小倉が現れたのを見て高杉はぎょっとし、慌てて第二ボタンまで開けた警察制服を直す。副場長の水田が高杉を見て大笑いし、ゲンコツを食らっていた。

高杉はまた、小倉の娘――五味の亡き妻の死に哀悼の意を述べ、墓参りに行かせてほしいと頼んだ。小倉は「俺じゃなく、五味の了解を取れよ」としか答えなかった。

出発の準備を横目に、小倉は早速、今朝の毎夕新聞を出した。

綾乃は胸が塞《ふさ》がれる思いだった。

「まさかこんな、個人攻撃みたいな記事が掲載されるなんて……」

「まあ、事実だからな。仕方がない」

「事実？　そんなはずありません。五味さんはいつも捜査の最前線にいて――」

「仕事上はそういうそぶりを見せなかったんだろうが、家庭ではそうじゃない。特に、結衣に対して……」

「確かに、ちょっと心配性かなと思うところはありますけど、ひとり娘ですし、奥さんの唯一の忘れ形見ですから、過保護な部分は仕方ないんじゃないかと」

綾乃の言葉を、完全否定する目つきで小倉は静かに綾乃を見ている。

「五味は君に、結衣を何歳だと言っていた？」

なにを言いたいのか意図がわからぬまま、綾乃は「小6だと……」と答えた。

「違う。結衣は二〇〇二年四月生まれの十五歳だ。来春でもう高校生だ」

綾乃は言葉を失った。娘の年齢を四歳若く偽ることになんの意味があるのか、わからない。だが言われてみれば、結衣は十五歳だと言われる方がしっくりくる。初めて見たとき、女子大生かと思ったほどなのだ。

「百合が死んだのが、四年前だから」

言って小倉はコーヒーをひとくち飲んだ。

「裁判で京介を、追い詰め過ぎたのかもしれない。あんな風な壊れ方をするとは思ってもいなかった」

「──結衣ちゃんの親権で、もめたそうですね」

「うん。ただでさえ百合の死で打ちひしがれている京介に、結果的に鞭打《むちう》つことになってしまった。京介は、妻の死を受け入れている。その代わり、結衣の成長から目を逸《そ》らすことを選んだ。結衣が小6のままでいれば、百合がいたころのままだろ。そうやって無意識のうちに心の整合性を取るようになったんだろう」

綾乃はため息をついた。いち捜査員の心の奥底にある弱点を平気でマスコミに晒《さら》してまで、組織防衛する警視庁。いま自分が、その構成員を訓練する施設の中にいるという事実に、言い知れぬ不快感が湧き上がる。

「小倉さん――。失礼を承知で言います。なぜそこまでして、結衣ちゃんの親権が欲しかったんですか」

「自分が欲しかったわけじゃない。親権を奪ってしまった相手に、そろそろ戻すべきだろうと思っただけだ。彼は――結衣の実父は、あまりに長い罰を受け続けている」

綾乃は目をひそめ、ふと考えた。結衣の実父。結衣は十五年前に生まれた――。

「まさか。一一五三期に、結衣ちゃんの父親が？」

小倉は薄くほほ笑んで、ガラス張りの外を見た。守村教場の貸し切りバスが、出発したところだった。高杉が呑気《のんき》な顔で、こちらに手を振っている。

高杉だ。綾乃が初めて現場の旧都営団地で高杉に会ったときに感じた既視感は、直前に結衣と会っていたから感じたのだ。あの二人はよく似ている。事実に気が付いた綾乃を静かに見つめ、小倉が続けた。

「自分に血の繋《つな》がった娘がいることを知らずに生きていく――私が十六年前、規則を破って私の娘と不純異性交遊をした挙句、妊娠させた高杉に下した本当の罰は、それだ。だが、もう十六年経った……。それに、結衣は小学校にあがってから、父親を知りたがるようになってね」

「百合さんは、話してなかったんですか」

「ああ。だが、そろそろ真実を言うべきかと、私に相談してきた。それで少し、高杉のことを調べた。夫婦で子供ができないことに悩んでいる様子だった。高杉に結衣を渡すつもりはないが、知らせるべきではないかとは思った――そんな話をしていた矢先に震災があって、百合は京介と運命の再会を果たした、というわけだ」

小倉はコーヒーを飲み干し、続ける。

「結衣も京介を気に入って、懐くのはあっという間だった。それで気が付けば、実父の存在なんかどこかへ飛んでいってしまって、京介は結衣の父親として、あの家族の中に納まった」

「――結衣ちゃんは、いま、実父のことをどう言っているんですか」

「口にすら出さない。結衣はいま、京介のことを守ろうと必死だ。裁判のことを知った途端、私と口もきかなくなってしまった。自宅を訪ねても追い返される」

小倉は自嘲《じちょう》したが、疲れたため息をつく。

「――小倉さん。なぜいま私に、その話を?」

小倉は静かに、綾乃を見据えた。

「このままでいいはずがない。高杉には、娘が存在していることを知る権利があるし、結衣だって実父と会う権利がある。だがそういう風に流れたとき――京介が更に壊れてしまうのが心配だ。なにより……このままでは、結衣は正常な成長ができない。京介は結衣に異常な執着があるし、結衣も血の繋がらない父親に異常な情を注いでいる。京介には、新しい人生が必要だ」

小倉はそう断言すると、あたたかなまなざしで、綾乃を見据えた。

「新しい女性を、という意味だ。君はどうだろうと、ふっと思ったわけだ」

綾乃はただ、目を逸らした。無理な話だと思った。綾乃が、五味の亡くなった妻以上の存在になれるはずがなかった。この世でどれだけ美しくどれだけ心豊かな女性と出会っても、五味が百合を忘れることはないだろう。

綾乃はそしていま初めて、悟った。自分が、絶対に叶《かな》うことのない恋に溺《おぼ》れていることを。

綾乃はその事実をぐっと嚙《か》みしめ――小倉を見据え、言った。

「小倉さん。私は、刑事です」

小倉は、綾乃が初めて見せた刑事としての気迫に、目を瞠《みは》った。

「私は刑事として、五味さんを支えます。刑事としてできることをするまでです」


五味は監察官聴取の翌日から有給休暇を取っていた。

暇だったので、夕方、早めに夕食の準備をした。結衣は今日、夜の七時半から塾があるが、学校が終わったらそのまま塾に直行し、自習室で勉強をすると言った。七時に弁当を届けなくてはならない。

部活動はいつの間にか引退していて、放課後はずっと受験勉強をしていた。なんの部活に入っていたのか、知らない。知らされていた気がするが、記憶に残っていない。引退試合も、見に行っていない。そういえば、中学校の入学式も記憶がなかったし、小学校の卒業式すらも――

行っていなかった。日程を教えてもらっていた。でも、行かなかった。行けなかった。

結衣の成長に、心がどうしても追いつけなかった。結衣の成長を、目を細めて見たとき——共感すべき相手が隣にいない事実とその無念を、心の中で消化しきれる自信がなかった。結衣がとうとうキレて百合の仏壇を破壊したのは、思春期真っただ中の中2の時だっただろうか。

受験が無事済んだら、一緒に仏壇を買いに行こう。そんな風に考えながら卵焼きを作っていると、玄関扉が開く音がした。「京介君！」と結衣が制服姿に汗びっしょりで、リビングダイニングに飛び込んできた。五味は慌てて火を消した。

「どうしたの、結衣。直接塾に行くんじゃ」

「そっちこそどうなってるの。学校出て塾行こうとしたら、変な記者がついてきて」

マスコミが騒ぎだしている。娘にまで——かっと頭に血が上る。

「すまない。前にママのお墓で話した通り——ちょっといろいろ周りがゴタゴタしている。大丈夫だ、しばらくは俺が塾や学校の送り迎えをする。記者が接触できないようにするから」

「でも仕事は？」

「——しばらく休むんだ。十月から、異動になる」

「どこ」

「府中の、警察大学校。教官になるんだ。警察学校の」

「——記事にあること、ホントなんだ」

結衣はがっくりとうなだれた。その手に——恐らく、追いかけてきた記者から手渡されたのだろう、今朝の毎夕新聞が握られていた。

結衣は突然、ぽろぽろと涙を流し始めた。五味は驚き、エプロンをかなぐり捨てて結衣の顔を覗《のぞ》き込んだ。

「どうした。なんで泣くの」

「ごめん、京介君」

「なんで結衣が謝るの」

「だって、たぶん、私のせいだもん。ごめんね――京介君がおかしいの、ずっとすごく心配で、だからじーちゃんに相談しちゃってて。そうしたら、じーちゃんが京介君の上司に話しちゃったみたいなの。なんなのあのジジイ、まじでムカつく……！」

「――結衣。その言葉遣いは……」

「いつだったか駒込《こまごめ》署の帳場に差し入れにいったとき、峰岸とか言う人に声かけられて。京介君のことをあれこれと聞かれた。私、心配だからつい言っちゃったの。京介君は時間が止まったままだって。ごめんね。私が変なことを言ったから――こんな記事が」

「いいんだよ。結衣のせいじゃない。本当に俺はちょっと、おかしかったと思うし」

恐らく峰岸はその件をずっと前から本村一課長に話していたのだろう。五味と本村の蜜月《みつげつ》を快く思っていなかった。なにか亀裂《きれつ》になる材料を探し、小倉からの情報に飛びついたに違いない。

「だって。だって京介君――」結衣は泣き止まず、五味に取りすがり、その胸を叩《たた》いた。

「私のこと、ぜんっぜん見てないんだもん！」

胸に迫る訴えだった。一瞬で、目頭が熱くなる。

「私はちゃんと生きていて、成長しているのに――学校の行事、なにを話しても全部忘れちゃうし。何度教えても、何度教えても、いつも私が小6だった時に戻っちゃうの」

「――ごめん。全部、俺が悪いね。ママが突然死んじゃった小6の時のことなんか、思い出したくないのに――早く忘れたいのに」

「私は思い出したくないのに。本当にごめん」

五味は涙を隠したくて、うつむいた。ぼたぼたと、床に大粒の涙が落ちた。

「――俺は、忘れたくなかったんだ」

五味の嗚咽《おえつ》に、結衣はびっくりしたように、ふっと黙り込んだ。結衣の前で泣いたのは、初めてだ。百合のことで泣くのは――初めてだった。初めて、涙が出た。五味は溢《あふ》れる涙を止められず、がっくりとダイニングテーブルの椅子に座った。

「認めたくなかったんだ。ママがいなくなったこと。百合をまた、失ってしまったと……。俺は、十六年前に、まだ結衣が生まれる前に、大きな失敗をして、百合を傷つけて失ってしまったんだ。今回はそうならないように一生懸命やっていたつもりだったのに、百合の病気に気づけなかったし、もしかしたら病院選びや治療の選択肢を間違えたのかもしれない。一生懸命、二度と失敗しないようにやっていたのに、どんどん百合は具合が悪くなっていって……また俺は失敗して、今度は傷つけるどころか、百合は死んじゃったんだ……もう二度と、本当に、会えなくなってしまったんだ……」

　嗚咽が止まらず、何度もしゃくりあげながら、必死に結衣に想いを伝えた。結衣は泣くのを忘れ、息を呑《の》み、五味の混乱を見ている。

「──また失敗したと、認めたくなくって。取り返しのつかない失敗をしてしまったんだ、せっかく再会できたのに。せっかく百合が俺を愛してくれるようになったのに……また失ってしまったと──認められなかった」

　体の奥底に仕舞い続けてきた感情がうわっと吹き上がり、号泣に変わる。本当はこんなに情けない自分を、結衣の前では絶対に見せまいとしていた。だからこそ結衣を傷つけていたとも知らずに──。

　百合の声がした。

「京介君」

　顔を上げた。涙で滲《にじ》む視界に、百合が立っているように見えた。百合が、近づいてきた。視界が白くなる。ふわっとしたものに包まれ、ぎゅっと抱きしめられた。百合に抱きしめられている、という感じがした。懐かしい匂いだった。

「大丈夫だよ。私はそばにいるから」

　柔らかな乳房の向こうから、そう五味に言い聞かせる声がした。彼女のリズミカルな心音が、モールス信号のように言葉を発しているようだった。先に死んじゃってごめんね──そんな風に伝わってくる。五味は百合の体に取りすがり、号泣した。二度と離したくないと腕に力を込めてその体を抱き寄せたとき——その体の未熟さを感じ、はたと我に返った。

「私はなにがあっても京介君のそばにいるから、大丈夫だよ」

骨と肉から響き五味の耳に届いたその声は、紛れもなく、結衣のものだった。

五味は我に返った。結衣が、座っている五味を抱きしめている。少し顔を動かした。顔を、結衣の両乳房に挟まれていた。またぎゅうっと締め上げられる。かわいそう、でも大丈夫、私がいるから——そんな風に結衣が言っているように聞こえたが、五味は慌ててしまって、言葉が脳に残らなかった。

「ゆ、結衣……」

「なに」

「お、おっぱいが、あの、あたってる——」

「いいじゃん。親子なんだから」

「いや——。本当の父と娘は、たぶん、こういうことは、しないんじゃ……」

「いいじゃん。本当の親子じゃないんだから」

「——そ、そう？　なのかな……」

五味のスマートフォンがバイブした。ウーンウーンと苦しそうな音を立てて、テーブルの上で暴れている。

「やだ、綾乃さんだ！」

ディスプレイを見た結衣がそう言って、五味の体からぱっと離れた。なんだか浮気現場を押さえられた女みたいな顔をしている。

五味は呼吸を整え、気持ちをやり過ごした。涙を涸《か》らしたのちに見えた世界は、いつもと違う。いろいろなものが鮮明で、輪郭がはっきりしている。そして結衣は来年もう高校生で、すっかり大人になっていた。

五味は、深呼吸の後、電話に出た。

「──五味さん、すぐに来てください！　中野校跡地、警察病院です！」

「瀬山。もう終わったんだよ。記事を見たろ。もうこれ以上俺がなにを言っても、誰も信用してくれない」

「でも広野の骨が見つかれば別です！」

「見つかるわけ──見つかりそうなのか？」

綾乃の興奮が電話越しに伝染したように、思わず五味も立ち上がった。

「五味さんが言っていた黄色の旗が、ヒントになりました。中野校の周辺にあった商業施設ののぼり旗かなんかだと思ったんですけど、考えてみればバリケードで囲まれているわけで、調べたところ、当時のバリケードの高さは三メートルありました」

「すると、三メートル以上の高さに旗があった、ということか」

「というより、なにかの布が旗に見えたんじゃないかと思ったんです。バリケードを越す高さのもので中野校の周辺にあったものと言えば、街路樹です。それで、区役所の担当者に二〇〇一年の街路樹の様子を捉《とら》えた写真かなにかがないか尋ねて回って──」

——街路樹。五味の記憶の海に強い存在感を示す、なにかがあった。

「それで、八月四日未明に、直撃した台風十一号で折れた街路樹があったことがわかったんです。折れた部分を修復するために、黄色の当て布が半年以上、つけられていたことがわかって——」

「早稲田通り沿いの街路樹だな。正門の目の前だ。俺はあのとき、川路広場に立っていたから……」

「そうです。その二つの間に、臼田たちは立っていた。恐らく、陸軍中野学校址と記した石碑の場所じゃないでしょうか？」

「なぜそう思うの」

「遺跡指定されていれば、工事が入っても掘り返されることはないと、臼田たちは踏んだんです。それでもう私、いても立ってもいられなくて——」

「嘘だろ。まさか、掘り起こしたのか！」

「掘りました！　石碑を倒しちゃって一部、割れちゃいましたけど」

なにやってんだと仰天したが——「本当に骨なのか、それは」

「いま、近隣の野方署の鑑識係が来てくれてます。恐らく人骨だろうということです。五味さんコレ、もう一度帳場が立ちますよ！　広野の遺体が発見されたとなれば、全ての真相を明らかにすることができます!!」

高杉哲也は二二八八期の生徒を十月に迎え入れたばかりだった。

同時に、秋の人事異動の時期なので、教官側にも半数以上の入れ替わりがあった。ここから異動していった全員が、本部への栄転だった。

高杉は相変わらず、助教をやっている。

一二八八期の生徒は、先日卒配先へ送り出した守村教場の生徒たちと同じ二〇一六年度の採用試験をパスした者たちだ。今年度は東京オリンピックに向けて採用人数を増やしているので、次から次へと新しい生徒が入ってくる。大心寮はほぼ満員状態で、採用上限年齢を三十五歳未満と引き上げているので、実に多彩な人材が揃っていた。

それにしても、警視副総監が謁見する入校式が目前だと言うのに、どいつもこいつも甘ったれた顔をしている。それで、マラソンのペナルティはしばらく学校内の内周ではなく、警察大学校も含めた外周三・九キロを科すことにした。高杉は自転車に乗り、まだ一周終わっていないのにもうペースが落ちている新米巡査たちを背後からメガホンでどやした。

「速度落ちてきてる。めげるのが早い！　犯人は必死に逃げるぞ。死ぬ気で逃げるぞ。お前らはそういう犯人どもを死ぬ気で追いかけなきゃなんない。犯人に追いつけない醜態を世間に晒《さら》したくなかったら、在学中に一周でも多く走り込め！」

返事がない。

「返事！　返事できないもんは更なるペナルティだぞ！」

やけっぱちになった返事がバラバラに聞こえてきた。

——今期は厄介なのが揃ってるなぁ、全く。

ふと、守村の苦笑いの声が聞こえた気がした。この春、一二八一期守村教場の生徒たちを迎え入れたときに高杉がぼやいた言葉を、守村は穏やかに受け止めていた。

自転車を漕《こ》ぎ、秋の気配に色づき始めた桜の大木を見上げながら、天にいる守村に伝えたくなった。

——犯人、捕まったぞ、と。

五味までもが狙い撃ちされ、守村教官事件は自殺で処理されることはほぼ決定的だった。まさにその時に伝えられた、急転直下の出来事だった。府中署の瀬山綾乃が不法侵入と器物損壊で訴えられるのを承知で陸軍中野校趾の石碑をひっくり返し、土まみれになって広野の人骨を掘りあてた。

その後、鑑識が正式にあたりを掘り返し、広野は全身の骨がほぼ全て揃う形で、十六年ぶりに発見されたのだった。

一週間後には、歯の治療痕《こん》が広野のものと一致したとの情報が駆け巡る。警視庁はこれを死体遺棄事件として捜査をしないわけにはいかなくなり、芋づる式に、守村教官殺害事件も表に出さざるを得なくなった。綾乃の執念が実ったのだ。臼田、山原、藤岡、そして妻の奈保子も逮捕された。最終的には五味と綾乃の勝利で事件は幕を下ろした。

——それなのに、と高杉は思う。

警察大学校北側の歩道を自転車で行き過ぎていると、大学校の校舎の裏口に出て、コーラのペットボトルを呷《あお》りながら、スマホを見ている男の姿を見かけた。

五味京介だ。

五味は内示を甘んじて受け入れた。事件の結末を受けて、捜査一課に残る駆け引きができたはずなのに、五味はしなかった。自ら〝塩漬け〟の道を選んだのだ。完璧《かんぺき》になんでもこなすクールな合理主義者と思っていたが、とんだ変人だったようだ。

高杉は急ブレーキをかけ、生垣に足を掛けた。五味が気付き、顔を上げる。ちょっと口角を上げて、こちらに近づいてきた。ジャージ姿だった。教官になるための術科講習を受けているのだろう。

「よう。訓練は進んでいるか」

「まあな。そっちはどうだよ、一二八八期は」

「問題だらけ。まあ、いつものことだ」

「最初なんてみんな、そんなもんだろ。俺たちだってそうだった」

十六年経ってまた問題を起こすほどの、伝説に残る最悪の教場だった――。

「その俺とお前で、来春から教場を持つことになるとはな。ゴーサン教場！」

五味は目を眇《すが》めながらも、おかしそうに笑った。

「いつ俺たちが教場を組むと決まったんだ」

言って五味は、酒を呷るようにぐびっとコーラを飲んだ。爽《さわ》やかな飲みっぷりで、いい笑顔だなと思った。再会したときはもう少し陰があった。なにか吹っ切れたような顔をしている。

「それにしても、お前ほどのエリートが。もうちょっと賢く振る舞えなかったのか」

「そういうお前はどうなんだよ」

「え？」

「聞いたぞ。もう塩漬けにされて五年、そろそろ現場に戻れと上から打診があったんだろ。なんで残ったんだ」

高杉は適当に笑い飛ばした。五味が来るなら——と思ったのも確かだが「だって、警視庁警察学校！　サイコーにやり甲斐《がい》があるぜ」と叫んでみせた。

グダグダと走る生徒たちが、警察大学校の角を曲がった。高杉は「じゃあな」と自転車を漕ぎ出す。五味が慌てて呼び止めた。

「高杉！」

きゅっと急ブレーキをかけ、振り返った。「なんだよ」

「今度、ちょっと時間作れ」

「え？」

「お前に会わせたい人がいる」

えらく真面目な、深刻ぶった顔で、五味は言った。高杉はぶっと噴き出した。

「なんだよ。合コンか？　俺は既婚者だぜ、沙織チャンに怒られちゃうよ」

「いや、高杉は会っておくべき人だ」

「ははーん。よっぽどのいい女なんだな」

「まあな」と言うと、五味はなにを思ったのか、くすくすと笑い始めた。

変な奴、と思いながら、立ち漕ぎで自転車を走らせた。生徒たちに追いつこうとスピードを落とさずに角を曲がる。

重そうなスーパーの袋を下げた少女を轢《ひ》きそうになった。

慌ててハンドルをひょいと切って避《よ》け、追い越す。少女の持つ袋の中はこれでもかと言わんばかりにペットボトルのコーラが詰め込まれていた。そのまま警察大学校の正門を入り、警備員に「コレ、差し入れなんですけどー」と声をかけた。

おかっぱ頭の高校生くらいの少女はモデルのようにすらっと背が高く、人の目を惹《ひ》く不思議なオーラがあった。紅葉の季節で周囲が赤茶けているいま、彼女がまとう雰囲気だけは春のように軽やかだった。

了

協力：アップルシード・エージェンシー

本作は書き下ろしです。

本作はフィクションであり、
実在の人物・団体等とは一切関係ありません。

警《けい》視《し》庁《ちょう》53《ゴーサン》教《きょう》場《じょう》

吉《よし》川《かわ》英《え》梨《り》

平成29年 10月25日　初版発行

発行者●郡司 聡

発行●株式会社KADOKAWA
〒102-8177　東京都千代田区富士見2-13-3
電話 0570-002-301（ナビダイヤル）

角川文庫 20581

印刷所●旭印刷株式会社　製本所●株式会社ビルディング・ブックセンター

表紙画●和田三造

ISBN978-4-04-106057-5　C0193

角川文庫発刊に際して

角川源義

第二次世界大戦の敗北は、軍事力の敗北であった以上に、私たちの若い文化力の敗退であった。私たちの文化が戦争に対して如何に無力であり、単なるあだ花に過ぎなかったかを、私たちは身を以て体験し痛感した。西洋近代文化の摂取にとって、明治以後八十年の歳月は決して短かすぎたとは言えない。にもかかわらず、近代文化の伝統を確立し、自由な批判と柔軟な良識に富む文化層として自らを形成することに私たちは失敗して来た。そしてこれは、各層への文化の普及滲透を任務とする出版人の責任でもあった。

一九四五年以来、私たちは再び振出しに戻り、第一歩から踏み出すことを余儀なくされた。これは大きな不幸ではあるが、反面、これまでの混沌・未熟・歪曲の中にあった我が国の文化に秩序と確たる基礎を齎らすためには絶好の機会でもある。角川書店は、このような祖国の文化的危機にあたり、微力をも顧みず再建の礎石たるべき抱負と決意とをもって出発したが、ここに創立以来の念願を果すべく角川文庫を発刊する。これまで刊行されたあらゆる全集叢書文庫類の長所と短所とを検討し、古今東西の不朽の典籍を、良心的編集のもとに、廉価に、そして書架にふさわしい美本として、多くのひとびとに提供しようとする。しかし私たちは徒らに百科全書的な知識のジレッタントを作ることを目的とせず、あくまで祖国の文化に秩序と再建への道を示し、この文庫を角川書店の栄ある事業として、今後永久に継続発展せしめ、学芸と教養との殿堂として大成せんことを期したい。多くの読書子の愛情ある忠言と支持とによって、この希望と抱負とを完遂せしめられんことを願う。

一九四九年五月三日

角川文庫ベストセラー

警視庁文書捜査官　麻見和史

警視庁捜査一課文書解読班——文章心理学を学び、文書の内容から筆記者の生まれや性格などを推理する技術が認められて抜擢された鳴海理沙警部補が、右手首が切断された不可解な殺人事件に挑む。

疫病神　黒川博行

建設コンサルタントの二宮は産業廃棄物処理場をめぐるトラブルに巻き込まれる。巨額の利権が絡んだ局面で共闘することになったのは、桑原というヤクザだった。金に群がる悪党たちとの駆け引きの行方は——。

螻蛄　黒川博行

信者500万人を擁する宗教団体のスキャンダルに金の匂いを嗅ぎつけた、建設コンサルタントの二宮とヤクザの桑原。金満坊主の宝物を狙った、悪徳刑事や極道との騙し合いの行方は⁉「疫病神」シリーズ‼

破門　黒川博行

映画製作への出資金を持ち逃げされたヤクザの桑原と建設コンサルタントの二宮。失踪したプロデューサーを追い、桑原は本家筋の構成員を病院送りにしてしまう。組同士の込みあいをふたりは切り抜けられるのか。

暗躍捜査　警務部特命工作班　末浦広海

不祥事に絡んだ警察官を調査し、事件を極秘裏に処理することを任務とする、警務部特命工作班。工作班の岩永は、警察内部から流出した可能性のある覚醒剤が原因で起きた通り魔殺人の捜査に乗り出すが——。

角川文庫ベストセラー

雪冤　大門剛明

死刑囚となった息子の冤罪を主張する父の元に、メロスと名乗る謎の人物から時効寸前に自首をしたいと連絡が。真犯人は別にいるのか？　緊迫と衝撃のラスト、死刑制度と冤罪に真正面から挑んだ社会派推理。

獄《ひとや》の棘《とげ》　大門剛明

新米刑務官の良太は、刑務所内で横行する「赤落ち」と呼ばれるギャンブルの調査を依頼される。ギャンブル調査をきっかけに、いじめや偽装結婚など、刑務所内にはびこる闇に近づいていく良太だったが――。

逸脱　捜査一課・澤村慶司　堂場瞬一

10年前の連続殺人事件を模倣した、新たな殺人事件。県警を嘲笑うかのような犯人の予想外の一手。県警捜査一課の澤村は、上司と激しく対立し孤立を深める中、単身犯人像に迫っていくが……。

狙撃　地下捜査官　永瀬隼介

警察官を内偵する特別監察官に任命された上月涼子は、上司の鎮目とともに警察組織内の闇を追うことに。やがて警察庁長官狙撃事件の真相を示すディスクを入手するが、組織を揺るがす陰謀に巻き込まれ!?

悪党　薬丸岳

元警官の探偵・佐伯は老夫婦から人捜しの依頼を受ける。息子を殺した男を捜し、彼を赦すべきかどうかの判断材料を見つけて欲しいという。佐伯は思い悩む。彼自身も姉を殺された犯罪被害者遺族だった……。